# La conversation
# amoureuse

# ALICE
# FERNEY

# La conversation
# amoureuse

ROMAN

*À Ivan Gavriloff*

— *Que sais-tu ?*
— *Trop bien quel amour les femmes peuvent avoir pour les hommes.*

W. SHAKESPEARE,
*Le Soir des rois.*

# I
## DÉBUT DE SOIRÉE

Il... Danube... croire que l'accompagnait était passé dès lors par cet âge transdescent et partisant à ce moment de la vie où c'est d'abord la tendresse que l'on remarque, pour vraiment l'admit..., chez ceux qui sont venus sur terre après vous. Une jeune personne de quarante neuf ans, des cheveux encore blonds et drus, mais des traits qui commencaient à (ondre... il n'avait pas beau

# 1

Un couple de futurs amants marchait, au milieu de la chaussée, dans une rue piétonne, un peu avant l'heure du dîner. Les couleurs du soir tenaient la ville dans un feu. Sous le fléchissement du soleil, les grands immeubles anciens étaient splendides, les pierres de leurs façades orange comme du fer chauffé. Des jeunes gens, agglutinés par grappes, flânaient, bavardaient et riaient, se courtisaient. Il restait à cet ancien quartier des facultés quelque chose de festif et d'insouciant. Le mois de juin était beau et la chaleur de la journée appesantissait encore l'air. La femme portait une robe légère et peu décolletée, dont l'encolure disparaissait sous la mousseline de l'écharpe jaune autour de son cou. Sa silhouette et sa démarche indiquaient, avant que ne le fît son visage, qu'elle était une jeune femme ; et autre chose en elle, une aisance, une fluidité, révélait qu'elle n'était plus une jeune fille. Elle avait perdu la gaucherie, cet effarouchement intérieur qui désigne et protège, comme un sceau, la virginité. À la place de quoi, un plaisir que d'évidence elle prenait à être coquette annonçait qu'elle était une femme qui se tient du côté des hommes. Celui qui l'accompagnait était passé déjà par cet âge incandescent et parvenait à ce moment de la vie où c'est d'abord la jeunesse que l'on remarque, pour vraiment l'admirer, chez ceux qui sont venus sur terre après vous. Lui-même portait quarante-neuf ans, des cheveux encore blonds et drus, mais des traits qui commençaient à fondre. Il n'était pas beau et ne cherchait pas à le paraître. Ce fait n'était pas un détail : il témoignait combien cet homme avait confiance en lui. Il était vêtu sans attention particulière, d'un costume clair, d'une chemise blanche boutonnée jusque sous le nœud d'une cravate dépourvue de fantaisie. L'ensemble était froissé, il avait dû transpirer, les brefs élans de la brise qui cherchait des chemins dans la ville ne déplaçaient que des masses d'air chauffé par l'asphalte. On pouvait ainsi deviner qu'il n'était pas retourné chez lui se changer avant ce rendez-vous, contrairement à sa compagne qui avait dû s'apprêter assez longuement. On savait aussi que ce rendez-vous n'était pas professionnel, ni davantage l'issue familiale de sa journée, mais une rencontre galante. Et tout cela, on le comprenait d'emblée en les voyant ensemble.

Ils semblaient enchaîner les pas d'une danse enlevée, marchant vite comme s'ils étaient pressés. Ils ne l'étaient pas le moins du monde. L'envie de sortir de cette foule était ce qui hâtait leur train. Ils se côtoyaient, se séparaient, se retrouvaient, se quittaient de nouveau, allant et venant afin d'avancer dans l'affluence des passants. Lorsqu'ils se trouvaient d'un côté et d'un autre, lui accélérait le pas pour la rejoindre et ne la quittait pas des yeux, elle, comme s'il n'existait plus et qu'elle eût été seule à s'amuser, gambadait sur le rebord du trottoir, sautillant entre les groupes d'inconnus, à la manière d'une biche, et balançant un minuscule sac à main au bout de son bras. Personne alors n'aurait pu penser que cette allure désinvolte était le déguisement d'une crispation, l'expression gracieuse d'un tremblement intérieur. Elle avait terriblement envie de plaire ! Et, comme cela arrive souvent, cette faim féminine escamotait son assurance.

Alors, à ce moment du début des choses, sa spontanéité était brisée. Elle cherchait une contenance dès que son compagnon la regardait. Et il la regardait sans arrêt. Elle s'était d'abord inquiétée de sa toilette. N'était-elle pas trop ceci ou cela ? Elle voulait être dans le bon ton. Maintenant elle réfléchissait même aux gestes qu'elle faisait. Pourquoi est-ce que je sautille ? se disait-elle. C'est enfantin. Et elle ne sautilla plus. Il la regardait en souriant. Non pas d'un sourire de courtoisie, d'un sourire de plaisir. Elle était jolie, pensait-il, il ne s'était pas trompé en la remarquant à l'école, et cette petite robe jaune lui allait rudement bien. Une popeline fine, c'était simple et frais. Il connaissait le nom des étoffes parce qu'il aimait les femmes. Ce qui les intéressait ne l'avait jamais laissé indifférent. Voilà une jeune personne qui avait vraiment un style, s'était-il dit voyant arriver Pauline Arnoult. Bien qu'elle fût blonde, ce jaune d'or lui allait à merveille, et le jupon tombait parfaitement, au-dessus du genou, elle pouvait se le permettre. Et maintenant il se félicitait d'être en si belle compagnie. Il était content comme un homme qui a découvert une femme. Il allait s'occuper d'elle. Il admirait ce visage aussi lisse qu'une pierre de lavoir, la peau claire au grain serré. Un de ces visages qui semblent se donner alors qu'ils s'imposent. Non qu'ils se dérobent moins que d'autres, puisqu'un visage se cache si mal, mais bien parce qu'on a le sentiment de les voler. Parce qu'on n'en détache pas les yeux, qu'on exagère, qu'on scrute impoliment. Il ne s'en lassait pas. Il oubliait même qu'il risquait de s'en lasser. Une image l'avait fait passer les frontières de la lucidité et il était en plein moment de béatitude. Il contemplait le paysage d'une femme. Elle était statuaire, pas forcément par la perfection des traits, mais par l'absence de discontinuité : un visage d'un seul bloc. Ce privilège de la grande jeunesse qui coule un front sans un pli jusqu'aux sourcils, par un trait d'une seule venue dessine un nez régulier jusqu'au-dessus de la bouche, des joues amples et douces dans le plein sous les yeux, sans un froissement : comme de la pierre. Et bien sûr la chanceuse n'avait pas idée de cette belle fermeté blanche. Est-ce qu'on apprécie jamais son propre visage ? Tout au plus pouvait-elle se sentir avantagée. Si fragile est l'équilibre de la beauté, si impalpable et inexplicable, elle doutait d'elle bien sûr ! et surtout puisqu'elle ne se voyait pas. Elle n'observait que des effets qui la faisaient sourire. On apercevait alors ses dents, dont les deux de devant étaient très écartées, les dents du bonheur, on le lui disait souvent, c'était une manière de parler d'elle, de lui dire sans trop se dévoiler qu'on la regardait beaucoup. Elle rougissait quand vraiment c'était trop de regards, et continuait d'aimanter la contemplation, malgré ses grands yeux bleus qui ne lui donnaient pas toujours un air intelligent.

Ils sortirent de la cohue des rues piétonnes et se réunirent définitivement. À mesure qu'ils marchaient, l'espace qui les séparait se réduisait, et le haut de leurs bras finit par s'effleurer. Il sentait le parfum d'été qu'elle portait, une senteur un peu vanillée. Il s'était sciemment rapproché. Une force le poussait vers la jeune femme. Quelle réaction aurait-elle ? Il n'aurait pas su le prédire. Il ne la connaissait pas assez. Mais elle était venue... Elle n'était donc pas si farouche. Il poursuivit sa manœuvre. Elle n'entreprenait pas un geste pour faire cesser le contact. Que pouvait-elle bien penser ? Il l'épiait, mais moins qu'il ne l'admirait. Il la regardait sans arrêt. Bien qu'elle n'eût pas une fois détourné les yeux vers lui, elle pouvait sentir le poids de ce regard. Elle savait qu'il l'observait, et elle continuait de marcher comme si elle ne remarquait rien. Il était joueur, il restait contre elle délibérément, et elle ne bougeait pas plus que s'il n'avait pas existé ! C'était une sacrée tricheuse à ce moment, mais une tricheuse perturbée ! Il le percevait. Elle était troublée par ce regard si proche et faisait mine de ne pas l'être. En somme il y a toujours une manière de nier que des choses se passent. Quels jeux ! pensa-t-il. Ne connaissait-il pas ces jeux par cœur ? Cette fois, croyait-il, quelque chose était différent. Il devenait romantique. Il ressentait un intense plaisir à ce frôlement de rien du tout, une fierté de gamin à marcher à côté d'une femme ravissante que les hommes regardaient. Il le découvrait quand il détournait les yeux de sa voisine. Alors il observait l'affluence bigarrée de ces gens qui se promenaient, qui n'étaient pour lui à cet instant qu'un grand mouvement autour de son désir, qu'une transhumance anonyme au cœur de quoi il poursuivait une image.

Ils étaient exactement de la même taille (elle très grande et lui plutôt petit chez les hommes) et l'ondulation de leurs épaules dans la marche était rythmée. La féminine finesse jaune et la silhouette sombre, qui constamment se tournait vers le jaune et la finesse, formaient, sans que l'on sût comment, un ensemble assorti et comme familier, une manière de couple harmonieux. Ils marchaient ensemble, ils se considéraient en silence, ils en éprouvaient un plaisir qui les faisait sourire. Et cependant chacun ne renfermait pour l'autre que les secrets et l'habituelle étrangeté d'autrui. Gilles André et Pauline Arnoult s'étaient tout juste parlé deux ou trois fois ; ils ne se connaissaient pour ainsi dire pas. Un excès d'élan dans leur maintien, une jubilation contenue mais sensible, une manière d'extravagance dans quelques gestes, la promptitude d'un regard qui se détourne, l'ampleur d'un mouvement, une atmosphère d'enivrement, quelque chose d'appesanti et de hanté, débordait d'eux pour le dire. Ils se tenaient ensemble à l'orée du plaisir. On ne pouvait les prendre pour des époux. Et ce pourquoi on les tenait aussitôt pour des amants qu'ils n'étaient pas non plus était aussi obscur à expliquer qu'évident à percevoir.

C'était un devenir. Un futur implacable leur était échu. Qu'ils résistent, qu'ils lâchent prise, ils allaient s'y engouffrer. Ils tremblaient au seuil de l'intimité. Ils tremblaient parce qu'ils savaient. Ils étaient ensemble la proie d'un destin amoureux, et peut-être le plus étrange n'était-il pas ce destin lui-même, mais cette connaissance qu'ils en avaient, et la façon dont, pour ce destin-là, la prescience ne leur servait à rien. Un enchantement les tenait enfermés dans le secret de leur rencontre, dans ce côtoiement inéluctable, et dans leur liberté. Une turbulence les précipitait l'un vers l'autre. Quelle sorte de vie s'étaient-ils faite avant cette fatalité ? Sans se le demander, l'inclination créait un trouble qui pouvait les épanouir ou les détruire. Cet élan secret était perceptible de l'extérieur. Cela rayonnait et tintinnabulait tout autour d'eux, en rires et sourires. Leur prudence aurait dû s'en effrayer si elle n'avait été balayée. Que pensait-on exactement en les voyant ? On pensait qu'ils étaient amants, ou que, s'ils ne l'étaient pas encore, c'était imminent. C'était imminent.

Ailleurs et depuis longtemps, ils s'étaient beaucoup observés. Le furtif souci de l'autre, la convoitise muette avec laquelle on le recherche, ce nombre incalculable de regards et leur impérieux motif restaient sur eux. Toute cette ferveur de foudroyés les enveloppait. Maintenant ils auraient voulu passer inaperçus et c'était l'inverse qui se produisait. Il est si rare qu'il n'y ait pas une partie apparente d'un désir ! Ce que vivent les cœurs des amants, leurs palpitations, leurs émois et leurs dévoiements, la chair en est aussi bavarde que retournée. Dans une lumière de joie qui se trahit, elle dit tout ce qui les tient rapprochés. Il n'y a que les chambres closes pour protéger le secret d'une affinité, derrière des tentures et des murs dissimuler sans le tuer l'attrait irrésistible. Ces deux qui ne faisaient pourtant que marcher, mais bien pris l'un par l'autre, étaient donc reconnus. Lui abîmé dans la contemplation, elle comblée dans les mailles d'un regard, cette félicité des commencements captivait l'attention. Le rythme de leur marche, accordé et complice, balancé et dansant, avec elle qui avait des ailes, et plus tard promis à s'interrompre dans les rires et les manières, témoignait qu'ils n'avaient nulle tâche à mener et nulle part où se rendre. Leur rendez-vous en ce soir, ce mystérieux prodige d'une affinité, leur ravissement, leurs silences et leurs sourires, tout cela était offert en pâture aux passants, tout cela était décrypté. La forme de galanterie que prenait leur désir était un spectacle, comme l'est peut-être toute forme de galanterie : puisque les chemins sont toujours les mêmes, ceux qui les ont pris au moins une fois reconnaissent d'emblée cette posture propre à ceux qui volent vers une relation amoureuse. Ils volaient.

Ils avaient marché sans parler, profitant de ce qu'ils étaient souvent séparés, mais il fallut bien briser le premier silence maintenant qu'ils se retrouvaient plus tranquilles. Aucun des deux amants ne savait quoi dire. Y avait-il seulement besoin de mots ? Le silence parlait tout seul. Elle était d'ailleurs un peu gênée de ce qu'il racontait. Quand un homme et une femme qui n'avaient rien à faire ensemble étaient ensemble, et seuls dans la rue au début du soir, est-ce qu'on ne savait pas ce qu'ils mijotaient ? Est-ce qu'on ignorait

ce qui pouvait se passer ? Peut-être voulut-il couper
court à cet embarras de l'évidence. Je me demandais
si vous viendriez, je n'en étais vraiment pas certain !
dit-il en se tournant vers sa voisine, et puisque leurs
épaules se frôlaient, son visage reçut de plein fouet
celui de la jeune femme, à quelques centimètres sa
carnation lisse et ensoleillée, si près qu'il pouvait apercevoir le sommet duveteux de la pommette, à l'endroit
où la peau s'affine jusqu'aux yeux. Pourquoi ?! fit-elle.
Nous avions pris un rendez-vous. Sa bouche se serra
comme si elle voulait étaler son rouge à lèvres. Il
regarda ces lèvres serrées. Elle était très embarrassée
si près de lui. Pourquoi donc regardait-il sa bouche de
cette manière ? Elle eut un sourire des yeux qui tentait
de démentir sa confusion. Vous auriez pu changer
d'avis, dit-il. Si je donne un rendez-vous, je viens, dit
Pauline Arnoult. Et sa voix pour dire cela ne trembla
pas, sa voix fut claire et brave, quand sa pensée au
contraire s'emmêlait dans l'ambiguïté des motifs et des
songes. Je vous crois, dit-il, mais puisque c'est moi qui
vous l'avais donné... Elle s'était écartée de lui dès qu'il
avait entrepris de parler. Et comme il venait de se rap-
procher pour lui murmurer cela, elle s'éloigna de nouveau. Et vous ne me connaissez pas du tout, dit-il en
riant de ce va-et-vient silencieux, et vous êtes auda-
cieuse ! Trouvez-vous que je le sois ? demanda-t-elle
avec une inquiétude soudaine, et ne sachant si elle était
piquée ou flattée de ce qu'il disait là. Non, vous ne
l'êtes pas du tout, je le vois bien ! dit-il avec une voix
plus suave et moqueuse. Mais, néanmoins, vous auriez
pu m'envoyer paître et vous ne l'avez pas fait ! dit-il en
riant franchement. Elle devint toute rose et dit, presque comme une petite fille en faute : Je n'y ai pas
pensé ! Au-dedans d'elle, dans ce silence de femme
courtisée, cela murmurait. Des petits aveux secrets, des
étonnements. Même si je l'avais voulu, je n'aurais pas
pu me dérober. C'est étrange comme j'ai été captivée

du moment qu'il m'a regardée. Et comme je me suis tout de suite imaginé des choses. Et elle traduisit, d'une manière de coquette, sur un ton de faux reproche et de relâchement complice : J'espérais que vous n'oseriez pas m'aborder comme ça. C'était un aveu à l'envers et aussi un mensonge qu'elle essayait de croire, et d'ailleurs cela fut dit si faiblement qu'il n'entendit pas. Elle gardait la tête baissée et regardait ses pieds faire des pas. Et, encore marmottant comme si ses lèvres ne se descellaient pas, elle corrigea ce qu'elle tentait de dire : qu'elle avait, dans une zone raisonnable de sa conscience, espéré qu'il se tût, et, partout ailleurs, dans ce qui n'était pas raisonnable et dans ce qui n'était pas conscient, espéré qu'il l'accostât. J'ai cru que... Les mots se perdirent dans les rires d'un groupe de filles qu'ils contournèrent en se séparant à nouveau. (Et cette fois elle ne sautilla pas du tout.) Il ne répondit pas, elle ne sut pas s'il avait ou non entendu, et se permit de s'installer aussi dans le silence. Ils n'avaient pas cessé de marcher, comme s'ils se rendaient quelque part, mais ils n'étaient convenus de rien. (Elle était arrivée un peu en retard, il l'avait vue venir de loin, ils s'étaient serré la main avec la confusion et le plaisir, aussitôt il s'était mis à marcher, toujours dans la même direction, et elle à le suivre.) Je ne sais pas du tout où je vais ! dit-il. Et moi je vous suis aveuglément ! dit-elle. Ils rirent pour la première fois en même temps, et c'était simple de rire ! Ils sentirent comme le rire résumait et résolvait tout.

Pauline Arnoult s'absorba dans les souvenirs enamourés des récentes semaines : Dire qu'une nuit elle avait rêvé de cet homme ! Il était alors l'inconnu dont le regard attrapait le sien, à l'école où elle déposait son fils. Et elle avait fini par penser à lui le soir au moment de s'endormir... Parce qu'il n'avait plus cessé de la dévisager avec une admiration vraiment sexuelle. Oui, c'était bien de cela qu'il s'agissait. Comment ne pas le remarquer ?! C'était une chose qui se savait aussitôt. Couchée en silence à côté de son époux, elle reformait de mémoire ce visage et ce regard (et, peu ou prou, elle les inventait). Elle jubilait d'inspirer ces amoureuses révérences à un regard. N'était-ce pas honteux et inconcevable, cette prérogative soudaine et injuste qu'elle accordait, à côté de celui près de qui s'affermissait sa vie, à un homme absent ? Elle avait perdu la raison dans l'insistance de deux yeux. Par enchantement ces yeux avaient acquis la parole. Qui eût fait autrement dans le même sortilège ? Elle s'était bien vue : toute coquette et troublée, soudainement toquée d'un homme parce qu'il l'était d'elle, oui, aimantée par mimétisme, et incapable de refuser ce rendez-vous qui n'avait pas de futur. Elle n'avait pas esquivé comme la raison lui imposait de le faire. Comment était-ce arrivé ? Il avait fait le premier pas. Cet acte-là, si épineux, l'avait stupéfiée. Elle avait même été admirative. Jamais elle n'aurait pu le faire ! Elle était impressionnée parce qu'elle oubliait quelle espèce de conquérant peut devenir devant une femme qui lui plaît un homme dans la force de l'âge. Il avait donc fait le premier pas, parce qu'il savait qu'elle ne le ferait pas, et elle l'avait suivi sans hésiter. Elle n'avait pas été incorruptible. Les mots qu'elle avait dits, les gestes, les sourires, tout était un accueil, on ne pouvait pas s'y tromper. Elle releva la tête à cette idée et se mit à marcher dans une posture très droite. Quelque chose de ce manège passé lui semblait assez honteux pour la rendre plus farouche qu'elle n'était. On se voit parfois, tel que l'on s'est conduit, dans la faiblesse ou le laisser-aller, et il arrive qu'on ne s'apprécie pas. Comme elle aurait voulu ne pas se mentir ! Ne pas tricher, quelle que fût sa conduite ultérieure. Mais il n'est pas certain que cela soit possible. On ne fait pas tout ce que l'on veut de soi-même : elle n'avait pas l'intention non plus de minauder et elle ne pouvait s'empêcher de le faire un peu ! Défaite dans un écheveau de sensations, elle se voyait défaite. Je marche à côté d'un type que je ne connais pas ! se disait-elle. Elle marchait bel et bien. Impossible de croire qu'elle faisait autre chose. L'émotion sensuelle qui l'entraînait était sans détour. Sans cesser d'avancer à côté de lui, et toujours calquant son pas sur le sien (de même qu'il essayait de la suivre, ce qui expliquait l'harmonie de leur image), elle le regarda pour la première fois et elle eut cet étonnement : il n'était pas beau, il n'était pas élégant, quand il se taisait son charme était imperceptible. N'était-il pas très ordinaire ? En tout cas il n'était pas raffiné. Et cependant sa présence attisait un sentiment d'attraction, l'impression qu'en elle s'éveillaient et remuaient des choses enfouies et secrètes, qui gagnaient contre tout ce qui peut faire une vie, contre les choses raisonnables et les choses utiles. Le plus magique pourtant n'était pas cette émotion, mais l'évidente réciprocité de cet élan. Pas un instant, lorsqu'elle chassait les fausses questions, elle ne doutait de l'attrait qu'elle exerçait sur lui. Ils étaient deux proies. C'était en somme un ensorcellement banal. Tout le monde sait jusqu'où pareilles choses peuvent aller.

À ce moment Gilles André se tenait plutôt du côté du silence. Il ne craignait pas l'absence de conversation. La capacité qu'il avait de se taire en face de quelqu'un qu'il connaissait à peine, et de rester là simplement dans des mouvements et des regards, troublait sa compagne. Ce n'était pas à dessein. Il faisait le calme en lui. Il lui fallait apaiser la part secrète de lui-même. S'il s'était écouté, il aurait sans attendre entraîné la jeune femme vers une chambre close, n'importe laquelle pourvu qu'il eût abandonné les gestes convenus. Il voulait glisser ses mains dans des caresses, faire le silence dans les baisers.

Et le comble c'était qu'elle le voulait aussi. Il en était certain. Oui, c'était ce à quoi elle pensait. Elle était préoccupée par l'inexplicable désir d'intimité et il le savait sans qu'elle eût besoin d'en dire un mot. Il était de ces hommes sans conformisme ni vulgarité, qui reconnaissent ce qu'ils vivent et ne font pas de simagrées. Si un homme ressentait envers une femme l'élan et la tendresse favorables à cela, s'il les ressentait très fortement, pourquoi lui faudrait-il obligatoirement attendre, il n'y avait qu'à s'allonger tout contre elle, voilà ce qu'il pensait. Il y avait en lui une liberté profane et la clairvoyance réfléchie de cette façon d'être. Cependant il était un véritable amant : délicat. Et il sentait que cette femme n'était pas prête. Elle attendait. C'était son plaisir en ce jour : retarder dans le pressentiment de l'issue. Il ne savait pas pour quelle raison (puisqu'elle le voulait), mais une habitude qu'il avait de la séduction le renseignait sans qu'il doutât de son intuition. C'était comme ça. Et pourquoi pas ? se dit-il. Il pouvait dans le même temps se plier de bon gré au rythme de cette féminité et le déplorer. Il avait conscience de faire un effort. Il s'efforçait de se mettre à la place de l'autre. Elle ne sait rien de moi, se disait-il. Aussi se contenta-t-il de : Voulez-vous boire quelque chose ? Et elle répondit : Volontiers. Et ils s'assirent à une terrasse qui était pleine de monde. Et tout cela, pensa-t-il, la contemplant assise dans l'embellissement de son désir, n'était que détours et temps perdu, et couardise. Tandis qu'elle était simplement fervente, soudain persuadée de sa beauté dans l'or vespéral, étourdie par son bien-être, et qu'elle goûtait, avec ce sel du secret et de la nouveauté, une liesse intime qui avait tout son temps. Pourquoi se hâter dans la liberté d'éblouir ? L'horloge des femmes et celle des hommes dans l'amour n'ont pas les mêmes aiguilles.

Aussi, puisqu'il le fallait, il se mit à parler. Il prit sa voix de cajolerie, une voix de feutre, portée par un soupir, comme murmurant dans une alcôve. Une parole soufflée, tout au bord de l'exténuation. Pauline Arnoult s'était d'emblée soumise à ce murmure. Le faisait-il exprès ? Elle avait le sentiment quand il parlait qu'il était fatigué de l'aimer ! Et quand cette voix riait, car elle était capable tout à coup de devenir rieuse, il lui semblait encore que c'était autour d'elle, dans le goût extrême d'elle. Elle trouvait à entendre dans cette voix ce qu'elle voulait réussir : être unique et soumettre cet homme à son charme. Elle entendait que c'était fait. Elle se trompait. Mais l'illusion était aussi tenace que la voix était suave. Et il excellait à ce mécanisme enchanteur de la parole. Écouter, regarder, admirer, rire, murmurer les plus attendus des mots, et la fleur déployait ses voiles... c'était une chose qui ne manquait pas d'advenir. Incapable d'en mesurer l'effet (mais certain qu'il y en avait un à force de l'avoir observé), il jouait avec ce que le ton d'une phrase peut avoir de sensuel, de suggestif même. En matière de susurrement et de matoiserie amoureuse, il n'était pas tombé de la dernière pluie. Sa voix, dédiée comme une révérence, plaisait aux femmes en éveillant leur vanité.

Donc il possédait une vrille d'ondes ensorcelantes. Cette vrille répéta un prénom. Je sais votre prénom, avait-il commencé de lui souffler en riant. Oui, il utilisait cette partie du langage qui n'est pas tout à fait le langage, qui ne compromet pas autant que les mots, tout en se faisant comprendre aussi bien. Pauline, murmura-t-il, c'est bien cela ? Et il répéta : Pauline. En la regardant dans les yeux, avec un petit sourire subtil. Elle pensait que ce regard était exagéré, et il l'était, délibérément, comme s'il avait su que les femmes, malgré la clairvoyance dont elles sont capables, ne résistent pas à cette attention. C'est un sublime prénom, dit-il. Elle trouva à dire : Je l'aimais beaucoup. Elle fit une pause et ajouta : Jusqu'à ces films et cette grande fille blonde en maillot de bain à la plage. Et qui vous ressemble un peu... murmura-t-il, comme pour lui-même. J'espère que non ! dit-elle. Elle n'est pas si mal ! dit-il en riant. Il la regardait toujours dans ce bonheur non dissimulé d'être avec elle et de la contempler. Elle était beaucoup trop troublée pour s'en rendre compte, trop occupée d'elle-même pour découvrir son compagnon. Il continua sur le prénom : Il n'avait jamais rencontré de femme qui le portât. Qu'y avait-il à répondre ? Elle ne répondit rien. Alors la voix demanda : Pourrai-je vous appeler Pauline ? Cette requête aussi était exagérée : désuète et presque ridicule. Évidemment vous le pouvez, dit la belle et pauvrette qui percevait le cinéma et l'appréciait quand même, et s'en voulait de l'apprécier. À combien de femmes avait-il fait ce numéro ? Cette question empêchait Pauline Arnoult de vivre pleinement ce plaisir d'être courtisée. À combien de femmes ? Et aussi : Se moquait-il d'elle ? Elle avait une très grande peur d'être moquée. Plus on est saisi par l'amour, plus on soupçonne l'autre d'essayer de vous attraper... N'était-elle que sa proie ? Était-il sincère ? Elle voulait bien jouer, mais à condition que cela ne fût pas qu'un jeu. Faire du charme... elle n'aimait pas tellement se surprendre à ces simagrées. Aussi faisait-elle des efforts invisibles pour ne pas se départir de sa simplicité. Mais le jeu la prenait, elle souriait et riait, elle rougissait... Est-ce que l'on ne serait complètement soi-même que seul ? Elle aurait voulu se donner pour ce qu'elle était. Comme vous êtes silencieuse ! s'exclama-t-il. Vous ne voulez pas me répondre ?! Il répéta : Pourrai-je vous appeler Pauline ? Pourquoi vous le refuserais-je ? dit-elle. Vous n'allez pas m'appeler madame ! Pourquoi pas ! fit-il en riant, décontracté et provocateur. Vous ne me connaissez pas, dit-il. Son visage était installé dans le sourire. Si, dit-elle avec une absence de détours qui étonna le futur amant, j'ai l'impression de vous connaître depuis longtemps. Et d'ailleurs, fit-elle en prenant son courage à deux mains, ne me répétez pas sans arrêt que je ne vous connais pas ! Ne suis-je pas là avec vous ? Et, fit-elle, si je suis une inconnue, comment savez-vous mon prénom alors ? ! Il rit, encore, car il y a décidément beaucoup de rire dans la galanterie. J'ai entendu un jour à l'école une femme vous appeler Pauline, dit-il. Et il ajouta : C'était le prénom de ma grand-mère. La mienne s'appelait Marie-Pauline, dit-elle. Il y a des modes pour cela comme pour le reste, dit-elle, un peu froidement, avec une voix basse, plus masculine et dépourvue de la douceur chantante qu'avait la sienne. Elle essayait vraiment de dissiper la vapeur de désir qui pesait sur cette rencontre. Mais c'était peine perdue, ces choses-là sont ou ne sont pas, se sentent et ne se dissipent pas. Vous ai-je mise en colère ? demanda-t-il. Elle fit non de la tête en se sentant piteuse de ce qui se murmurait sans mot. Il n'aimait pas quand elle serrait sa bouche de cette façon. Il aurait voulu qu'elle s'attendrît. Il aimait quand elle souriait. Il la regarda dans les yeux, longuement, avec beaucoup d'audace. Elle était en train de rougir. Tout était dit.

Alors il reprit les rênes. Tout était dit mais ce n'était pas si facile. Rien n'était fait ! En cette matière, passer du dit au fait, du silence aux gestes, il y a des hommes qui n'y parviennent jamais, et des femmes qui s'amusent de rien. Le genre d'allumeuse qui abandonne le feu. Il en avait connu quelques-unes, mais s'était fait une spécialité de les dépister aussitôt. Celle-là n'était pas allumeuse, pensa-t-il, pas du tout même. Il fallait lui reconnaître cela : elle avait un charme captivant sans faire de charme. Il se mit à réfléchir à cela. Mais non, ce n'était pas possible, elle faisait forcément quelques efforts pour plaire. D'ailleurs elle n'était pas naturelle, on voyait bien qu'elle se tenait. Il l'observa par en dessous. Elle existait. C'était une femme qui avait une présence. À quoi tenait que l'on fût présent ou non ? songea-t-il. Elle devait avoir une vie intérieure, elle avait un être intérieur puissant. Il avait toujours cru à cela. Alors il la regarda avec un véritable intérêt. Elle le ravissait encore mieux quand il rêvait à elle. Elle l'avait attiré, et maintenant il était entièrement pris. Il s'extasia : Et elle était silencieuse ! Elle était capable de ne rien dire ! N'allait-elle pas dire quelque chose ? Il attendit. Le silence. Elle regardait les gens qui sirotaient et bavardaient dans la chaleur des pierres. Il remarqua une fois encore la foule partout. Ils étaient loin d'être seuls tous les deux. Et pourtant il ne voyait qu'elle ! Je suis bien pincé, pensa-t-il. Elle n'avait encore rien dit ? Non, elle regardait ailleurs. Comment s'appellent vos enfants ? demanda-t-il, pour dire quelque chose. Et aussitôt il fut horrifié de s'entendre ! Que racontait-il ?! Il fallait qu'il fût bien intimidé malgré tout. On triche parfois tellement qu'on voudrait rire. Il voulait lui dire J'ai envie de vous, et voilà qu'il lui parlait de ses enfants ! Et il savait très bien qu'elle n'en avait qu'un ! Voilà qui ne lui ressemblait pas. Il n'était même pas fichu de parler. Il la regarda en souriant parce qu'il avait presque pitié de lui-même. Elle avait encore les joues empourprées. Elle n'était pas meilleure que lui. Ce silence était si électrisé... Non, ils ne savaient pas encore se parler et tournaient dans l'inessentiel, pris par leur secret éventé et trop de regards qui se croisaient, s'enfuyaient, se cachaient. Ou bien dans les yeux ou bien à la dérobée : aucun regard n'était innocent. Mais elle entra dans cette conversation fausse. Elle n'avait qu'un fils qui se prénommait Théodore. Et votre fille ? demanda-t-elle avec courtoisie. Car elle était de ces femmes que la politesse ne rebute pas, et qui sont capables de faire ou dire par urbanité les choses les plus dépourvues d'intérêt. Ma fille s'appelle Sarah, dit-il d'abord. Puis il ajouta, comme s'il se défendait d'un jugement : Mais ce n'est pas moi qui ai choisi. Il s'expliqua : Mon épouse a jugé que la grossesse et l'accouchement lui donnaient le droit de prénommer l'enfant sans me demander mon avis. Et n'aimiez-vous pas ce prénom ? poursuivit-elle, un peu gênée de ces confidences qui évoquaient sa femme. Pas tellement, avoua-t-il. Il chercha ce qu'il voulait dire et ajouta : Pour moi, Sarah c'est le prénom d'une vieille femme. Il dit encore : Ma fille a fait disparaître la vieille femme. Mais la vieille femme a fait disparaître ma femme ! Ce n'était pas très clair, mais il était drôle et triste et cet ensemble chez un homme était émouvant. Elle choisit de rire, parce qu'il cherchait de toute évidence à la faire rire. Il vit qu'elle avait de jolies dents, intactes comme celles des jeunes enfants. Il vit que ses yeux devenaient des fentes noires comme ceux des Chinoises, parce que ses cils étaient très foncés pour ceux d'une blonde. Aucun homme n'oserait répéter assez comme le corps d'une femme est présent, emporte le morceau aussitôt ou jamais, se prononce avant le conquérant, fait des confidences, attire ou repousse à lui seul le corps d'à côté. Un corps qui déciderait de tout ! Un corps ! Cela semblerait si peu... et c'était pourtant ce qui était là, ce qui bougeait, ce qui respirait, ce qui diffusait les subtils parfums secrets et tout-puissants : ce qui le prenait. Il la vit rire. Son nez se plissait à l'endroit où l'on pose les lunettes. Il aurait voulu cesser de la regarder de cette manière fascinée, mais il ne pouvait se retenir de le faire. Il était captif de ce visage. Et celle qui le portait par-devant elle, comme un filet, savait bien lire cet infatigable regard. Voilà un homme qui tombait amoureux d'elle. Elle ne pouvait pas se tromper. Une partie d'elle-même s'en réjouissait, une autre était troublée, et ainsi coupée en deux, entre clair-voyance et timidité, elle alternait une manière d'être fatale et une autre godiche. La confusion lui rendait cet homme invisible. Il n'était pas beau, mais elle ne s'en rendait plus compte du tout. Parce qu'il ne voyait qu'elle, elle ne le voyait plus. Cette sorte d'effroi qui paralyse les proies devant les prédateurs avait gagné sa pensée : elle n'avait plus de mots. Elle n'avait que des émotions. Elle se sentait dépouillée d'elle-même par un regard. Les femmes qui sont admirées sans le chercher comprendraient cela mieux que celles qui s'égarent toutes seules dans la frénésie de plaire. Elles savent combien le trouble d'être observée empêche d'apercevoir l'émotion de celui qui regarde. Et les questions se posaient. Il était amoureux. Très amoureux ? Pouvait-elle se tromper ? Se monter la tête alors qu'il se moquait d'elle ? L'évidence et le doute avaient commencé une java.

Il la contemplait avec un ravissement qui s'exprimait en sourire, en amusement. Oui, il laissait éclater une sorte de bonheur simple et complet qu'il trouvait dans la contemplation. Elle était assez comblée elle aussi (elle devait bien sentir comme son corps était présent). Elle souriait autant que lui, avec la même malice, qui la plaçait au bord du rire. Mais, n'était-ce pas extravagant, elle était pleine de doutes. Elle ignorait ce qu'il regardait vraiment, ce à quoi s'attachaient ses yeux du dedans et son plaisir, et ce par quoi naissait son désir. Jamais elle ne saurait voir par ces yeux étrangers. Oui, rien n'était plus douteux, elle ne savait pas ce qu'il se disait en l'observant, ou même s'il se disait quelque chose plutôt que rien. Elle suçotait le bout d'une paille tout au fond de cet embarras, elle mettait de côté la paille et buvait une gorgée, toute proche de lui, se demandant dès qu'il ne disait rien à quoi il pensait, s'il s'ennuyait, ce qu'il voulait. Il était sincèrement pris par elle, enfermé dans le charme et par nécessité charmeur, pas joueur ni chasseur pour deux sous, mais elle n'avait aucun moyen d'en être certaine. À combien de femmes ?... Qu'il le voulût ou non, son visage était une enceinte, un masque qui pouvait à tout moment être suspecté, simplement parce qu'il avait les moyens de mentir, simplement parce que d'autres avant lui avaient menti. Elle ne serait jamais assurée de ce qu'il ressentait, elle ne cesserait pas d'ignorer en partie ce qu'il pensait d'elle, au mieux elle feindrait d'oublier les questions. Est-ce que tu m'aimes... Ne le répète-t-on pas toute une vie ? Il faudrait oublier l'opacité, et tout ce qui sépare d'un autre, et malgré les gestes et les mots que nous avons. Car nous avons des gestes et des mots ! Mais ce sont les pensées qui manquent : on ne sait pas tout se dire, on ignore ce qu'il y aurait à avouer, on ne peut penser dans le temps qu'il faut pour l'exprimer, tout ce qu'on pense dans le temps qu'il faut pour le penser. On ne peut même pas tout se confier à soi-même. Est-ce qu'il s'amusait d'elle ? Il n'y aurait pas d'autre lot que celui des conjectures : ressentir, percevoir, deviner, mais ne pas être certain, installer à l'endroit de ce qui n'est pas dit le campement de ses doutes. Est-ce que ce n'était pas une malédiction que tout en eux fût clandestin ? Oui, une mauvaise blague, un jeu faussé, que toute pensée, toute sensation et tout amour ne soient jamais qu'enfermés dans la chair, bien au-delà de la clôture du visage : inaccessible, improbable, toujours à prouver. Ils étaient assis l'un en face de l'autre, trop silencieux, pris dans cette malédiction, gênés parce qu'ils ne pouvaient que croire et suspecter ce que disait le silence. N'était-ce pas une condamnation qu'il fallût faire la preuve de ce qui pouvait être, plus que toute autre chose, pur et vrai ? Un désir, un amour. Même cela, il eût fallu le prouver.

À combien de femmes ? se demandait-elle en l'écoutant. Comment lui répondre, lui dire ce qu'il en était et que c'était autre chose aujourd'hui ? La torture des êtres sincères n'a pas de fin. Pourquoi ne pouvaient-ils être là, l'un devant l'autre, comme des livres ouverts ? se disait-il, parce qu'il percevait chez elle une réticence. Elle doutait de lui ! Forcément ! Que savait-elle de lui ? Il aurait voulu lui dire d'emblée : Je ne joue pas. Mais il n'osa pas. Ce propos ne s'insérait pas dans le moment. Elle rêvait en regardant une femme seule à une table, une femme au bord de l'âge fatal des femmes, et qui avait commandé un kir royal. La solitude. La femme au kir royal avait dû être belle, et ce turban lui donnait beaucoup d'allure. Ne trouvez-vous pas que cette femme est belle ? dit Pauline Arnoult. Il fit une moue en balançant sa tête. Une moue qui voulait dire qu'il ne pouvait oublier l'âge et apercevoir la beauté. Et c'est vrai qu'il pensait : Un peu tapée. Elle fut déçue. Il était comme les autres, soumis à la fraîcheur. Voilà pourquoi cette femme était seule, et pourquoi elle-même, dans sa jolie jeunesse, avait un époux. La compagnie conjugale... on s'en trouvait gâtée au moment où l'on en avait le moins besoin ; la vie était faite à l'envers, le bonheur d'une passion allait à celles qui avaient la jeunesse. À cette idée Pauline Arnoult pensa à son mari. Elle le voyait réfléchir et répondre, la première fois qu'elle s'était laissée aller à évoquer Gilles André, puisqu'elle songeait de plus en plus souvent à l'obstination silencieuse de ses yeux. Et le mari disait : Oui, je vois qui tu veux dire, il divorce je crois. Et elle, l'air de rien, à parler de cet homme qu'elle rencontrait à l'école et qui avait l'air sympathique. Sympathique ! Oui c'était bien le mot qu'elle avait employé ! Elle eut honte à ce souvenir. Et elle continua tout à coup la conversation sans penser à ce qu'elle disait : Vous avez divorcé récemment ? dit-elle. Il fut surpris. Comment savait-elle cela ? On avait dû le dire au club, les gens parlaient tellement... Tout de même, elle devait être mal à l'aise pour poser une telle question. Il paraît ! fit-il. Puis, avec toute la souplesse de sa voix, il retrouva la douceur : Comment savez-vous cela ? souffla-t-il dans un sourire triste. Je le sais, dit-elle. Si vous voulez me faire des mystères... murmura-t-il. Oui je le veux, dit-elle. Elle aurait été incapable d'avouer la conversation avec son mari. Et d'ailleurs elle restait muette, tout interdite. Il s'était quant à lui remis de sa surprise. Oui, confirma-t-il, je divorce, il paraît que ça avance bien ! Ses yeux noirs étincelaient, de toute évidence il souffrait beaucoup. Pourquoi faites-vous semblant de vous en moquer ? lui dit-elle. Boh ! fit-il. Parce que j'étais opposé à cette procédure. C'est ma femme qui y tient. Je la laisse faire. Mais, dit-il comme s'il tenait à cela quant à lui, je ne m'occupe de rien. Son avocate tranche pour tout. Une conviction ranima son visage. Il dit : Je veux que ma fille ne manque de rien. Et que ma femme ne se prive pas non plus. Je ne vais pas me mettre à compter ! Je vous comprends, dit-elle. Mais elle ne savait pas quoi dire. Les femmes sont si dures quand elles croient ne plus aimer, dit-il, presque pour lui-même. Alors il se tourna vers elle, sourit et ajouta : Je dis *quand elles croient*, parce qu'elles se trompent souvent ! Elle n'allait pas se mettre à le contredire à ce moment. Aussi elle acquiesça, et il se mit à rire en regardant ce beau visage un peu déconfit. Vous êtes adorable ! dit-il. Et cette fois elle se rebella : Ne me dites pas cela ! Cela me semble ridicule. Je n'aime pas quand vous me parlez comme ça. Au contraire ! fit-il. Vous adorez cela ! Il s'approcha tout près d'elle : Mais vous ne voulez pas vous l'avouer...

Il redevint sérieux pour conclure sur son divorce. Ne parlons plus de cela voulez-vous bien ? Ce n'est pas un sujet dont j'aime à bavarder. Afin de la rassurer (non il ne faisait pas de cachotteries, il était franc comme l'eau), il ajouta : Je vous ai tout dit. Je divorce, dit-il, comme tout le monde ! Un pli de lassitude enveloppa sa bouche. Mais pas comme vous, dit-il après un silence. Cette pensée lui faisait plaisir. Pourtant – comment se débrouilla-t-elle ? – elle entendit là-dedans qu'il le regrettait. Elle fut presque à croire qu'il lui demandait de divorcer. Il s'emballa : Je ne sais pas ce qu'elles ont toutes à vouloir le divorce ! Quelle idiotie. Dieu sait pourtant que vous n'êtes pas faites pour vivre seules. Il dit : Vous les femmes, vous êtes faites pour être accompagnées. Il aimait par-dessus tout l'idée d'une femme amoureuse, et c'était pour se raccrocher à une pureté qu'il répéta : Vous ne divorcez pas, c'est une chose très sage. J'aime beaucoup croire que vous avez plus de sagesse que d'autres. À nouveau elle entendit ce bruit de regret, se demandant si elle avait bien entendu. Et elle n'avait pas bien entendu. Elle n'avait fait que projeter sa propre idée, se laisser aller à cette pensée saugrenue mais réconfortante qu'un homme la voulait libre pour l'aimer tout à fait. Mais alors il dit : Vous ne divorceriez pas, je suis sûr que vous ne feriez pas cela ? Et vraiment elle crut qu'elle ne s'était pas trompée, qu'il lui posait la question de façon détournée. Or elle était dans une erreur complète. Il voulait s'assurer qu'elle ne ferait jamais cette sottise. Elle se heurtait, cette fois sans le savoir, à l'opacité irréductible de l'autre, à la menace de croire à ce qui n'est pas, ou de ne pas croire à ce qui est, de se tromper de profondeur et de couleur. Et d'en pleurer ! Est-ce que les pleurs ne sont pas les derniers mots de l'amour ? !

Comme sont subtils et nombreux, et lourds à porter, nos fourvoiements, nos pensées secrètes, nos espérances inavouées, les gestes que nous attendons d'autrui, ceux que nous retenons, les mots que nous voulons entendre, ceux que nous entendons et qui n'ont pas été dits ! Et c'est dans le désordre qu'ils sèment en nous que nous nous donnons pourtant la réplique, sans rompre le cours de la conversation du dehors, et taisant résolument celle du dedans, que nous menons avec nous-mêmes, et qui fait de nous des menteurs. Il y avait une chose qu'à cet instant elle ne s'était pas encore avouée (ce pourquoi elle se trouvait là, à l'insu de son époux, à l'insu de tous), et le secret qu'elle s'en faisait conditionnait sa façon d'entendre ou de parler. Elle était déséquilibrée par ce secret. Il aurait fallu être transparent. Voilà ce qu'elle croyait. C'était impossible, ou c'était idiot. Mais elle tenta l'impossible. Elle dit ce qui paraissait la chose la plus stupide que l'on pût dire, elle dit : Pourquoi vous ai-je suivi ? Pourquoi suis-je là avec vous ?

C'était vraiment venu comme un cheveu sur la soupe. Elle s'était peu à peu agacée de se voir en plein marivaudage et elle avait parlé dans la précipitation de l'émotion. Oui, fâchée de s'observer de l'extérieur dans ce jeu et de savoir qu'elle le goûtait, elle avait posé cette sotte question. Comme elle minaudait ! Et tout cela pour travestir l'instinct, ce tressaillement intime qui n'était qu'une injonction ! Mais oui. N'était-ce pas ce qu'elle faisait ? En somme elle était déjà amoureuse et elle ne voulait pas se l'avouer. Elle le savait et elle ne le savait pas. Elle prenait à l'atermoiement et à la séduction le même plaisir qu'à l'issue. Elle était joueuse et captive et coupable, tout cela ensemble, c'est possible. Pourquoi suis-je venue ? disait-elle. Elle lui posait la question qu'elle refusait de se poser. Elle se sentit stupide et fausse, et désolée puisqu'elle ne se croyait ni l'un ni l'autre. Ce silence électrique et maintenant cette question ! Elle était si perdue qu'elle la répéta : Pourquoi vous ai-je suivi ? Il lui sourit comme un monsieur âgé à une jeune fille. Elle était charmante dans la petite rougeur embarrassée ! Il allait lui répondre à cette mignonne. Il trouva une réponse. La voix d'alcôve murmura : Parce que ce n'était pas compromettant. Et c'était presque une question qu'il lui posait. Une question qu'elle n'écouta pas, parce qu'elle était si éparpillée par ses perceptions. Elle pouvait sembler idiote ou niaise à ce moment, toute jolie dans son extrême jeunesse, et à vouloir ainsi d'emblée dire les choses qui ne se disent pas, les choses qui valent de rester tues, et peut-être grâce à cela, à demi sues, à demi rêvées. La cachotterie qu'elle se faisait la rendait brutale. Elle ne faisait qu'entrer dans le besoin de dire. Les choses dites sont moins incertaines que celles qui ne le sont pas. Mais pouvait-il seulement répondre, révéler abruptement son désir, et le ravissement, et l'immémorial dessein ? Dire tout de go : Nous sommes là parce que j'ai envie de coucher avec vous et que vous allez être d'accord. Ou bien être un peu plus chantourné et murmurer tout bas : Nous sommes là pour nous séduire, nous sommes là parce que vous me plaisez, parce que je pense à vous sans arrêt, parce que j'ai dû tomber amoureux et que je vous plais aussi, même si vous trichez en feignant de l'ignorer. Non, il ne pouvait pas dire ces mots. Ça ne se faisait décidément pas. Pourquoi donc ? Il n'aurait pas su l'exprimer, mais c'était à ne pas dire, pas maintenant. Elle n'aurait pas aimé cela. Et pourtant s'il parlait, à l'instant tout serait clair. Un immense regret le traversa. Les mots étaient en lui et il ne les disait pas. Il connaissait la réponse et il répéta la question. Perroquet et menteur : Oui, pourquoi ? Pourquoi sommes-nous ensemble ? répéta-t-il en se balançant sur sa chaise. Ses yeux riaient. Il était un écho ironique. Et tous deux ne pouvaient que rire de ces questions dont ils avaient les clefs, dans leurs jambes (dérobées sous eux) et dans leurs yeux (aimantés), et tous deux sachant qu'ils les avaient. Ce qui donne la fièvre, c'est peut-être ce savoir gardé comme un secret idiot. Et donc bien sûr ils s'amusèrent ensemble, une fois de plus. Le rire était au cœur de leurs manigances galantes. C'était leur gêne, le bruit de leur déloyauté, parce que le sens des mots et des gestes avait beau être évident, ils faisaient mine, en pleine cour amoureuse, de ne pas entendre en eux le grand tintamarre du sang. J'ai un cadeau pour vous, dit-elle en ouvrant son sac. Pourquoi avait-elle eu envie de lui faire un cadeau... C'était une autre des questions auxquelles elle se refusait à répondre. Aussi elle rougit en lui tendant ce qui devait être un livre. Où cela nous mènera-t-il ? dit-il. Ils riaient de nouveau, parce qu'il n'y avait pour eux rien d'autre à faire. Un chemin s'ouvrait, se mentir un moment pour l'élégance, en rire pour l'intelligence, s'avouer tout et se laisser aller. Il essaya d'imaginer le corps qu'elle avait. Il n'y parvenait pas. Le visage était trop présent. La magie fabriquait un tabou. Mais cela cesserait. Il le sentait dès qu'il était très près d'elle parce qu'il aimait son odeur. Oui cela cesserait. Le soleil avait disparu derrière les toits.

Ils continuèrent encore un moment de bavarder, assis l'un à côté de l'autre dans des postures très différentes, elle, les jambes croisées sous le tissu léger de sa robe, le buste un peu replié vers son verre et la petite table ronde, lui, appuyé au dossier de sa chaise, jambes ouvertes, plus détendu qu'elle à ce moment, parce que leur proximité physique la gênait. Il y avait un va-et-vient continu aux terrasses, les gens se levaient, d'autres arrivaient. Il se mit à poser de nombreuses questions, les plus simples, qui lui donneraient une idée du genre de vie qu'elle menait. Il avait oublié beaucoup des choses qui préoccupent les débuts de l'âge adulte, et de surcroît il était un homme, mais il essaya de s'approcher d'elle. Qui garde votre fils ce soir ? demanda-t-il. Il est chez ma mère, répondit-elle. Vous travaillez ? Quel métier faites-vous ? Ah ! dessinatrice ! On gagne sa vie en dessinant ! Des papiers peints ! Je n'y aurais pas pensé, dit-il. Mais il en faut, dit-il. Le silence guettait tous les instants. Il faisait vraiment la conversation. Quelle est votre couleur préférée ? demanda-t-il. Elle jugea que c'était une question originale et le lui dit : Personne ne m'a jamais demandé cela ! Alors je suis un homme heureux ! dit-il en entrant dans ses yeux. Voilà que vous exagérez de nouveau ! protesta-t-elle. Je m'arrête ! C'est promis ! dit-il en riant. Et comme elle riait aussi : Je m'arrête ! répétait-il. Mais voyez comme je vous fais plaisir ! Il était bien trop hardi et clairvoyant pour qu'elle ne rougît pas un peu. Il y eut un silence. Puis il reprit les questions. Votre mari, que fait-il dans la vie ? D'où êtes-vous originaire ? Et encore : Aimez-vous vivre ici ? Depuis combien de temps êtes-vous mariée ? Où aimeriez-vous habiter ? Aurez-vous beaucoup d'enfants ? À cette question elle devint toute rouge. Avez-vous encore vos parents ? demanda-t-il. Puis se rappelant que le fils était chez la mère : Bien sûr, suis-je bête, j'oubliais que votre fils est chez sa grand-mère. Et votre père ? Est-il encore en activité ? À l'étonnement qu'elle eut, il comprit que c'était une question de vieux, et elle était si jeune, évidemment qu'elle avait des parents actifs ! Alors il sourit pour dire banalement : Et que disent-ils d'avoir une fille aussi jolie ?... Je suis sûr qu'ils sont très fiers de vous, murmura-t-il. Mes parents sont merveilleux, dit Pauline Arnoult. Lorsque j'étais enfant, nous habitions une grande maison près de L'Isle-Adam... Elle se raconta sans détour, dans un flot de sourires. Puis elle dit : Et vous ? Ce fut son tour à lui de se dire. Il fut beaucoup plus discret qu'elle. Elle sentit qu'il taisait l'essentiel qui était (elle le pensa) son goût des femmes, mais elle ne chercha pas à savoir ce qu'elle ne voulait pas découvrir. Ils connurent donc de l'autre la vie faite de détails. Et cela ne changea rien. Il sentit même une recrudescence de son désir lorsqu'ils parlèrent du mari. On peut dire qu'il s'amusa en secret. Elle avait rosi dans l'ardeur mise à parler, et il la trouva encore plus jolie sous ce teint coloré qui est le teint du plaisir. Elle s'adossa à sa chaise. C'était la première fois qu'ils étaient pareillement assis. Et elle fut capable de se taire sans frémir, de sourire, de le regarder. Comme si parler défaisait un nœud, comme si les mots apportaient le calme, substituaient à une défiance originelle l'apaisement, la platitude des choses révélées.

## 2

C'était cette même fin de jour emmantelée de soleil et d'été, et ils parlaient, dans la salle de bains où ils s'apprêtaient, des personnes qui viendraient à cette soirée. Le mari se réjouissait d'y aller (les hommes regarderaient ensemble un match de boxe qui promettait d'être un beau combat), son épouse avait une appréhension. Elle n'aimait pas cette idée de séparer les hommes et les femmes. Non, répétait-elle, ce n'est jamais une bonne idée. Car les mères entre elles se mettaient toujours à parler de leurs enfants (et elle-même n'en avait pas), pendant que les pères de leur côté se laissaient aller à rire pour des bêtises, puis des obscénités. Ces soirées ne rimaient à rien ! Et elle n'avait pas besoin d'être devin pour savoir de quoi parlaient les hommes ! On parle de vous ! dit Guillaume Perdereau à son épouse. Il riait mais pas elle. Alors il dit : Mais non ! tu sais bien qu'on parle de boulot. C'était une époque de travail intense pour les élites. Les hommes donnaient leur vie. C'était peu dire qu'ils ne voyaient pas leur famille. Et d'ailleurs Louise dit : Vous rentrez tard toute la semaine et le vendredi soir vous partez de votre côté raconter des âneries ! Elle repensait à quelques dîners récents. Comme on est médiocre dans ces soirées ! pensa-t-elle. Elle n'arrivait plus à perdre son temps de cette façon. Elle avait besoin de réaliser quelque chose. Ou alors elle voulait de la chaleur humaine, pas des rigolades superficielles et des mondanités. Le tête-à-tête, voilà ce qu'elle appréciait de plus en plus. On peut parler, on découvre vraiment une personne. Je n'aime plus ce genre de fête, dit-elle. À quoi le mari répondit : Tu le dis à chaque fois et ensuite tu es contente. Il avait raison. Elle secoua la tête et dit : C'est vrai. Je suis contente parce que je ne peux pas m'empêcher d'être touchée par les autres. Et je m'aperçois à quel point nous nous entraidons. Simplement le fait de se tenir les uns à côté des autres. Mais pour ce soir ce qui m'ennuie c'est qu'on ne soit pas ensemble justement. Et tu n'as pourtant pas envie de regarder le match avec nous ? dit-il. Elle secoua la tête. Il ne voyait pas plus loin que le bout de son nez : il ignorait quelles conversations ont les femmes, il ne remarquait même pas qu'eux, les vieux amis, parlaient toujours des mêmes choses et de la même façon. En somme il était un viveur : juger de ce que l'on fait ou dit l'intéressait bien moins que le plaisir de le faire ou dire. Quant aux problèmes psychologiques ou intimes (car c'était bien de cela qu'il s'agissait) de celle qui partageait sa vie, il croyait en prendre sa part et se montrer attentionné, il essayait de l'être, et sans doute parce qu'il se donnait cette peine croyait-il y parvenir. Mais c'était une illusion. Il n'avait aucun don pour comprendre la douleur que c'est de ne pas être comme les autres : de ne pas être une mère. D'avoir le ventre plat quand d'autres se plaignent de grossir trop vite, d'être libre quand elles vont chercher leurs enfants à l'école, et d'entrevoir qu'au bout de cette vacance on sera seule pour vieillir. Puisque, comment ne pas y penser, les maris meurent avant les épouses, et les veuves vieillissent seules, peut-être même sans personne pour les trouver mortes, dans ce nid qui est à demi sale parce qu'elles n'y voient plus rien. Elle soupira. Tu peux venir si tu veux ! dit-il avec insistance. Et il répéta : Personne ne t'oblige à rester avec les femmes. Je sais, dit-elle, mais je n'ai pas envie non plus d'être seule au milieu des hommes. Il leva les bras en l'air et les laissa retomber. C'était juste le moment où Pauline Arnoult réfléchissait aux gestes qu'elle faisait et décidait de ne plus sautiller. Alors là ma chérie que veux-tu que je te dise ! dit Guillaume Perdereau.

Il avait des oreilles très décollées et cela n'eût été qu'un détail si le reste de son visage avait conçu quelque harmonie, mais il était assez contrefait, des traits épais, une grosse tête, et l'on eût dit que dans cet ensemble rude chaque imperfection était accrue de toutes les autres. Une énorme tête et un cou de taureau ! Louise le pensait presque chaque fois qu'elle l'observait. Mais elle l'aimait. Il était intelligent et romantique. Cela semblait étonnant, mais il l'était. Quand il serrait les dents, gonflait ce cou d'où saillaient les veines et les tendons, elle riait et l'embrassait. Il arrivait qu'un geste en public se chargeât de montrer qu'elle l'aimait. Et il était heureux de présenter cette jolie jeune femme. Il se plaisait à être avec elle. Viens avec nous voir le match ! insista-t-il. Oh non ! dit-elle. Je n'ai pas envie de vous voir hurler devant un poste de télévision. Il avait entrepris de se raser et elle eut pour toute réponse le bruit du rasoir électrique. Elle était pieds nus et habillée d'un kimono délavé, ses cheveux dénoués avaient été brossés et restaient un peu électrisés au-dessus de l'encolure, elle avait fini de se maquiller et s'en alla dans le couloir chercher une robe. Louise ! appela-t-il. Quoi ? répondit-elle. Le son de sa voix était assourdi parce qu'elle parlait dans son placard. Est-ce que je mets une cravate ? dit-il. Pas pour aller voir un match de boxe ! dit Louise. Tu as raison, dit-il, je n'y pensais plus. Moi si ! dit-elle ironiquement. Cela t'ennuie vraiment à ce point ! ? dit-il. Il était réellement étonné, parce qu'une contrariété si minuscule ne l'aurait pas tant que cela occupé. Jamais il ne se ferait à cette manière qu'avaient certaines femmes de vouloir tout régir, et que la vie ressemblât à chaque instant, sans trêve, exactement à ce qu'elles désiraient. Sa première femme avait été un despote, et il avait imaginé que Louise serait plus facile à vivre. Mais il finirait par croire que, facile à vivre, personne ne l'est, au lieu de percevoir (comme il l'aurait pu) qu'il choisissait toujours le même type de femme. Car son être, comme beaucoup d'autres, n'était capable de saisir qu'un seul type de charme. Il interrompit ses préparatifs et vint se planter devant sa femme. Quelle soirée voulais-tu passer ? demanda-t-il, tout geste suspendu, et la regardant, las de ces discussions mais obligé de les mener, parce qu'il ne voulait pas laisser tomber contre elle. Que nous restions ici tous les deux ? demanda-t-il. Elle sembla acquiescer, mais en réalité ne savait quoi lui répondre, ignorant ce qu'elle aurait aimé. Il arrivait souvent qu'elle sût ce qui lui déplaisait sans rien savoir d'autre. Il était agacé par cette posture de refus simple. Quand on n'a envie de rien, dit-il, on peut laisser les autres choisir ce qu'ils veulent. Il laissait délibérément pointer son mécontentement. Louise s'était aussitôt renfrognée. Sans plus lui prêter la moindre attention, elle fit glisser les cintres sur la tringle pour attraper une robe. Elle était vexée, parce que pour cette fois elle voyait qu'il avait raison. Elle pensa sans le dire qu'elle avait mauvais caractère. Elle était capable d'imaginer son propre visage, buté, et elle se mit à rire. Pardon, miaula-t-elle en se retournant vers lui comme une chatte, je suis une emmerdeuse !

Il avait quinze ans de plus qu'elle, c'est-à-dire qu'il avait dépassé la première moitié de sa vie, alors qu'elle passait par l'épanouissement de la trentaine (bien qu'elle ne fût pas tout à fait épanouie). Côte à côte, dans l'intimité, par exemple là pendant qu'il était plié en deux pour attraper un peigne et qu'elle ne savait pas comment s'habiller, la différence d'âge était très apparente. Son corps à lui avait commencé de déborder, il était un peu ventru, on devinait qu'il ferait un vieux corps gonflé par la vie plutôt que desséché. Il n'était pas le genre d'homme à se surveiller, il était le genre à vivre : un heureux. Tandis qu'elle était une ardente. L'anxiété la brûlait. L'anxiété de quoi ? disait-il. Elle se rongeait les ongles. Arrête ! disait-il quand il l'entendait faire. Elle posait ses mains sur ses cuisses de rien du tout. Ses poignets blancs étaient si fins ! Je pourrais te casser comme un rien ! disait-il en les serrant. Elle était maigre mais pas osseuse, pas mince non plus, une vraie maigre qui se consumait, c'était un tempérament, le feu tremblant, un fond de malheur aussi dans tout cela. C'était peut-être par là qu'il avait su lui plaire : cette force de vie en lui, elle était fascinée, elle s'accrochait, elle voulait monter dans ce bateau. Elle avait su rigoler et s'amuser ! Avant de s'étioler dans ce désir d'enfant inassouvi, elle avait bien eu l'allure de la jeune maîtresse qu'elle était pour lui. Le choix qu'il avait fait en la courtisant était un choix purement sexuel. Aucun d'eux – pas plus elle que lui – n'avait alors imaginé qu'il quitterait sa femme. Louise était une escapade. Et l'expérience lui avait enseigné ce que c'est qu'une échappée pour père de famille : une aventure dont on revient. Elle n'attendait rien. Mais lorsqu'il avait cru découvrir qu'elle n'était pas tyrannique il l'avait épousée. Il avait tout quitté, les enfants, la mère, tout. Louise n'avait pas mesuré, elle n'était pas mère de famille, elle avait même un peu méprisé l'épouse délaissée qui faisait du chantage au suicide et plus que du chantage... Elle avait acheté le tailleur blanc et elle était à la mairie avec ce viveur très amoureux. Il la couvait des yeux comme si elle avait été la première. Ce serait sa troisième et dernière femme, et l'idée qu'il ne pouvait plus se permettre de rater l'avait alors effleuré. Mais c'était une vilaine pensée, car il s'agissait d'argent plus que de sentiments : il avait deux familles à sa charge, deux épouses et trois enfants. Lorsqu'on a laissé cela sur le bord de sa vie, l'amour qu'on avait conçu, les mots qu'on avait dits, les caresses données et reçues, c'est le début de l'errance, le cœur sait qu'il n'a fait que briser ses promesses, il se prend aux aventures au point d'en oublier tous les prix. Louise n'ignorait pas l'exact rapport de leurs forces. Elle pouvait le quitter, à tout moment refaire sa vie avec un homme, pour Guillaume c'était en somme, si l'on calculait bien, sa dernière vie conjugale. Elle se regarda dans la glace. Les fécondations artificielles avaient gonflé son ventre. Je suis difforme, pensa-t-elle. Guillaume ne supportait pas qu'elle fût si stupide. Quand on avait la chance d'être jolie, on avait la décence de ne pas se lamenter. Mais elle ne se plaignait pas, elle constatait simplement, et elle admettait qu'une fois habillée elle semblait parfaite. Comme les gens qui sont laids habillés doivent être vilains lorsqu'ils sont nus ! pensa Louise. Elle enfila un vêtement coloré. Elle est nouvelle cette robe ? dit Guillaume. Ce n'était qu'une manière de renouer un dialogue, car il avait déjà vu cette robe dix fois. Tu ne l'aimes pas ? dit-elle. Si si, beaucoup, dit-il, mais je me disais que je ne l'avais jamais vue. Tu ne me regardes pas, commença-t-elle d'une voix mécontente, puis métamorphosée sans qu'il sût comment : Me regardes-tu ?! dit-elle avec une voix de jeu. Me regardes-tu ? Je l'ai déjà mise dix fois ! Elle riait. Il respira. (Qu'on se l'imagine lui, comme tous ces hommes qui sont un peu plus falots devant leur femme, non parce qu'ils auraient réellement peur, mais parce que c'est avec elle qu'ils vivent, et qu'ils fuient les conflits.) Oh ! les disputes l'épuisaient, il ne voulait plus se gâcher la vie pour des idioties, mais Louise était reine pour cela et il finissait par tout faire pour éviter les scènes et la contenter. Et ainsi elle gagnait. Voilà comment le mauvais caractère avait raison de l'esprit pacifique.

## 3

Où voulez-vous que nous dînions ? demanda-t-il. Ah ça ! fit Pauline Arnoult. Ce sera à vous de choisir, je n'ose jamais décider pour un autre. Qu'aimeriez-vous manger ? demanda-t-il. C'est égal, j'aime tout, dit-elle. Elle se mit à rire en parlant : Je vais vous suivre à la trace, vous me transporterez comme un paquet ! Elle était provocante en s'amusant, et peut-être pour achever de se détendre. Sa manière d'être en face de lui était un étonnant mélange de grâce, d'audace, et d'attente ; la fusion d'une grande nature loyale et d'une vraie féminité. Savait-elle qu'elle était provocante ? se demanda-t-il. Il commençait de la découvrir davantage et de s'interroger : Serait-elle joueuse ? Ce ne serait pas étrange. Elle était venue. Elle était belle, forcément habituée à être courtisée. Elle avait un mari. Et elle était à la fois timide, rieuse, piquante. Allons dîner maintenant, dit-il, en reculant vivement sa chaise pour se mettre debout, il est tôt mais de cette façon nous aurons plus de temps pour nous connaître. Elle fut gênée par cette mention, le nous et la gourmandise. Aussi eut-elle un petit geste de main dans les cheveux, avant de tripoter son écharpe. Serait-elle joueuse ? se demanda-t-il encore une fois. Il se leva dans ce songe, dans le mystère de ce qui fait marcher les autres. Ses yeux passèrent sur deux escarpins blancs sans talons qu'elle portait, sur le plumetis jaune de la robe, et remontèrent jusqu'au visage qui n'était plus doré. C'est alors qu'il nota la disparition du soleil. Vous n'avez pas froid ? demanda-t-il. Et se disant : Pourquoi est-ce que je lui demande ça ? Il mourait de chaleur. Cette femme le rendait idiot. Non, pas du tout, dit-elle. Avez-vous froid ?! s'étonna-t-elle. Non ! dit-il. Mais vous me faites dire des bêtises, dit-il avec une honnêteté calculée qui lui tira un sourire. Elle surmontait une timidité ce qui la rendait presque effrontée, et elle le regardait en plein visage, et elle était de toute évidence heureuse d'être là avec lui. Oh ! elle n'avait qu'une seule raison d'être là près de lui et elle resplendissait le désir et, se disait-il, voilà maintenant qu'ils allaient dîner, au lieu d'étinceler dans l'autre et sa nuit, et dans la nuit de soi-même, sans parler, ni manger, ni boire. Il pensa : Nous sommes sans surprise, nous sommes timorés, je le suis. Pourquoi le suis-je tant ? J'ai peur de lui prendre le bras, je n'ai pas le courage, ni l'audace ou la simplicité, de déposer mon désir entre ses mains. Nous sommes obéissants.

Il s'absorba dans cette pensée : Nous sommes très obéissants. Et elle l'est aussi. Oh oui ! elle était très obéissante, et de ce fait, hélas !, affreusement prévisible. Et comme beaucoup de femmes, elle se réjouissait de peu, alors qu'elle avait envie de l'homme entier ! Que c'était stupide. Une fois de plus, il se demanda : Pourquoi les femmes pour la plupart préfèrent-elles les atermoiements à l'immédiateté d'une étreinte ? Pourquoi refusent-elles si souvent de s'éployer sans maniè-res ? Il n'avait jamais possédé de réponse satisfaisante. Elles se donnent, c'est ce qu'on dit toujours, mais, pen-sait-il, en quoi se donnent-elles tellement plus que nous, elles ne sont pas sans désir, elles nous prennent bien un peu. Elles nous utilisent même, songea-t-il. Sa femme ne l'avait-elle pas utilisé comme étalon, histoire de faire un enfant ? Parce que cela, un enfant, elles ne pouvaient pas le faire toutes seules... Elles ne pouvaient que se l'approprier. Il pensa cela dans un frémissement. Les femmes pouvaient le mettre en colère. Toujours gagnantes ! Et quelles coquettes ! Elles aimaient se faire désirer, être patiemment courtisées. Celle-ci, comme les autres, était ravie de ce qu'il lui fît la cour. S'il se laissait aller, il en concevrait une incroyable lassitude. Il se tourna vers elle et l'observa. Elle était très raide, elle marchait comme une poupée dont on aurait remonté la clef au cœur du dos. La maladresse ou la timidité en elle le touchaient. Il ne trouvait pas cela niais, il trouvait cela émouvant, cette beauté débutante et troublée de découvrir son pouvoir. Une grande pureté venait à cause de cela dans leur rencontre. C'était ce qu'il ressentait. Il aimait aussi qu'elle ne fût pas divorcée, comme tant d'autres, et qu'elle semblât même avoir tissé une harmonie familiale autour d'elle, une grâce qui se voyait sur son enfant. Elle était si jeune ! Voilà ce qui était bon et réveillait son élan, deviner qu'elle n'en était qu'à ses premiers jeux.

Cette fille fait de moi un vrai soupirant ! pensa Gilles André se moquant de lui-même. Et je la trouble terriblement. Elle est un peu perdue. Elle ne sait pas ce qu'elle doit faire. Et lui pourtant qui le savait si bien ! Alors il dit : Nous sommes sans surprise. Il semblait l'annoncer. C'était un regret, un aveu, un appel, une espérance, une folie. Pourquoi dites-vous cela ? demanda Pauline. Il se taisait dans une moue ironique. À votre avis ? dit-il en la regardant dans les yeux. N'ai-je donc pas raison de le dire ? Elle comprit très bien ce qu'il voulait dire, de quels jeux, de quelle attente polie ils se payaient, et quelle tricherie c'était de se complaire à croire que serait possible pour eux autre chose que l'intimité. Elle se sentit surtout l'accusée. Accusée de féminité maniérée. C'était vrai, elle minaudait et faisait des manières, elle jouait parce qu'elle avait peur. J'ai peur parce que ce n'est pas un jeu, pensa-t-elle. Est-ce qu'on plaisantait avec le chambardement du désir ? Elle ressentait l'émoi du saisissement amoureux devant un homme qu'elle ne connaissait pas. Elle faisait peut-être des manières, mais pouvait-elle se jeter à sa tête ! Quel moyen avaient-ils de trouver le raccourci sans perdre l'élégance ? pensa-t-elle en guise d'excuse. Je n'aime pas que vous disiez cela, dit-elle. Prouvez-moi que j'ai tort, dit-il. (Et voilà qu'il trouvait tout à coup un raccourci.) Et il répéta : Nous sommes sans surprise. Elle le laissa dire (pensant : les femmes n'aiment pas les raccourcis) et il eut un rire, mais un rire généreux, comme s'il l'avait un peu coincée dans sa coquetterie et qu'il lui pardonnait. Oh ! elle détesta ce sentiment d'être dominée par surprise ! Ses joues s'enflammèrent d'un seul coup. Et elle regrettait de rougir, elle ne voulait surtout pas révéler sa confusion, ignorant cette fois encore ce qu'il ressentait si près d'elle, et comment alors elle lui plaisait davantage. Car il la trouva vraiment désirable. Parce qu'elle était son genre de beauté, et bien plus que cela, une odeur, une peau, un secret, qui étaient faits pour lui plaire, qui venaient s'ajuster point par point à son désir, et sans qu'il sût rien de ce point par point, de ce désir. Et c'était pour elle le même paroxysme d'une affinité amoureuse : celle qui lasse ce qui en nous essaie de comprendre, et subjugue ce qui essaie de sentir. Il ne fallait pas tenter de parler, il fallait garder tue cette langueur partagée. Comme ils étaient silencieux ! Assommés. Elle songea que l'absence d'avenir et la déraison d'être là tombaient en voile noir sur l'enjouement de la rencontre. Il faudrait se quitter. Son ardeur, à cette perspective, ruisselait au-dedans d'elle en mélancolie. Il eût fallu disparaître, s'éclipser immédiatement hors du charme, rompre l'enchantement pour ne pas éprouver les souffrances promises aux amants séparés. Pourtant ils demeuraient, déjà liés, et marchant maintenant plus perdus qu'ils ne le croyaient, moins maîtres que serviteurs d'un élan, et oublieux de tout ce qui leur était un sort : leur mort à venir, leur vie qui était en marche, leur passé rempli de gens aimés, leur corps indépendant.

Il y a peut-être des destins scellés, des amours écrites. On le dit sans y croire. Du moins y a-t-il tant d'hommes, tant de femmes, et tant d'alliances possibles, que des rencontres se font sans arrêt, si inévitables qu'on les dirait prédestinées. Ici ? demanda Gilles. Cela vous convient-il de dîner ici avec moi ? Ils passaient devant une belle brasserie. Il s'arrêta pour consulter la carte et regarder à l'intérieur si la salle était spacieuse. Cela me convient très bien, dit-elle. Sa silhouette semblait une flamme. Pour la première fois il se représenta le corps qu'elle avait. Tout en membres, pensa-t-il. J'aime beaucoup votre robe, lui dit-il. Je l'aime aussi, dit-elle, avec la simplicité qu'elle était justement en train de perdre dans l'euphorie de plaire. J'aime le jaune, je vous l'ai dit. Elle eut un magnifique sourire qui dévoilait les dents du bonheur. Son visage était éclairé par le plaisir. Sommes-nous donc si seuls, et même lorsque nous sommes aimés, que la moindre des complicités galantes nous éclaire et nous comble ? Ses hanches chaloupaient doucement tandis qu'elle le laissa entrer avant elle dans le restaurant. Ses yeux brillaient comme s'ils avaient été pleins de larmes. Elle glissa une main dans ses cheveux parce qu'elle était gênée des regards qui se tournaient vers eux, et de montrer le couple qu'ils formaient, ou peut-être seulement de former ce couple. Le maître d'hôtel disait monsieur, madame, comme s'ils étaient des époux. Pauline Arnoult regarda le pas décidé de Gilles André. Elle se laissait aller à lui faire de plus en plus de charme. Car oui, il y a un acquiescement, et elle venait bien de décider de tomber amoureuse. D'être regardée, d'écouter, de rire, d'enjôler, de se griser, de rester là, d'attendre. Et lui, corrompu de fièvre contenue, était aux aguets, dans ce moment plein de signaux, de mots recéleurs et d'écueils. Quels instants, dans l'ordre des choses gaies, réclament plus de justesse qu'une rencontre amoureuse ?


## 4


C'était le moment où Gilles André disait, avec son pli de lassitude à la bouche : Les femmes sont si dures lorsqu'elles croient ne plus aimer. Et Guillaume Perdereau essayait d'adoucir Louise en demandant : Elle est nouvelle cette robe ? Dans une autre salle de bains, une autre jeune femme se préparait pour la même soirée. Elle aussi cherchait une robe appropriée, se maquillait, se parfumait, et s'habillait, aux côtés d'un homme qui partageait sa vie. À l'instant elle brossait vigoureusement un buisson noir de cheveux frisés et demandait à son mari : Qui sera là ce soir ? Tout le monde je crois, disait le mari (qui se prénommait Jean). Elle n'avait pas cessé de tirer sur ses cheveux avec la brosse. Qui tout le monde ? dit-elle. Comme d'habitude, dit-il. Et il fit la liste pour elle. Guillaume et Louise, Ève et Max, Tom et Sara, Pénélope peut-être, Mélusine et Henri, Gilles et Blanche, Pauline et Marc. Gilles et Blanche ? dit Marie, étonnée. Tu crois qu'ils viennent ensemble ? dit-elle. Pourquoi pas ? dit-il. Tu ne sais pas qu'ils divorcent ? dit Marie. Non, dit Jean, je l'ignorais. Ça alors ! pensa-t-il sans dire un mot. Il cherchait la clef de cette rupture. Il a rencontré quelqu'un d'autre ? demanda-t-il à sa femme. Non, dit-elle, je ne crois pas. Pourquoi demandes-tu cela ? ajouta-t-elle, sur un autre ton. Elle s'était tournée vers lui et dit : Il y a d'autres raisons de se séparer. Ils ne s'entendent plus, voilà tout. Elle le lui disait avec vigueur et agacement. C'était pour elle une chose importante. Oui il y avait bien des raisons de divorcer. Et c'en était une vraie pour briser un amour que d'en découvrir un autre et retrouver la ferveur du début, perdre la tête à nouveau. Et celui qui était quitté n'y était alors pour rien. Mais elle voulait croire que ce n'était pas la seule éventualité. Et d'ailleurs, dit-elle, c'est Blanche qui veut divorcer. En tout cas Blanche vient ce soir, elle m'a téléphoné ce matin pour me le dire, dit-il. Elle t'a téléphoné ce matin pour te le dire ! dit Marie. En l'honneur de quoi elle te téléphone au bureau ? ! dit-elle. Et moi qui évite de te déranger même quand j'en aurais besoin ! Elle avait endossé l'habit de l'épouse mécontente et du courroux : la légitimité outragée. Il essaya de calmer le frisson : Ça a duré deux minutes ! dit-il. Elle m'a rappelé qu'il y avait cette fête ce soir et qu'elle viendrait, c'est tout, rien de plus. Il avait ce ton qui est un mélange de supplique, de regret et d'irritation devant la bêtise, lorsque semble venir une discussion idiote et stérile. Je n'avais pas oublié, dit Marie, ce n'est pas parce qu'elle n'a plus de mari qu'elle doit se mettre à te téléphoner. Il soupira. Ne sois pas ridicule, dit-il, et surtout ne sois pas méchante. Elle ne le mérite pas, dit-il gravement. Cette compassion pour une autre acheva d'enflammer son épouse. Il s'en rendit compte mais le mal était fait. Il fallait qu'il scie le mauvais cours de cette conversation. Mais ma parole, dit-il, tu es jalouse ! Oui, dit-elle, voilà ! je suis jalouse, et j'ai le droit, et tu supportes. Comme elle était maligne !

pensa-t-il, de ne pas se défendre et d'imposer sa jalousie en la reconnaissant.


Ne te fâche pas ! supplia-t-il sans réussir à ne pas rire. Marie ! Il s'approcha d'elle et la prit par les épaules. Ah non ! fit-elle en riant aussi. Ne me touche pas ! Arrête-toi ! supplia-t-il. Puis, comme elle ne répondait que par une moue, il dit : Que crois-tu ? Que Blanche me fait du charme ? ! Que j'ai envie d'avoir une aventure avec elle ? ! dit-il en la taquinant. Je ne demande qu'une aventure avec toi ! dit-il. Mmm ! fit-elle. Il cria : J'aime Marie Def ! Je n'aime qu'elle ! Entendez-vous ?! Elle éclata de rire. Mais l'entendait-elle ? Elle se montrait tellement jalouse ! Un problème pareil avec soi-même pouvait rendre une femme sourde à l'amour qu'on lui portait. Ce n'est pas un problème avec moi-même ! disait Marie. Ça n'est que cela, disait Jean, tu n'as pas assez confiance en toi et tu me le fais payer. Gentiment il ajoutait : Pourquoi n'as-tu pas confiance en toi ma chérie ? Il était agaçant quand il disait Ma chérie. Elle avait l'impression d'entendre son beau-père. Et cette façon de la traiter comme une gamine agaçait Marie. Mais je suis tout à fait sûre de moi ! disait-elle. Tout le monde est jaloux ! disait-elle. Si on ne l'est pas, c'est qu'on n'aime pas. Il n'essayait même plus de la convaincre du contraire. Tu me trouves jaloux ? demandait-il. Bien sûr ! disait Marie. Et elle ajoutait : Ça ne se voit pas parce que tu n'as rien à me reprocher ! Tandis que moi ! faisait-elle. La jalousie avait jailli chez Marie un jour que son époux lui avait menti et le hasard voulut qu'elle le découvrît. Marie Def ne croyait pas que son mari la quitterait, elle et les quatre garçons. À vrai dire elle pensait que quand on a les enfants on tient son homme. C'était une idée qui la faisait presque rire. Parce qu'elle était horrible. Ils étaient assez heureux tous les six pour qu'elle pût s'amuser sans indécence d'un piège qui ne faisait pas rire tout le monde. Quatre garçons dont l'aîné n'avait pas huit ans, est-ce qu'on pouvait s'en aller le cœur léger ? Non, jamais son Jean ne ferait pareille folie. Mais ça ne l'empêchait pas d'aimer les femmes, de faire du charme. Marie l'avait vu à l'œuvre. Personne ne résistait. Comme par hasard il avait beaucoup d'amies ! Et elles avaient besoin sans arrêt de lui parler. Et il écoutait ! Et les amies en question ne juraient que par lui. Autrefois d'autres avaient pleuré en apprenant son mariage ! Et après cela il osait encore dire qu'elles n'étaient que des amies. De toute façon Marie ne pouvait admettre qu'il eût avec d'autres femmes une intimité amicale. Elle ne voulait pas avoir à imaginer cela : que des femmes lui faisaient des confidences, qu'il les admirait, qu'il leur rendait service. Tu es très égoïste ! disait Jean. Je ne te prends rien, ajoutait-il, elles ne te dépouillent de rien. Je sais, disait Marie en baissant la tête. Elle n'était pas fière d'elle. Aimer un homme et vivre avec lui, ça n'était sûrement pas le détourner du dehors, et elle n'avait aucun droit sur lui, elle le savait. Mais voilà ce qui était plus fort que sa résolution : les images. Jean à côté d'une femme, autour d'une de ces petites tables rondes de bistrot, et leurs sourires, cette complicité d'homme disponible et de confidences féminines, les mots dits, les silences attentifs, la bonté et la compassion, le réconfort apporté, l'estime réciproque et l'embrassade finale pour se la dire. Ce spectacle la rendait folle. Et elle ne pouvait pas s'empêcher de crier sur lui. C'était un cercle vicieux car alors il aurait encore davantage envie d'être au-dehors. Mais elle criait quand même. Évidemment, il s'était mis à lui mentir. Et sans scrupules, il lui disait : C'est toi qui le veux. Il n'est rien que tu veuilles savoir que tu ne saches.

Elle n'était pas encore habillée. Il vint la prendre par la taille, couvrant de baisers ses frêles épaules. Je t'aime ! dit-il. Et comme pour l'en assurer, il promena ses mains sur le ventre et la poitrine de sa femme. Elle avait une peau mate, adoucie par un invisible duvet. Cette douceur était captivante. Il continua d'entraver la toilette et les préparatifs qui les avaient occupés. Il s'abandonnait à la sensation de ses doigts. Ses mains parlaient à tout son corps. Sa femme lui faisait beaucoup d'effet. Il se considérait comme un veinard. Elle était restée mince et jolie après quatre maternités. Il la serra dans ses bras. Ses mains couraient. La loi vitale le prenait malgré lui. Marie se dégagea. Ce n'était pas le moment pour plier sous cette loi. Il la rattrapa. Elle se laissait faire pour ne pas le vexer. Il murmurait à l'oreille de sa femme de vastes compliments qu'il ne cessait pas de lui faire et de penser. Ce corps lui plaisait, l'éveillait au moindre contact. Laisse-moi me préparer, dit-elle. Elle savait qu'il ne s'arrêtait jamais à cette tendresse, qu'aussitôt il était emporté par un violent désir. Tu ne m'aimes pas, soupira-t-il. Il riait. Tout le monde le sait, dit Marie. À force de vivre avec lui elle s'était mise à parler comme lui. Elle l'embrassa. Il était soulagé. Ils avaient évité une scène de justesse.

## 5

Un silence vint entre eux lorsqu'ils furent assis à table, l'un en face de l'autre, et cet instant de gêne amena Gilles André à évoquer la soirée qui allait se dérouler sans eux, mêlant ainsi leur secret, leurs conjoints, et leurs amis. Il dit : Je vais manquer à cause de vous un grand moment de boxe. Elle ne chercha pas à répondre. Elle entendait bien qu'il lui confiait à quel point elle était précieuse. Que répondre à cela ? Pauline Arnoult se mit à regarder la nappe en tripotant son couteau. C'était une fête au club ce combat, dit-il. Votre mari n'a rien dit de ce que vous n'y alliez pas avec lui ? Non, dit-elle. Comme s'il n'y avait là rien que sa vie conjugale habituelle. Il s'amusa de cette réponse sans autre forme d'explication. Un minuscule sourire se dessinait pendant qu'il continuait de l'interroger. Il voulait se faire une idée de la façon dont elle était mariée. Elle ne lui semblait pas disponible pour un homme, et cependant elle était là. Il fallait qu'il comprît ce paradoxe. Avait-il une chance de réussir auprès d'elle ? Et de réussir quoi ? se dit-il. Il n'en savait rien. Il était attiré, mais où cela le mènerait-il, il ne pouvait le prédire. Il dit : Il ne vous a pas demandé ce que vous feriez ce soir ? Non, dit-elle, cette fois-ci en souriant. Ni si vous seriez accompagnée ? Non ! dit-elle. Il ne m'a rien demandé de tout cela. Elle comprenait bien ce qu'il voulait savoir (comment elle s'y était prise avec son mari), mais elle jouait mieux à lui faire des mystères qu'à le lui dire. Je ne savais pas qu'il existât pareil mari ! dit-il. C'est une perle ! Ils rirent, mais elle en fut honteuse. S'amuser avec cet inconnu et à propos de son mari ! C'était une manière de trahison. Elle voulut apporter un éclaircissement : Il travaille beaucoup. Je dîne souvent sans lui avec des amies. Des copines, dit-elle pour préciser son propos. Mais ce soir il ne travaille pas ! dit Gilles André. C'est vrai ! concéda-t-elle. Il vous fait confiance, dit Gilles avec malice. Ses yeux étincelaient et la regardaient comme si, loin de cacher leur feu, ils avaient voulu l'étaler devant elle. Mais elle lui pardonnait tout ! C'était un pardon magnétique. Elle était prisonnière du charme. Elle savait et ne savait pas... Disons qu'on ne l'eût pas étonnée en lui apprenant qu'elle avait un sacré béguin. Je ne fais rien qui puisse briser cette confiance, dit-elle, renonçant à se préoccuper de prêter ou non le flanc au mauvais esprit. Il pouvait rire autant qu'il le voulait, elle était complice. Ce n'était pas difficile à deviner, alors il riait, et elle aussi. Ceci explique toute l'imbécile audace qu'il eut de faire une plaisanterie. Car il dit : Pas encore. Phrase insolente ou provocatrice, à laquelle la jeune femme ne répondit pas, comme en soulignant la stupidité, continuant de rire sans être troublée ou changer la couleur de son teint. Il admirait ces dents qu'elle avait, des dents virginales, encore festonnées comme si elle n'avait jamais rien mangé, cette petite Pauline... Jamais il n'avait vu chez un adulte une mâchoire pareille. Il se sentit vieux d'un seul coup. Les minuscules scies des incisives étaient en face de lui. Cette pureté lui tirait l'œil et c'est pourquoi il regardait avec tant d'insistance la bouche de la jeune femme. Elle finit par en être gênée. Est-ce pour cela qu'elle se leva de table ? Impossible de le savoir. Elle se leva, disant Je vais me laver les mains, et le laissant assis devant sa serviette pliée sur son assiette. Il la suivit du regard sans se cacher de le faire. Il ne s'était jamais défendu de regarder les femmes. N'importe quel convive dans la salle pouvait deviner maintenant la direction de ses yeux. Elle lui tournait le dos, elle s'éloignait, il la regarda avec indécence, pas seulement l'allure générale, mais ce qu'il pouvait deviner en deçà de sa robe, les jambes, les hanches, les reins, les fesses. Certains hommes ne voient rien. Le moindre camouflage vestimentaire les attrape. Mais d'autres savent lire le corps sous la robe et ne se trompent jamais. Ils reconnaissent une paire de vraies jolies jambes, ne prennent pas des fesses plates pour un beau derrière. Gilles André lisait donc. Puisqu'il savait... Simple question d'habitude. Il savait. Pauline Arnoult. Vingt et quelques années. Grande, grande. Élancée. Marchant en pleine romance dans une brasserie. Il regardait ça. On ne voyait pas grand-chose, la taille fine, de longues jambes, de jolis bras. L'allure d'aujourd'hui. Elle était sans rondeurs, une jeune femme ailée, ce prodige de la légèreté corporelle d'une femme. Pas de poitrine évidemment. Trop mince pour avoir des seins. Mais elle était parfaite, elle avait une présence singulière, un charme véritable, quelque chose... Voilà ce qu'il pensa après qu'elle eut disparu dans l'escalier, qu'il déplia sa serviette et entreprit de lire la carte et les menus. Il était heureux de se tenir là auprès de ce sortilège, de l'avoir pour lui seul toute une soirée, d'avoir osé demander et d'être payé en retour. Accaparer une femme était pour lui un plaisir qu'elle n'entrevoyait pas. Qu'elle eût fait de cette soirée un secret achevait de le combler.

Nul n'aurait su dire de qui Pauline Arnoult tenait sa beauté, ni le visage de sa mère ni celui de son père n'en portait la promesse. Mais c'était une chose indéniable : les obscures voies du sang avaient conçu une femme splendide. Elle était très grande (un mètre soixante-quatorze), et possédait malgré cela une vraie grâce féminine : son visage souriait beaucoup et sa longue silhouette vous accostait avec une souplesse radieuse. À la gracilité de ses vingt-cinq ans s'était jointe la luminosité que la maternité donne aux très jeunes femmes. Et cette conjonction de finesse et de plénitude créait l'impression d'une nature sensuelle épanouie par le désir : ses jeux, ses joutes sans suite, autant que sa légitime expression. Il faudrait entendre par là que Pauline Arnoult était une femme qui doit aux hommes ce qu'elle est, car la confiance en soi est une chose presque sexuelle. La gangue de pureté close s'était déchirée et la féminité avait éclaté avec volupté. C'était une féminité nourrie au regard des hommes. Pauline Arnoult avait pour les autres un visage, et cela n'est rien moins qu'un beau départ pour éprouver le sentiment d'exister. Il n'y avait là-dedans ni perversité, ni subterfuge, et même s'il y avait eu cette matière de la séduction qu'un être est capable d'exercer sur les autres, elle demeurait insoupçonnable. Car son genre de beauté blanche et pâle exprimait la persistance de l'innocence. Celui qui l'accompagnait pour dîner était sensible à cette expérience immaculée : on pourrait dire qu'il en était amusé. Rien que cette incandescence souriante d'un être lisse l'avait capturé. Comme si l'idée d'éventrer cette froideur était en soi une fête orgiaque, un sacrifice qu'un homme pouvait se souhaiter à lui-même. Il était maintenant, et pour un temps qui avait une fin, dans l'attirance et l'affinité, aimanté, dans l'éblouissement d'un visage. Il n'est pas sûr qu'une femme puisse avoir idée de cela, à moins d'être de ces mères charnelles, moins humaines que louves voraces traversées par l'excès et la gourmandise de l'amour, et de s'en souvenir à l'instant d'être l'amante.

Elle s'était arrêtée en haut des marches pour observer. Gilles André n'était pas ce qu'il est convenu d'appeler un bel homme. Sa taille moyenne et sa carrure large le privaient d'élégance. Il n'avait ni allure ni prestance naturelles et ne se souciait pas d'en avoir. Il était fait court et trapu, musclé parce qu'il aimait les sports depuis l'enfance, qu'y pouvait-il ? Ma mère jurait que je pousserais tard comme mon père l'avait fait ! Mais j'ai longtemps attendu d'être grand ! disait-il aux femmes. Et par là il trouvait le moyen de les émouvoir en parlant à leur cœur maternel. Il souriait. Une incisive était jaunie par les cigares. Le plus méchant qu'on eût pu dire de lui était bien : Il n'est pas beau. Personne ne l'avait jamais dit, de même que nul n'aurait songé à signaler le contraire. C'était un fait sans intérêt. À choisir, on aurait fait d'autres commentaires. Car il avait autant d'esprit que d'entregent. Quand il le voulait, il crépitait d'esprit et de drôlerie. Les femmes ne voyaient que lui parce qu'il ne regardait qu'elles. Il était un fervent. Par instinct toutes le savaient. Les hommes n'étaient pas moins charmés. Cette absence de jalousie venait probablement de ce qu'il n'était pas beau – une chance pour lui – et de ce qu'il n'était pas trop ostensiblement riche. En somme on ne l'enviait pas. Les scintillements du bonheur étaient pour lui des secrets. Beaucoup de ces secrets étaient suspendus à des femmes. Une tonicité pétillait sur son visage : il avait la forme d'intelligence qui est la plus attrayante, non pas celle qui sait résoudre un problème mais celle qui pose les questions. Son esprit était constamment dans l'invention, ce qui suppose une énorme vitalité, et puisqu'il alliait à cela une capacité d'observation et de déduction sans faille apparente, il était en toute société un homme redoutable : clairvoyant. Les cheveux mous et d'un blond sans éclat, ce visage trop joufflu pour un homme, cette dent gâtée, autre chose en lui que le corps séduisait, son air de malice rieuse, le charme qu'il faisait (car il le faisait plus qu'il ne l'avait). Ardent auprès des femmes, intelligent avec les hommes, il tissait des liens sans rien révéler de lui-même. Non qu'il cherchât à être énigmatique, mais l'impression de perspicacité que donnait le mélange de ses silences, de ses paroles et de ses jeux suggérait qu'il y avait beaucoup à découvrir en lui. Et c'était en deçà de la vérité, car il avait vraiment le goût des secrets. Il était un homme qui ne parlait jamais de lui, jamais des autres, et pas davantage des siens ou de sa vie. À ce point d'un silence manigancé, il aurait pu passer pour faux, mais sa vigilance à ne rien dévoiler semblait une attention à ce que disaient les autres. Il faisait d'ailleurs très attention. Il se donnait de la peine pour plaire. On disait du bien de lui partout. C'était qu'il n'en espérait pas moins. Et personne ne s'étonnait de ce qu'il plût aux femmes. Il les faisait rire avant de les faire pleurer. Elles lui faisaient beaucoup d'histoires, ces maîtresses abandonnées... Est-ce qu'on se détache aisément d'un être qui semble ne voir que vous ? Certains hommes sont ainsi faits (ou se font tels) que les femmes à leur côté ont l'intense sensation d'exister, d'être le cœur du monde, d'évincer toutes les autres, de voir enfin le reflet de leur éclat. Il était de ces hommes qui créent un charme, qui endorment le monde réel et vous emportent dans le sortilège de leur amour : habile, obstiné, amant.

Elle revint à table en face de lui. Que voudriez-vous manger ? lui dit-il. Il y a toutes sortes de choses délicieuses, tenez, regardez. Il lui tendait la carte, sans regarder ni la carte ni ce qu'il faisait, mais seulement ses yeux à elle, avec une expression impertinente, presque irrévérencieuse, mais qui remuait ce qui en elle était concerné par le désir dont lui parlait ce sourire télépathique. Je n'ai pas très faim, dit-elle en commençant de lire les menus. Il dit : Les femmes ne mangent plus ! Vous avez raison, dit-elle. Elle essayait d'être gracieuse, elle n'était pas complètement naturelle à ce moment. Et dans le même temps elle luttait grâce à la banalité des mots pour s'exorciser de sa féminité, de son penchant, du sortilège, de la tentation, et de l'orgueil d'être scrutée, désirée, courtisée. Elle murmura : Je ne mange jamais beaucoup le soir. C'est le secret de la santé, dit-il sans y croire vraiment, rapportant là une pensée répandue. Mais elle reprit cette idée. Elle dit : Je le crois. Savez-vous ce que disait Hippocrate ? dit-elle. (Il fit signe que non, il ne le savait pas.) Hippocrate disait : Tout ce que je ne mange pas me fait du bien. En êtes-vous certaine ? Qui vous l'a dit ? dit-il en riant. Le nombre de faits ou dires que nous croyons sans preuve est incroyable, dit-il. Avez-vous déjà vu un mandrill, un spermatozoïde, un atome de carbone ? Et un électron ? C'est étrange n'est-ce pas que tant de choses auxquelles nous croyons si fermement demeurent pour nous invisibles. Elle ne disait rien. Ses yeux se fendaient dans son sourire. Et néanmoins, dit-il, ce qui ne peut être vu par personne, cela nous le mettons en cause. Dieu, dit-il. Les esprits. Les forces de l'amour. Si vous dites aux gens que les esprits sont comme les ondes radio, invisibles et pourtant bien réels, au mieux ils vous prennent pour un original, au pire ils s'emportent contre vous. Beaucoup de choses sont invisibles et importantes, dit-elle en ayant le sentiment de dire une idiotie ou une banalité. Mais tout faisait sens. Les plus importantes sont même les plus invisibles, dit-il avec un sourire. Elle pensait tout à coup : Comme l'enfant que j'attends. Il n'avait donc là aucune idée de ce qu'elle avait en tête. Elle était certaine qu'il n'avait rien remarqué. Et dès ce moment, le secret de l'enfant lui devint un poids insupportable. Elle devait lui dire cela : Vous ne pouvez pas me faire la cour, je porte l'enfant d'un autre, je suis plus mère que femme. Elle allait le lui avouer, purement et simplement, mais elle voulait qu'après cela il ne cessât pas de la courtiser. Et cela bien sûr elle ne le lui dirait pas. Pouvait-on demander des choses pareilles ? Et pouvait-on les deviner sans les entendre ?

Un silence revint et elle en profita. Il faut que je vous dise quelque chose, dit-elle résolument. Il souriait à ce visage soucieux qu'elle avait. Que se passe-t-il ? demanda-t-il, gentil et prévenant, comme il l'eût été avec un jeune enfant qui aurait un chagrin. Mais puisqu'elle ne se détendait pas, il se redressa et dit : Je vous écoute. Je vais avoir un bébé, dit-elle. Quand ? demanda-t-il du tac au tac, très étonné, mais toujours parlant avec cette voix d'alcôve qui devenait peu à peu pour elle l'instrument d'une torture, la première onde d'un frémissement. Dans cinq mois, dit-elle. Vous n'êtes vraiment pas grosse, dit-il. J'ai peine à croire que je dîne avec une femme enceinte de quatre mois ! Il lui faisait plaisir sans le savoir. Elle ne disait plus rien. Eh bien ! fit-il. Vous voilà engagée sur le plus beau des chemins et je m'en réjouis pour vous. Vous êtes heureuse ? demanda-t-il. Elle pensa : Il n'est pas troublé du tout, pourquoi ne l'est-il pas ? Ne comprend-il pas que cet enfant contrecarre son dessein ? Elle était étonnée, et presque déçue. Elle répondit sans insister : Oui, dit-elle, je suis très heureuse, j'ai désiré cet enfant. Je ne voulais pas que Théodore reste fils unique. C'était une maladresse qui passa inaperçue. Car Sarah André n'aurait ni frère ni sœur. Tout père malheureux qu'il était, il dit sans broncher : Vous avez raison. Puis il demanda : Quel âge a votre Théodore ? Trois ans et demi, répondit-elle. On aurait dit qu'elle était soulagée de parler de son fils. Ou bien était-ce d'avoir fait cet aveu de sa grossesse ? Comme une autre avouerait qu'elle est mariée, fiancée, bref qu'on ne doit pas l'aimer. Vous aimez les enfants n'est-ce pas, dit-il, je crois que c'est ce qui m'a touché en vous quand je vous ai aperçue à l'école. Elle souriait. Le souvenir de cette rencontre lui faisait battre le cœur. Oui, les enfants sont très importants pour moi, dit-elle, et pourtant c'est singulier, je continue de croire que j'aurais pu vivre une vie sans en avoir. Je l'ai longtemps imaginé avant de me marier. Je voulais dessiner, devenir une artiste, je n'avais pas *besoin* d'un enfant. Je pensais même qu'un enfant me gênerait. Il dit à nouveau : Je comprends. Il était encore sous l'effet de la révélation. Elle était lancée, elle parlait. Quand je me suis mariée, tout s'est trouvé différent, dit-elle. Il murmura : Comment cela ? Elle réfléchissait. Je ne crois pas qu'un couple ait une grande chance de durer s'il n'a pas à un moment des enfants, dit Pauline Arnoult. Je n'ai jamais entendu cela, dit-il, mais il me semble que c'est assez juste et que personne n'ose le penser. Puis il murmura : Vous ne croyez donc pas à l'amour pur et détaché ? Elle secoua la tête en souriant. Si, dit-elle, dans de très rares cas. J'ai beaucoup d'admiration pour les hommes

60

qui sont restés auprès de femmes stériles. Ce sont de véritables amants. Elle dit : Il me semble que le plus souvent l'amour a besoin de bonnes raisons. Les sentiments servent nos vies, murmura-t-elle. S'ils ne construisent rien nous les abandonnons. Il hocha la tête et elle ne fut pas capable de saisir ce qu'il pensait. Elle rougit. Je ne sais pas pourquoi je vous dis tout cela ! finit-elle. Elle se demandait en même temps qu'elle parlait si elle n'avait pas un peu l'air idiote et jeune en disant cela, elle était ennuyée à l'idée de paraître jeune et idiote, aussi elle décida de s'interrompre. Mon mari voulait des enfants, mais je n'en avais pas besoin, dit-elle, ma vie me plairait aussi sans enfant. Forcément, dit-il en se retenant de sourire, vous m'avez moi ! Elle rit franchement. Toujours la galanterie consentie entre eux, et le rire qui en serait la mélodie. C'est bien, dit-il, il ne faut pas souhaiter des enfants par défaut. Il ne faudrait pas les souhaiter parce que l'on n'a rien dans sa vie, et n'avoir ainsi rien à leur donner. Certaines mères ont parfois ce travers, dit-il : elles abandonnent leur vie et veulent tout pour l'enfant, elles attendent tout de lui sans plus rien exiger d'elles-mêmes. Cela mène à des contradictions absolues, dit-il. Il avait repris son sérieux pour lui confier cela. Elle serait souvent désarçonnée par ce balancement rapide entre la moquerie et une grande intelligence des êtres ou des situations, une gravité soudaine pour lui parler. Il entendait aussi lui apprendre quelque chose ; il avait jugé qu'elle en valait la peine, qu'elle pouvait être bonifiée, et pour peu il se serait senti une responsabilité envers elle. Mais elle n'ignorait pas ce qu'il souhaitait lui apprendre. Elle n'avait pas tant à apprendre de lui parce qu'elle lui ressemblait (avec quelques années de moins). Cela il ne le savait pas, c'était elle qui le découvrait. Et d'ailleurs elle le lui dit : Oui, fit-elle, j'ai moi aussi idée que l'on doit apporter à ses enfants quelque chose que l'on est allé trouver seule et qu'on leur rap-

porte d'un monde dans lequel ils ne sont pas. Il sourit.
Pourquoi souriez-vous ? dit-elle. Ce que je dis n'est pas
vrai ? demanda-t-elle avec malice, car elle sentait bien
qu'elle ne recevait de lui que des approbations silencieuses. Si bien sûr, dit-il, c'est de vous voir si sentencieuse ! J'essayais de vous imaginer avec votre fils.

Elle soupira et s'adossa à sa chaise. Vous êtes fatiguée ? demanda-t-il avec une sollicitude qui la troubla.
Elle ressentait comme impudique le fait qu'il se souciât
de son état. Non, dit-elle, je suis très bien. Elle avait
par éclairs, lorsqu'elle n'essayait pas de se tenir, l'im-
pétuosité de sa jeunesse, et, sous les bouffées de timidité, une brusquerie. Je suis contente d'être avec vous,
dit-elle avec cette brusquerie. C'était pure vérité : elle
jouissait de la vanité de se croire l'univers pour un
homme. Elle était étonnée de pouvoir le lui dire. À ce
moment elle était heureuse d'elle-même, comme elle
l'était d'avoir parlé de l'enfant et que cela n'eût pas fait
d'ombre sur leur rencontre. Elle baissait les yeux et les
relevait alternativement. Il tâchait à chaque fois d'attraper ce regard : elle se sentait hameçonnée. Moi
aussi, dit-il, je suis très heureux de ce dîner. C'est un
conte de fées, dit-il. Il le pensait. Je ne peux pas le
croire, dit-elle (et c'était exact). Croyez-moi, dit-il en
soufflant sa voix comme une supplique. Et à cet instant
d'exagération du ton, elle se demanda s'il le faisait
exprès, si c'était calculé, prête à lui demander de cesser
ce cinéma. Car ces simagrées accroissaient son trouble. Elle voulait trop y croire. Cette apparente dévotion
lui paraissait réelle. Elle était subjuguée d'être si précieuse. En elle la voix du dedans avait entrepris de
gémir : ils pouvaient tout se dire, elle était pleine de
désir, la voix d'alcôve lui remuait les sangs, et qu'est-ce
que c'était que cette magie sinon un désastre, des
secrets, des mensonges, des remords, des souvenirs,

des brûlures, ils ne voudraient rien laisser perdre et elle serait malheureuse. Elle l'était déjà : torturée, coupée en deux. Elle ne voulait que se coucher contre lui, et elle en était incapable. Qui pouvait comprendre cela, ce mélange féminin de désir et d'extrême pudeur ? Elle-même en était piteuse et interloquée. Elle pouvait tout lui dire, et cependant pas encore la vérité de ce moment. Vérité sexuelle : J'ai envie de coucher avec vous mais je crois que je n'oserais pas pour l'instant. À quel point voyait-il clair en elle ? Elle se le demanda lorsqu'il murmura : Vous et moi, je ne sais pas ce que c'est. Avait-il réellement prononcé cette phrase ? Elle osait à peine y croire et fit mine de n'avoir pas entendu. C'était toujours ce doute : Mentait-il pour la séduire ? Comme faisaient les hommes avec toutes les femmes qu'ils désiraient souvent et qu'ils aimaient rarement. C'était ce qu'elle pensait. À combien de femmes avait-il fait ce cinéma ?... Elle s'était tue. Il pouvait voir la rêverie sur son visage. Mais il choisit d'enfoncer le clou. Qu'est-ce que c'est entre nous ? dit-il. Je ne sais pas ce que c'est ! Ce n'est pas sexuel, dit-il, donnant à son intonation de quoi y faire entendre une question. Elle se garda bien de répondre. Il acheva tout seul. Non, dit-il, ça ne l'est pas. Elle ne pouvait pas s'empêcher de sourire. Comme tout ce moment était bon ! Elle était sûre que cette rencontre était d'abord sexuelle, à cause du pincement aigu qui avait réveillé son corps. Jamais elle n'avait songé qu'elle dormait à ce point. Qu'avait-il fait à part la regarder ? C'était un mystère, mais elle se sentait là maintenant ardente et enamourée. Elle pensa qu'il savait forcément cela et qu'il jouait en le niant. Mais non, elle faisait erreur, il était sincère. Elle se trompait parce qu'elle était plus jeune que lui. Il la désirait, et cependant il y avait un au-delà de ce désir : une affinité qui lui était plus chère que l'attirance parce qu'elle était beaucoup plus rare. Et c'était dans ce sentiment de proximité, dans cette sensualité assouvie déjà par la parole, le sourire et l'attente, qu'il la contemplait. Alors, comme ils n'avaient soudain plus de sujet de conversation, ils se regardèrent en silence. Depuis l'instant où elle avait décidé de se laisser tomber dans l'amour, il sentait en elle une force qui la propulsait vers lui : elle était attirée par lui, elle s'offrait, elle voulait le connaître, elle était vorace et puissante. Il sourit à ce spectacle. Ce que vous avez de mieux, dit-il, ce n'est pas votre beauté, c'est votre tempérament. Et puisqu'elle était une vraie nature féminine, elle ne sut pas se réjouir de ce compliment.

Cela dura une pleine minute. Ils se regardaient comme s'ils avaient ensemble, et chacun sachant que l'autre l'avait, la clairvoyance de ce qu'ils seraient (indéfectiblement liés), de ce qu'ils feraient (se raconter, puis se coucher l'un contre l'autre), et de ce qu'ils se disaient qu'ils avaient été (toujours promis l'un à l'autre, et peut-être des amants séparés qui se trouvaient). Et si insistant, ardent, que soit ce regard, il ne provoquait pas la gêne, parce qu'il avait la clarté des choses dites et répétées, et promises, et crues, sans en avoir la brutalité, puisque ce n'étaient pas là des mots, mais une étrange nudité du visage, un silence de reconnaissance. C'était un regard qui parlait autrement qu'on ne parle, qu'on entendait comme on a la foi, par miracle, avec tout ce que l'invisible suscite de force et de doute. Il est cependant singulier que ce genre de regard et de perfection ne durent pas, et, comme les autres, celui-ci s'acheva et ramena entre eux les relations normales : on se parle, on se devine, on se demande, on n'est pas certain, on aimerait bien, on ne dit pas tout et l'essentiel est tu. Le serveur venait avec leurs plats. Il devina qu'il dérangeait un moment intime, mais il portait des assiettes chaudes, ses deux mains étaient occupées, d'autres convives l'attendaient. Il s'excusa en glissant l'assiette par-dessus les avant-bras qui reposaient sur la table. Pardon madame, disait-il. Monsieur, pardon. Elle leva les yeux, disant merci, deux fois merci, empressée à faciliter le service, embarrassée d'être surprise enivrée comme elle l'était. Mon Dieu qu'elle était jolie ! pensait Gilles André en l'observant. Même le serveur rougissait, pauvre garçon pris dans ce rayonnement. Elle n'était pas dans un état normal, la certitude de vivre une passion partagée l'avait exaltée. Ils étaient un spectacle, pensa-t-elle, ce qu'elle éprouvait se voyait à l'œil nu. Elle essaya de se reprendre, songeant Je flotte sur des jambes de chiffon, j'entends comme de l'extérieur les mots que je lui dis, je suis projetée vers lui (elle avait noté tout à coup la posture de son buste). Elle souriait. Amoureuse, enchantée d'amour, disait le plissement obstiné de ses yeux. Était-elle vraiment amoureuse ? Elle se moquait de le savoir. A-t-on jamais fini de confondre et démêler l'attirance et le sentiment ? Ce qu'elle ressentait était rapide, fluvial, exalté. Elle s'avoua toute la vérité : Ce que j'aime, c'est son envie de coucher avec moi. C'est l'attiser. C'est sa curiosité.

Parce qu'il cherchait le plus intime de ses visages, il s'intéressait à elle mieux que personne. Et elle s'enchantait d'être l'objet d'un tel intérêt. Il la contemplait dans cette songerie féminine. Elle était ravie, car la contemplation est peut-être le premier langage du désir. À quoi rêvez-vous ? lui dit-il en posant une main sur son poignet. C'était la première fois qu'il la touchait. Puis, comme s'il la tenait à sa merci, il répéta en souriant : Dites-moi vos rêves. Le sentiment du ridicule effleura la jeune femme, et cependant elle s'abandonna au jeu galant, et comme à ce qui était la vérité, l'avenir, une promesse. Tout cela était féminin : céder à l'intérêt d'un regard, à une attention inexplicable, adorer se laisser séduire, répondre, et plaire, et imiter. Elle fut ensevelie dans sa féminité. Son propre visage lui sembla un brasier. Elle avait rougi violemment, d'exaltation autant que de timidité. Il la tenait toujours. Elle n'osait pas retirer sa main. Elle ne le voulait pas. Sa main était dans la douceur, le vertige, et la béatitude. Sa main était dans la complicité et la chaleur d'un homme. Sa main brisait toute difficulté d'être. Son poignet lui chuchotait des secrets, et elle entendait bien ce chuchotis : tout ce qui touchait à cet homme était érotique.

## 6

Ailleurs, pendant ce temps, les préparatifs continuaient. J'étais sûr que tu ne serais pas prête ! disait Tom Laragole entrant dans l'appartement de Sara Petersen. Elle était en train de se déshabiller pour prendre une douche. Tu n'avais qu'à arriver plus tard, lui répondit-elle s'en allant vers la salle de bains. Depuis deux ans qu'elle était sa maîtresse, elle l'aimait follement et il la trompait sans se cacher. Elle essayait de le quitter. Parce qu'il ne l'aimait pas assez. Mais il pouvait compter sur elle, elle revenait toujours quand il appelait, elle accourait toute parée et amoureuse. Pas assez, qu'est-ce que ça voulait dire ? La soirée ne commence pas avant vingt heures, lui cria-t-elle, c'est toi qui es en avance. Il marchait de long en large, si emporté que les pans de sa veste légère s'envolaient. Ne m'attends pas, lui dit-elle, je peux prendre ma voiture, je n'ai pas besoin de toi. Mais oui, je sais ! dit-il, n'y croyant pas du tout. Elle avait évidemment besoin de lui pour l'accompagner dans la vie. Quelle femme

ne se rassasiait pas auprès d'un homme comme lui ?
Il était sûr de combler celle qu'il élisait. Il eut un sourire qui semblait ne pouvoir s'adresser qu'à lui-même.
Un homme peut se satisfaire d'une réussite simple, être
sûr de lui et de ce qu'il fait, pourvu qu'il ne soit pas si
exigeant qu'il le croit vis-à-vis de lui-même ou de ce
que l'on fait avec une vie. Tom Laragole avait gagné
énormément d'argent en sacrifiant à son métier une
première épouse, trois enfants, toutes ses amitiés de
jeunesse et le niveau de ses appétits intellectuels.


Qu'as-tu fait aujourd'hui ? demanda-t-il. C'était le
moment où Gilles André demandait : Pourrai-je vous
appeler Pauline ? et où Louise, énervée, honteuse et
feignant l'indifférence, faisait glisser les cintres pour
choisir une robe. Sara Petersen en était à se coiffer,
après s'être douchée et habillée. Tom l'avait suivie partout : restant debout derrière la porte en verre de la
douche (elle voyait la forme sombre d'un homme), marchant d'un placard à un autre derrière elle, et là maintenant dans la minuscule salle de bains où il se
regardait dans la glace. Pousse-toi un peu ! lui dit-elle.
Et arrête de te regarder ! Mais il ne bougeait pas. Tu
aimes cette chemise ? demanda-t-il. Ce n'est pas trop
triste pour moi ? Non ! c'est très bien ! dit-elle. Un
homme si coquet ! cela avait quelque chose de ridicule,
mais elle n'aurait pas su dire pourquoi. Allez, va-t'en
maintenant ! dit-elle en le poussant dehors. Il traînait
les pieds. Elle ressentait l'agacement que provoque la
promiscuité lorsqu'on ne la désire pas. Je ne peux pas
faire ma toilette et me préparer tranquille ? ! dit-elle,
excédée. Et comme il semblait prendre plaisir à l'énerver, elle changea de tactique. S'il te plaît ! attends-moi
au salon, je suis prête dans deux minutes, dit-elle plus
gentiment. Et presque tendrement, elle dit : Va te servir
un verre. Il s'en alla au salon. Et Sara Petersen pensait

qu'il suffisait finalement de chercher la bonne façon de dire les choses. Et comme les gens étaient susceptibles et manipulables ! Est-ce qu'ils réfléchissaient quelquefois à ce qu'ils voulaient vraiment ?! Ou bien étaient-ils ici ou ailleurs des bouchons sur les flots ? La misère du couple commençait dans cette incertitude.

Peu après elle vint derrière lui (il était assis un verre à la main) et passa ses mains dans ses cheveux. Alors, dit-il à nouveau, qu'as-tu fait aujourd'hui ? Elle n'aimait pas raconter ses journées. C'était la meilleure manière d'en découvrir la vacuité. Rien de spécial, dit-elle. Quoi ? fit-il mine de s'indigner. Ma femme n'a rien fait de spécial. Il était capable d'être très ordinaire. Elle le pensa à ce moment. Je ne suis pas ta femme, dit-elle. Pardon, dit-il. Il riait, pas elle. Les hommes étaient frileux et imprécis, et elle n'aimait pas qu'il l'appelât ma femme puisqu'il n'avait ni le courage ni l'envie de l'épouser ou de vivre avec elle. Il avala cul sec le fond de whisky qu'il s'était servi et, se levant avec cette tonicité qui allait chez lui jusqu'à l'agitation, il dit : On y va ? Je suis prête, dit Sara Petersen. Elle portait une robe mauve sans manches qui mettait en valeur le haut bombé de ses bras et ses épaules minces et carrées. Sara n'était pas simplement jolie, elle savait faire ce qui convenait pour l'être, le hasard était absent de cette harmonie.

## 7

Alors comme ça vous étiez enceinte et vous ne le disiez pas ! dit Gilles André. Pauline Arnoult eut un sourire rougissant. Pour rien au monde elle n'aurait osé lui avouer ce qu'elle avait pensé : qu'il voulait être son amant et qu'il ne le pourrait pas puisqu'elle attendait un enfant. Devina-t-il ? En tout cas il dit : Vous pensiez que cela m'ennuierait ? Elle fit oui de la tête. Pourquoi ? dit la voix d'alcôve. Au contraire, je suis heureux pour vous. Elle eut un petit sourire misérable parce qu'elle avait des regrets. Elle aurait voulu être libre et se sentait empêchée. Il dut entrevoir ce désarroi féminin puisqu'il dit : Vous n'êtes pas triste tout de même ? Elle fit non mais elle l'était, désespérée de se sentir au ventre la chaleur du désir et la chair d'un enfant. Et elle était déçue qu'il s'empressât si peu de la convoiter. Mais comment aurait-il pu deviner ce désespoir féminin, lui qui avait toujours été vacant et libre comme un mâle ? Elle était désappointée et silencieuse : sans se l'avouer elle attendait déjà une grande déclaration. Elle aurait voulu l'entendre dire, lui, ce qu'elle ressentait elle. Il aurait pu parler en effet. Dire par exemple : Ne soyez pas inquiète, nous avons tout le temps, je ne suis pas pressé. Ou bien quelque chose de plus grandiloquent : Vous et moi, c'est inéluctable. Elle aurait adoré cela. Mais il ne le dit pas, parce que c'était pour lui l'évidence même. Parce qu'il voulait savourer le délice de ces moments suspendus dans l'attente et la rencontre. Et peut-être, sans qu'il en eût conscience, parce qu'il voulait déjà la protéger des gestes et des tourments qu'il apportait aux femmes. Pas un instant il ne songea qu'elle était impatiente et désespérée, qu'il eût fallu se livrer pour la détendre. Au lieu de cela il dit : En tout cas, cela vous va bien, vous êtes lumineuse, et j'adore les femmes enceintes. Et comme elle ne faisait que sourire sans répondre, il poursuivit : Pourquoi souriez-vous ? Vous ne me croyez pas ? C'est fascinant vous savez pour un homme, cette couvaison intérieure. Jamais les femmes ne nous semblent plus lointaines, plus incompréhensibles et pleines de mystère qu'à ce moment où elles portent un enfant. Ce propos était couru, pensa Pauline, elle lui trouva même de la niaiserie ce qui lui rendit une certaine assurance. Elle s'ébroua, avançant vers lui ce visage qui n'avait pas cessé de sourire. C'est votre façon abstraite de voir les choses, dit-elle, mais vous ne savez pas de quoi vous parlez. C'est vrai, concéda-t-il. Et il demanda avec une sorte de précaution dans la voix : N'aimez-vous pas être enceinte ? Je déteste cela, dit-elle, je suis fatiguée, j'ai envie de dormir sans arrêt, je suis lourde, je me trouve si laide... Mais vous êtes splendide ! miaula-t-il pour la faire rire. Et de fait elle rit, une fois encore. Je ne m'étais aperçu de rien, dit-il, quelle preuve vous faut-il de plus ? ! Elle était si jeune ! pensait-il. Il la regardait de nouveau, ravi et immobile, émerveillé de l'être. Et elle le tenait pour blasé, patient avec elle parce qu'il avait été gavé de maîtresses ! La chose qui les rapprochait (qu'il fût homme et elle femme) était celle qui les séparait : il ne savait pas deviner de quelle façon elle raisonnait et ce qu'elle attendait de lui. La différence des sexes brisait une harmonie ; avoir envie de s'aimer et être capable de se comprendre n'avaient en somme rien à voir. Elle pensa : Il s'amuse de moi. Au même instant, il aurait voulu la serrer dans ses bras comme une petite fille. Est-ce que ce n'était pas une malédiction que tout en eux soit clandestin, et la sincérité même, la bonne foi, encloses dans une chair sans issue ?

Elle fut déroutée pour un moment, et silencieuse. Et puisqu'il sentait que quelque chose n'allait pas, il laissa filer le silence. Il était si touché par ce visage immaculé, par cette jeunesse, il resta à la regarder sans rien dire. Elle aurait presque pu être sa fille. À son désir d'homme se mêlait peu à peu une tendresse de père. Elle était quant à elle occupée à estimer le chambardement qui la ruinait. Nul n'était donc jamais rassasié, pensait-elle dans un silence plein d'espérance et de dévotion féminines. Elle était la proie du philtre amoureux. Une magie la livrait à un homme. Si elle avait tellement ri avec lui, c'était dans la prescience de cet avenir enivré. C'était dans cette obsession de l'intimité inévitable. Son désir avait vidé le monde. Elle était amoureuse. Impossible d'en disconvenir. Qu'adviendrait-il ? Comment se résoudre à éviter ce plaisir sous prétexte qu'on l'a déjà goûté ? La main droite jouait à nouveau avec le couteau. C'était un de ces couverts de brasserie dont le manche argenté porte un chiffre gravé. Pauline Arnoult le faisait tourner. Et Gilles André se beurrait un morceau de pain. Le silence était lourd. Elle pensait encore au mari : Le tromper, est-ce que c'était déjà ce qu'elle faisait ? Les mots étaient pleins du venin de ceux qui les prononçaient. Mais ça n'empêchait pas qu'elle le trompait quand même : il ignorait une chose parce qu'elle la lui avait cachée. Elle n'en éprouvait aucun remords. Elle ne parvenait pas à se dire que l'on doit, ou que l'on peut, passer à côté d'une passion. Une passion était comme une vie : il fallait qu'elle fût vécue. Car ils mourraient tous. Ils allaient tous mourir et cela viendrait plus vite qu'ils ne le croyaient. Qui les remercierait de n'avoir pas nourri l'élan et l'ardeur, la douceur et la convoitise ? Ils mourraient. Les secrets seraient emportés dans les tombes. Les tourments effacés. Comme leurs existences alors sembleraient dérisoires, leurs angoisses stupides ! La pureté d'un lien conjugal sans mensonge était sûrement désirable. Mais on ne pouvait pas renoncer à un nouvel amour. Pas si l'on était vivant. Alors, on devait dans le secret de soi adjoindre un lien à un autre. Cela semblait certain. Dans la grande nomenclature des fautes, au chapitre des manquements conjugaux, un secret d'amour avait la double beauté des choses tues et des sentiments estampillés. Il fallait pourtant que ce fût un amour. Pas une partie de jambes en l'air. La clef de l'innocence était dans cette phrase. *Pas une partie de jambes en l'air.* Mais comment s'assurer de cela auprès d'un homme ?! Comment savoir, au moment de s'élancer, si l'on paraphe un serment ou une bagatelle ?

Ils se remirent à bavarder. Comme on se parle gentiment au début ! Au cœur des mots tendrement prononcés, elle s'alanguissait. Elle était détendue contre le dossier de sa chaise quand elle écoutait, ou bien le buste à demi déposé sur la table quand elle parlait. Elle était vautrée dans cet instant, rivée à une présence, tombée dans le ravissement d'être contemplée, complice bien au-delà de ce à quoi il était parvenu. Les mots entre ses jolies lèvres étaient chantournés par son désir. Ses grandes jambes avaient fondu sous les assauts de la voix d'alcôve, elles s'étaient dispersées sous la foudre, et la suavité s'était lovée tout en haut des cuisses, une chose ronde et chatouillante qui faisait luire et sourire son visage. Elle le regardait sans éviter ses yeux. Elle attendait. Comment s'y prendrait-il ? Elle avait envie d'être séduite et adulée. Elle n'en espérait pas moins. Je sais les mots que vous me direz. Dites-les seulement et je serai comblée. Et j'attends la parole ou le geste, je suis devenue celle qui attend, et je tais mon trouble, je l'étouffe sous mon sourire, et si j'ai bien fait comme je veux alors tu devineras les turbulences de mon cœur sans en être effrayé. Tout le feu est là, mais je suis calme, si calme que je tremble. N'aie pas peur, je te souris et tu me plais affreusement, et si je n'avais la certitude que la dévotion jaillira, je me jetterais sans pudeur dans les larmes et les cris. Et c'est bien ce que je ferai quand tout sera consommé. Voilà cela dans quoi elle était installée : une attente fiévreuse, muette, souriante, la soie d'un songe de coquette. N'avait-elle pas menti pour vivre ce songe ?

# 8

À cause de son mariage, Max de Mortreux n'avait pas choisi le métier qu'il voulait. Mais il ne le savait pas encore. Ce fait, qui le détruisait lentement, n'avait pas encore affleuré aux portes de sa conscience. Il avait une famille, mais il n'avait plus de visage : une tristesse qu'il ne s'avouait pas avait tout emporté. Son épouse, qui l'avait jaugé, élu, courtisé, épousé, mis au travail, était la dernière personne à souhaiter s'en apercevoir.

À cette heure de la soirée, le soleil finissait juste de disparaître derrière l'immeuble en vis-à-vis. Max arrivait à peine de son bureau et sa femme, Ève, prenait un bain. Peux-tu mettre une casserole d'eau sur le feu ? ! lui cria-t-elle en entendant la porte d'entrée. Je suis dans le bain ! cria-t-elle pour qu'il comprît sa requête. Il posa un gros porte-documents et un blouson léger sur le canapé, et s'en alla aussitôt à la cuisine. Les enfants jouaient dans leur chambre. L'eau est bouillante, vint-il dire un peu plus tard à sa femme. Ève de Mortreux trempait, les yeux mi-clos et le visage en sueur, dans une baignoire de mousse. Jette le riz alors, dit-elle. Il sentit qu'il l'agaçait. Elle pensait une fois de plus qu'il ne pouvait jamais rien faire seul. Il n'y avait pas moyen d'être tranquille une seconde dans cette maison. Ils avaient tous sans arrêt besoin de quelque chose. Elle était leur esclave. Max savait qu'elle croyait cela. Pauvre Ève ! se disait-il, en se demandant comment les autres mères s'arrangeaient pour s'épanouir.

Lorsqu'elle fut sortie du bain, les cheveux relevés et pieds nus dans un peignoir, elle vint vérifier que les enfants dînaient bien. Ils allaient se mettre à table. C'est très bien, leur dit-elle. Puis traversant le salon elle rangea avec ostentation et mauvaise humeur le blouson et le porte-documents à la place qu'elle leur avait impartie de toute éternité. Max n'avait plus de visage.

Il s'était fait une raie sur le côté après avoir mouillé ses cheveux pour les coiffer. Il avait fait cela à la cuisine pour ne pas déranger sa femme dans la salle de bains. On dirait un premier communiant ! dit Ève. Elle n'avait plus pour lui aucune gentillesse. Il le remarquait souvent depuis quelques mois : elle ne lui disait jamais rien qui fût tendre ou prévenant. Il songea qu'elle avait été odieuse pendant chacune de ses grossesses. C'était elle pourtant qui avait souhaité un troisième enfant. Enceinte, elle lui en voulait d'être intact. Et il était aussi fatigué qu'elle ! S'en apercevait-elle seulement ? Max pouvait être dans n'importe quel état, et le masque sur son visage de quelque couleur que ce fût, la flamme des yeux éteinte ou ravivée, l'appétit vivace ou enseveli, Ève ne voyait rien. Il songea : Même veuve elle n'en saurait rien ! Je suis un portefeuille. Il était obligé d'y penser, mais pas de le croire. Tu peux les faire dîner oui ou non ? dit-elle en le bousculant pour sortir de la pièce. Je t'énerve ? demanda-t-il. Elle n'osa pas lui dire oui. Non pas du tout, dit-elle, mais je suis pressée, tu es prêt et je ne suis même pas habillée. Donc je te demande de me rendre ce service : Fais-les dîner. Elle parlait de leurs enfants, elle parlait à son mari, elle s'était passé sur les cils cette glu noire qu'on appelle du rimmel, pour se faire des yeux plus mystérieux. Elle n'était plus jolie du tout, se dit-il. Il refusait d'aller jusqu'à formuler : le dedans d'un être fabrique ce poudroiement de lumière au-dehors qui s'était justement mis à faire défaut à Ève. Il essayait vraiment de l'aimer. Il tenait à l'aimer comme elle était, ou même comme elle était devenue. C'était cela le mariage. Accepter qu'une personne change. Max regardait sa femme sans dire un mot. Il était trop fatigué pour se battre ce soir, il n'aurait même pas eu la force d'exiger qu'elle ne lui parlât pas comme à un chien. Il la voyait sans indulgence : son visage était devenu dur, sa bouche était désormais prolongée par deux rides courbées vers le bas, elle ne souriait presque plus, elle n'était jamais contente de rien, elle donnait des ordres. Était-elle heureuse au moins comme cela ? C'était possible, si incompréhensible que cela pût paraître. Il le pensait parce qu'il ne comprenait rien à sa femme et à ce qu'ils étaient en train de vivre. Étaient-ils sur une très mauvaise pente ou bien n'était-ce là qu'une dépression conjugale normale ? On a si peu de repères. Pas moyen de comparer à ce que vivent les autres puisqu'on l'ignore. Max de Mortreux soupira. Il mit le couvert, deux assiettes creuses et deux verres décorés de Blanche-Neige et Lucky Luke. La tristesse et la tendresse se mêlaient en lui. Il tenait à aimer sa femme. Pourquoi donc y tenait-il à ce point ? Il avait été éduqué de cette manière. On ne se refait pas. Il laissa tomber cette question et appela les petits à table.

Il faisait maintenant dîner les enfants. Les enfants riaient. Heureusement que les enfants riaient. Y avait-il autre chose que les enfants pour le retenir dans cette maison ? La réponse n'avait aucune importance puisque les enfants le retenaient dans cette maison. Ce qu'il faisait qu'il ne voulait pas faire, ce qu'il rêvait d'entreprendre et qu'il n'ébauchait pas, ce qu'il vivait, ce qu'il supportait, il ne le disait à personne. Se taire était parfaitement possible : clouer son malheur dans le silence et tenir debout au cœur des clous. Certaines phrases minuscules pouvaient suffire à révéler l'étendue de l'erreur. Jamais il n'en avait prononcé une seule. Même au cours d'une dispute, il n'aurait pas dit : Je reste à cause des enfants. Ève trouve que je ne gagne pas assez d'argent. Nous ne couchons presque plus ensemble. Il avait les pieds sur terre et ne se faisait pas d'illusion. Il ne quitterait jamais Ève. Qu'est-ce qui pouvait tenir lieu d'amour ? Bien sûr que c'était l'enfance qui rit. Est-ce que ce ne serait pas pareil avec une autre femme ? En aimer une autre ne serait pas une bonne idée du tout. Il ne ferait qu'y perdre ses enfants ! Ève était revenue dans la cuisine. Mangez ! dit-elle aux petits qui lambinaient. Papa et maman sortent ce soir, expliqua-t-elle à son aîné. Max lavait la casserole en réfléchissant. En aimer une autre... cela n'entrait pas dans l'univers de ses possibles. D'ailleurs il éprouvait de l'amour pour sa femme. C'était elle qui ne l'aimait plus. Ne pouvait-il rester une trace des magies originelles, une belle tendresse, la fulgurance d'une émotion partagée ? Embrasse-moi, dit-il avec un pauvre sourire. Est-ce que l'amour entre deux êtres ne faisait pas qu'aller et venir ? Il fallait attendre l'heure du retour. Embrasse-moi, répéta-t-il. Elle s'approcha derrière lui et dans un soupir secret l'embrassa sur la joue. Sur la joue ! pensa-t-il. C'était donc tout ce qu'elle pouvait faire.

Installée dans la voiture, à sa droite, elle disait : Cette soirée me fait chier. L'horreur de son épouse prononçant ces mots vulgaires le foudroyait. Avec quelle femme s'était-il allié ! Il ne répondit pas, non pas qu'il voulût l'énerver, mais il ne savait quoi dire s'il n'avouait pas ce qu'il ressentait. Tu pourrais répondre quand je te parle, dit-elle. Il répliqua sans tarder : Tu ne m'as pas posé de question. Comment deviner que tu attends une réponse ? Je te dis que cette soirée me rase, répéta-t-elle, et tu me laisses dire et tu ne fais rien. Quelque chose enfin montait en lui, une exaltation de colère irrépressible. Il n'était pas un tempérament coléreux, mais poussé à bout. Que veux-tu que je te dise ? dit-il. C'était une fausse question. Il parla avec une fermeté soudaine qui la pétrifia. Une fois encore elle avait dépassé le point fatal. Combien de fois a-t-on le droit de dépasser le point fatal ? Il disait : Tout te fait chier, tu n'es contente de rien, tous les gens t'emmerdent, tu leur parles comme à des chiens. Il se reprit : Non, tu ne parlerais pas à un chien comme tu me parles. Tu craches sur mes amis, tu méprises mes parents, tu critiques tout le monde, je n'invite plus personne à la maison, je ne sais pas ce qui peut encore t'amuser, j'essaie de me faire le plus petit possible. Et il finit avec l'argent : La seule chose qui compte à tes yeux c'est que je ramène le fric pour payer ton bel appartement et ta femme de ménage. Voilà, il l'avait dit. C'était la première fois. Sur quelle pente étaient-ils ? Il semblait bien à Max que les disputes empiraient. Ève était statufiée. Il ne pouvait distinguer ses yeux, parce qu'elle ne le regardait pas et qu'il devait au surplus faire attention à la route. Mais, sans savoir pourquoi, il eut l'impression qu'elle avait les yeux pleins de larmes. Et cela était si vrai qu'une larme coula sur la joue, en plein cœur du petit rond de poudre rose qu'elle s'était fait. Elle se forçait à pleurer. Cela il n'en eut pas idée. Il ne pouvait concevoir ce degré de duplicité. Elle était assez bouleversée, mais elle n'aurait pas pleuré si elle ne s'y était obligée. Elle voulait absolument pleurer. Parce que les larmes des femmes, quoiqu'on croie parfois le contraire, ont toujours un effet : c'était ce qu'elle pensait. Si elle n'avait pas pleuré en entendant ces reproches, qu'aurait-il imaginé ? Elle pleurait pour lui. Mais comme il ne s'en préoccupait pas, elle laissa éclater sa rage. Salaud ! Salaud ! Salaud ! lui criait-elle. Il conduisait, impassible. Elle le détesta. Salaud ! dit-elle. Je te déteste ! Et elle lui donna un coup de poing en haut du bras. Il hurla de surprise et de colère. Pas en voiture ! Tu n'as pas à me frapper quand je conduis !

Il avait raison, elle était penaude. Pardon, bougonna-t-elle. Alors il parla fermement : Cette soirée t'ennuie, c'est ton droit, tu n'es pas obligée d'y venir, alors ne viens pas. Préviens que tu resteras chez toi et restes-y ! Mais, surtout, fous-moi la paix ! Il s'emporta. Fous-moi la paix ! Il criait plus fort qu'elle ne pourrait jamais crier. Arrête de me castrer haché menu ! Il n'y avait plus trace d'amour entre eux. Elle pleurait maintenant comme une Madeleine. Mari et femme ! le beau spectacle ! pensa-t-il. Il laissait tourbillonner dans sa tête le début de leur histoire, les détails traîtres dont il avait gardé souvenir. Je ne suis pas un si bon parti que cela ! dit-il en ricanant. Elle ne comprenait pas ce qu'il voulait dire par là, et lui non plus. Ils restèrent silencieux. Descends, dit-il, je vais chercher une place. Je peux rester avec toi, dit-elle avec une toute petite voix. Elle s'essuyait le coin des yeux avec un mouchoir. Comment était-ce possible cette petite voix ? pensa-t-il. C'était horrible. Non, dit-il sans cesser de regarder devant lui la route, et les mains rangées sur le volant, j'ai envie d'être seul. Il la regarda s'en aller à pied vers le club, assez gracieuse, bien habillée, avec ses cheveux châtains lissés derrière et sa dureté cachée là-dessous. Un piège. Comment était-il tombé dans ce piège, lui, comment ? Il fit sa manœuvre pour se garer. Cette scène l'avait vidé. C'était le moment où Gilles André disait à sa compagne : Que voudriez-vous manger ? Il y a toutes sortes de choses délicieuses, tenez, regardez.

9

Les couleurs du soir n'étaient pas les mêmes quand on sortait de la ville. L'incendie qui tenait encore les quartiers du centre ne pesait déjà plus sur la périphérie. La grande chaleur de la journée quittait les jardins, la nature retrouvait fraîcheur et vigueur. Mélusine Tropp goûtait l'ombre vespérale, assise dans une chaise longue. D'un instant à l'autre les pas des futurs amants s'accorderaient sur l'asphalte brûlant, tandis que Sara, Louise et Marie entreprendraient de choisir une robe, et qu'Ève serait grossière avec son mari. Car, au même moment du monde, ils vivaient des intimités singulières. Et même si les méandres se croisaient, chaque sentier n'avait qu'un promeneur : une vie par personne, et pas moyen d'échanger ou de partager. Et quand un homme et une femme unissaient leurs sorts, était-on bien certain que c'était ce qu'ils faisaient ? L'un des deux tout simplement n'était-il pas le spectateur de la vie de l'autre, réduisant la sienne à néant ? C'était la seule question que Mélusine Tropp était capable de se poser lorsqu'elle tenait un verre à la main. Qu'as-tu fait de ton talent ? Qu'as-tu fait de ton talent ? Le téléphone sonnait mais elle restait assise. Ce qu'elle avait fait ? Mon Dieu elle n'en savait rien. Elle buvait une gorgée d'une boisson qui ressemblait à une limonade. Laisser sonner, ne pas courir vers le combiné : c'était sa liberté. Le chapelet des sonneries en battait la mesure.

Quelle affreuse journée encore ! Mélusine n'avait pas quitté sa cuisine depuis le matin. Elle avait bu assez de gin tonic pour être dans cet état de langueur qui l'empêchait d'entreprendre quoi que ce soit. Elle souriait aux anges en écoutant la radio. Le poste était resté dans la cuisine. Dans le silence de la maison vide, ces voix étaient vitales. Henri avait toujours voulu habiter ce pavillon de la grande banlieue, celui où les enfants avaient été petits, celui où il avait un jardin : Mélusine était isolée de tout tandis qu'il s'en allait à son bureau. Bien sûr les visites des amies s'étaient raréfiées quand elle avait eu grand besoin d'amies. Rien de tel que les liqueurs fortes pour vous isoler de ceux qui sont bien portants. Elle s'était trouvée de plus en plus seule. C'était plus pratique pour boire. Boire est une chose intéressante. Mélusine avait entendu un grand philosophe le dire à la télévision. Et beaucoup d'hommes qui avaient fait leur chemin dans le monde connaissaient les bienfaits de l'alcool. Elle but encore une gorgée sans se lever pour décrocher. C'était Henri, à cette heure ce ne pouvait être que lui. Il voulait s'organiser avec sa femme pour cette soirée au club de tennis. Il se doutait forcément que Mélusine était là. Après seize heures, elle n'était plus capable de rien. Voilà, il avait raccroché. Il suffisait d'être patiente, de supporter le bruit jusqu'à ce qu'il se décourageât ! Le découragement ne durait jamais longtemps, il rappelait toujours. Une minute. Deux minutes. Parfois davantage s'il allait prendre un café. Le silence derrière les voix radiophoniques durait. Trois, quatre, cinq minutes passées. Enfin ! Mélusine pouvait à nouveau entendre l'entêtement de la sonnerie. Celui qui téléphonait savait vraiment qu'il y avait quelqu'un pour répondre. Mélusine se leva et marcha péniblement vers la maison. Elle tanguait comme un bateau.

Sa main attrapa le combiné en tremblant. L'annulaire était gonflé autour de l'alliance et les ongles étaient tous rongés. Mélusine, dit-elle. Sa voix était flûtée et douce, une tessiture aiguë et moelleuse à la fois. Un don qui n'avait mené qu'à des regrets. Mon grand remords, disait-elle, c'est de n'avoir pas chanté. Elle changeait *regret* en *remords*, comme si elle avait été activement coupable envers une grande intention, et qu'elle eût dû s'acquitter d'une tâche très attendue dont on lui faisait maintenant reproche de l'avoir négligée. Mon grand remords... Tout le monde s'en foutait, elle le savait bien, et elle ne parlait de cela que pour elle-même, pour s'entendre dire quelque chose d'important. Les autres ne sauraient s'attrister tout de même des rêves que nous avons laissés ! Ma chérie ! disait Henri. Il était à la gare, dans une cabine téléphonique, s'apprêtant à prendre le train. Ma chérie ! Pourquoi ne réponds-tu pas ! Il avait un ton suppliant, le ton d'un époux qui ne sait plus quoi faire, qui abdique dans l'ordre de la supplique et du désespoir. Elle ne répondait rien. Ma chérie, ça ne va pas ? demandat-il. Il l'aimait comme enfant on aime sa mère : sans pouvoir envisager de la perdre. Cette adoration n'avait pas suffi. Il avait cru qu'un mari aimant faisait la vie d'une femme, et ainsi la vie de Mélusine avait manqué de ce que l'amour ne donne pas : une place que soimême on creuse dans le monde. Il l'avait protégée du dehors. Elle s'était abandonnée à lui. Il était si amoureux ! Combien de fois Henri n'avait-il vanté sa voix ? ! La voix de Mélusine ! Ma chérie ! Car il est certes plus facile de vanter et de parler, que d'épanouir et de travailler. Oh ! voilà ce qu'elle avait appris à ses enfants : On doit se mener dans la vie comme un âne sur un chemin, à coups de fouet, tirant peut-être à hue et à dia, mais avançant de l'aube jusqu'au crépuscule. Elle était morte sur place parce que personne ne lui avait fait entrer dans la tête cette vérité : il faut prendre le fouet contre soi-même. Ma chérie, ma chérie... Il le disait encore : Ma chérie, je vais rentrer à la maison pour te chercher. Mélusine ne disait rien. Peux-tu m'attendre ? Préférerais-tu venir seule ? Pas de réponse. Que nous nous retrouvions directement au club ? Il faisait seul la conversation. Ma chérie je suis désolé d'être en retard, et toute sa voix disait qu'il l'était, et même plus que désolé, inquiet. Elle ne répondait rien, engourdie et ombrageuse dans le cercueil de l'ivresse. Mélusine ? dit-il. Tu m'entends ? Oui Henri, je t'entends, dit-elle enfin. Elle était en colère, il s'affola. Ma chérie, recommença-t-il dans sa supplique, tu ne m'en veux pas ? Il fallait bien qu'elle l'aimât pour n'être pas agacée par sa larmoyante tendresse. Je serai là vers dix-neuf heures trente, dit-il. Tu ne m'en veux pas ? Je t'embrasse ma chérie. Ma chérie, tu ne m'en veux pas trop ? Mais non ! dit-elle, excédée. Mais je vois bien que tu n'es pas contente ! dit-il, désespéré. Je suis désolé. À tout à l'heure, dit-elle. À tout à l'heure ma chérie. Elle raccrocha. Il était frappé. Il regardait le combiné dans sa main. Il était de ces maris qui croient que les choses vont s'arranger quand on ne les dit pas. Il fallait éviter la vaine agitation que causent les mots. Quelle heure était-il ? Mélusine s'était rassise. Elle irait au club dans cette tenue, de toute façon elle n'avait plus rien à se mettre.

La chose la plus importante à propos de Mélusine Tropp c'était cette chose qu'elle faisait : boire. Elle se glissait entre la table et le frigidaire, elle déposait là son gros ventre, et dans sa cuisine rafraîchie par la nuit, elle versait les premières gouttes dorées dans son café. La chaleur du café exhaussait l'odeur du whisky, l'ivresse était aussi olfactive. Mais elle avait toujours été seule pour respirer ce parfum dénonciateur : les enfants à l'école, le mari au bureau, et puis, plus tard, plus d'enfant du tout. Il peut y avoir tellement de solitude autour d'une mère. Personne dans la famille ne s'en faisait la remarque puisqu'elle n'était pas seule quand on la voyait. N'avait-elle pas bu d'être seule avec la machine à laver, le linge et le fer à repasser, et le frigidaire, les casseroles et les fait-tout, et d'ailleurs c'était dans la cuisine – elle disait même ma cuisine – qu'elle était venue dès le début pour faire ça.

Ils n'avaient rien vu, ni le mari, ni les enfants. C'était son corps qui avait trahi Mélusine. Il avait changé, il avait pris la forme connue des corps d'alcooliques. La peau de son visage était devenue d'un grain plus épais, les pores s'étaient dilatés jusqu'à former de vrais trous. Les traits s'étaient enfouis dans une boursouflure. Le ventre était sorti de lui-même, comme si elle faisait pousser un autre enfant. J'étais mince autrefois, disait Mélusine, lorsque l'ivresse la rendait capable de dire une telle phrase. Elle était même belle. Et cela était si vrai qu'elle avait cru que c'était assez. N'était-ce pas la vie d'une femme : être regardée, sourire, être aimée, et rendre cet amour, rester dans la continuité bienheureuse qu'instaure la fidélité entre deux personnes ? Elle n'attendait que l'amour, et tout le reste par l'amour. Il avait pourtant bien fallu se rendre à l'évidence : on se sentait seul même quand on aimait. Elle était abandonnée dans sa maison et encore plus abandonnée dans sa tête. Que faisait-elle de sa vie ? Elle mourrait. Elle aurait vécu pour les autres. Le passé s'enfuyait. L'angoisse de vivre et de mourir l'étreignait. Il n'y avait pas de mots pour dire cela. Elle essayait quand même. L'amour répondait par des sourires. Henri ! Il croyait bien faire. Les gestes tendres étaient en face du néant et du froid et du doute comme de minuscules étincelles presque saugrenues. Les gestes tendres étaient pourtant les seuls joyaux véritables. Alors que fallait-il espérer ? Comment s'y prenait-on pour tenir debout ? Comment faisaient les autres ? Mélusine avait d'abord pleuré. Puis elle avait bu.

Et maintenant elle était une femme guettée par l'incurie, envahie par la sueur quand elle ne buvait pas. Elle était bien capable de mourir si son corps ne résistait pas. Mourir ! Elle le disait. Je me tue ! C'est bien ce que je fais ! Parfois le mari pleurait. Il ne la regardait pas. Il fermait les yeux : afin qu'apparût la jeune fille qu'elle avait été. La belle géante brune à la chevelure épaisse. C'était étrange à quel point la vie pouvait ne pas tenir ses promesses. Un être se brisait comme du cristal. Mélusine était en cristal. Il l'avait toujours su. C'était cette transparence qu'il avait aimée. N'avait-il pas vu la fêlure ? Il la regardait se déplacer lentement de la cuisine à son lit. Comment était-elle devenue ! Elle ne pouvait même plus marcher. Plus de promenades, plus de voyages, plus de courses. La gare, c'était une chance que la maison soit à côté de la gare. On avait le bruit des trains mais Mélusine pouvait aller en ville.

## 10

Expliquez-moi comment se passe la création d'un papier peint ? dit-il avec détermination. Grâce à vous je découvre un métier ! dit Gilles André. Dès que la conversation s'écartait des chemins amoureux, Pauline Arnoult éprouvait un regret. Sa jubilation diminuait. Elle aimait qu'il fût enjôleur et sinueux, souriant et matois, et qu'il ne s'occupât que de ce qui leur arrivait. Elle ne voulait pas parler d'autre chose. Mais elle vit comme il la regardait, avec un véritable plaisir, et elle fut bien aise de ce regard. Elle répondit en souriant. Ce n'est pas très compliqué ! dit-elle. Et vous n'allez rien découvrir du tout. Racontez-moi quand même, dit-il, tout ce qui vous concerne m'intéresse. Et il ajouta : Vous m'intéressez ! Elle n'osa pas se réjouir tant cela lui parut exagéré. Aussi elle se lança dans une explication.

## 11

Pénélope Lepeintre mettait la clef dans sa serrure à l'instant où Gilles André s'exclamait : Je ne sais pas ce qu'elles ont toutes à vouloir divorcer ! Dieu sait pourtant que vous n'êtes pas faites pour vivre seules. Pénélope Lepeintre ne s'était jamais mariée et vivait seule. Elle n'avait pas non plus fait l'expérience du concubinage. Vivre auprès d'un autre si ce n'était pas sous serment, il lui semblait que c'était intenable. Les prétendants n'avaient pas manqué à Pénélope, mais elle avait aimé une fois, l'année de ses vingt ans, dans la réciprocité transparente, elle avait connu un bel amour loyal et miraculeux, et puis le garçon était mort. Elle ne l'avait pas remplacé. Elle n'avait plus écouté ni les promesses, ni les requêtes. Les mots tendrement murmurés étaient restés au bord de son oreille, aux portes fermées de son cœur vaillant, rivé à la mémoire des mêmes mots qu'avait portés le souffle du premier amant. Cela ferait quinze ans. Ces souvenirs bruissaient dans sa vie comme les voiles d'un spectre dont nul ne l'avait séparée. La solitude, on pouvait ne pas en mourir, s'ouvrir à autrui comme un être vacant, disponible et chaleureux.

Pénélope avait hésité à passer chez elle avant de partir au club. En retard, bouleversée par ce qu'on ne peut appeler qu'une surprise de l'amour, elle marchait, prenant le pouls de son sentiment, exténuant en elle le goût de la solitude et de la commémoration vaine, pour enfin accueillir le désir d'un autre. Elle aurait voulu se calfeutrer dans cette pliure de vie. Mais elle avait promis à Marie de venir à la fête. Les femmes ne regarderaient pas le combat. Pénélope avait horreur du sang. Naguère le fiancé était mort d'un empoisonnement du sang en quelques heures. Si elle n'avait rien dit à Marie elle serait restée chez elle. Ce tourbillon des mots qu'on dit et qu'on entend et qu'on répète, dont on se moque ou qui nous blesse... Dire qu'elle venait d'être demandée en mariage ! C'était comme un coup de poing dans le cœur lorsqu'on ne s'y attendait pas. Elle était bouleversée parce qu'elle avait compris qu'elle allait glisser sa main dans celle qui se tendait.

Il serait bientôt vraiment un vieux monsieur. Jamais elle n'aurait pu croire qu'elle tomberait amoureuse d'un homme plus âgé que son propre père. Voilà pourquoi elle était sortie si facilement et si souvent avec lui. L'amitié était une grâce que leur valait la différence de leurs âges. Elle ne s'était pas méfiée. Ils avaient vu ensemble des dizaines de films, des pièces de théâtre, et des opéras, des expositions de peinture, des ballets même ! Il était toujours disponible pour elle. Elle avait pensé que c'était ensemble son veuvage et sa retraite. Ils avaient dîné, en tête à tête, bien plus que souvent, essayant des restaurants. Spécialités de poissons, couscous, cuisine japonaise. Pénélope ne mangeait pas de viande. Elle disait à ses amies : On se fait des gueuletons d'enfer ! Tant de connivence par-delà la barrière des âges étonnait les amies. Ils avaient pourtant des tas de choses à se dire. Ils parlaient de philosophie, d'économie, de littérature... Quel âge avez-vous ? avait-il bien murmuré un soir, et secouant la tête, comme pour un refus, un regret, après qu'elle eut répondu qu'elle avait trente-six ans, et qu'il sut en avoir soixante-douze, c'est-à-dire – avait-il aussitôt remarqué – le double d'elle trop exactement. Comment pouvait-il se sentir aussi proche d'elle par le désir, qu'il s'en trouvait éloigné par l'implacable chronologie ? La souveraineté des sentiments jouait contre celle de la nature. Il serait un défunt quand elle entrerait à peine dans la maturité de sa vie. Paul Jade était tout ensemble saisi, interloqué, heureux, et rajeuni. D'ailleurs, était-ce ce regain de jeunesse, Pénélope éprouvait avec lui le plaisir d'une affinité d'esprit. En somme : l'âge ne sépare pas les êtres qui se ressemblent.

Alors les choses s'emballèrent, comme si à la fin les corps se mêlaient forcément de ces inclinations de l'esprit. Un soir, tandis qu'ils étaient à marcher au sortir du théâtre, en une fraction de seconde elle perçut que le ton de leur rencontre avait changé. Paul n'était plus le même : une attirance, un intérêt viril étaient en lui. Il marchait à côté d'elle, beaucoup plus près que d'ordinaire. Elle était chamboulée. Elle sentait qu'une force le poussait à s'approcher tout près d'elle, comme s'il avait voulu l'attraper. Elle marchait de plus en plus vite. Elle se sauvait devant lui. Il lui fit des compliments qu'il n'avait jamais faits, des compliments galants. Elle fut assez fâchée d'être ainsi poussée dans le rôle convenu de la féminité courtisée. Et cependant quelque chose en elle, à son insu, était touché. Le temps passé avait restauré l'innocence des mots et des gestes.

Les lettres qu'il écrivait changèrent. Il n'avouait pas ses sentiments mais elle pouvait les lire. Elle était émue. Cette histoire semblait inexplicable. Comment n'avait-elle rien vu venir ? La connivence avait été immédiate, elle s'en souvenait très bien, au café, il pleuvait, il lui avait tenu longtemps la main dans le métro au moment de se quitter. Elle avait eu le sentiment de rencontrer une vraie personne. Cet homme l'avait charmée. En somme, pensa-t-elle, si elle n'avait rien vu venir, c'était surtout qu'elle ne l'avait pas voulu. Elle s'était installée dans cet amour sans se le dire...

Un sentiment qui naît est si vulnérable. Elle avait laissé grandir l'attachement comme si de rien n'était. Elle écrivit. Elle écrivit que les affinités n'ont pas d'âge, qu'elle l'avait ignoré mais qu'elle le savait pour toujours. Il l'avait prise dans ses bras, longuement, sur le trottoir comme le font les adolescents qui ne veulent pas rentrer chez leurs parents. Ils sortaient du cinéma. Aller ensemble voir un film n'était plus un acte engageant, mais puisque Paul était d'une autre génération il avait fait sa demande.

Pénélope Lepeintre noua un foulard doré autour de ses épaules et s'en alla au club dans le scintillement de cette étoffe et la gloire intérieure que donne l'assurance d'être aimée.

# II
# RENCONTRE

# 1

Il l'avait découverte à l'école, devant la rangée des portemanteaux à l'entrée des classes maternelles. C'est là que l'envoûtement était né. Dans le déferlement des enfants, au cœur de leurs pépiements matinaux, un rapt silencieux : une femme se saisissait d'un homme. Une image mordait dans un regard.

Ils étaient occupés aux mêmes gestes que faisaient là tous les parents : s'agenouiller devant son enfant, déboutonner le manteau puis le tricot, se relever en même temps que l'on tire sur une manche pour enlever le vêtement, suspendre le tout au crochet surmonté de la photographie du garçonnet ou de la fillette qui porte votre nom et votre sang, étreindre cet enfant contre soi, lui prendre la main pour l'amener jusqu'à sa classe, lui faire dire bonjour à la maîtresse, l'asseoir avec les autres, l'embrasser encore une fois et partir en lui faisant signe avec la main. C'était au moment d'accrocher les affaires qu'il l'avait aperçue.

Pauline Arnoult portait un long manteau rouge, cintré à la taille et s'évasant vers le bas, avec deux rangs de boutons dorés comme en possédaient les anciens uniformes militaires. Gilles André était occupé avec sa fille. La tache de couleur traversa son champ visuel. Il était agenouillé. De fines chevilles dansotaient sur des escarpins, au milieu de l'étoffe abondante. Un homme agenouillé devant une petite fille pouvait reconnaître dans la pâleur des bas de jolies jambes de femme. Il leva donc les yeux pour découvrir le visage qui allait avec les jambes. Alors il tomba dans un fantasme. Il fut saisi. Un visage clair souriait et dispensait des tendresses. Impossible de détacher ses yeux de ce sourire. C'était inexplicable. D'autres pères étaient là qui n'étaient pas emportés dans cette vision. Était-ce pour lui une chose déjà vue, retrouvée, attendue ? Il fut transporté d'un coup dans l'allégresse tourmentée du désir. Une blondeur ramenée en chignon se mêlait dans un baiser à la blancheur des cheveux d'un petit garçon. Elle lui chuchotait des câlineries à l'oreille et le rire cristallin de l'enfant crépitait dans le brouhaha. Gilles André restait bête. Il n'entendait plus que le rire enfantin, et il aurait voulu être ce rejeton puisqu'elle ne voyait rien d'autre. À la fois juvénile et maternelle, Pauline Arnoult laissait une impression contrastée de jeune femme fatale et de maturité qui a fini de séduire. Elle était dévouée à son enfant, mais pas encore faite ni rassurée sur elle-même. Elle n'avait pas rassasié le besoin de plaire. Le devina-t-il ? À ce moment pourtant elle n'appartenait qu'à son fils. C'était précisément dans cette inattention gracieuse qu'il fut pris, dans rien d'autre que cela. Ce qui était homme en lui fut torpillé par cet aperçu de la douceur des femmes quand elles sont mères. Le charme et l'apaisement quand elles s'approchent de leurs petits, et, pensait-il, la merveilleuse tiédeur sensuelle dans laquelle elles accueillent aussi leur amant, quand elles ouvrent leurs cuisses de velours, et laissent tomber leur tête en fermant leur visage. Il voulait être cet amant. Pourquoi le voulait-il ? Il ne se poserait la question que beaucoup plus tard. Il tâcherait de lire le tissage, l'avènement et le déploiement de cette attraction. Pouvait-il trouver quelque part sur elle la cause de son propre désir ? Était-ce en lui ou en elle que se trouvait la clef ? À l'instant il voulut être aimé d'elle. C'était aussi violent que mystérieux. Mais c'était vivre l'expérience la plus intéressante de la vie. Il n'était ni assez sot, ni si jeune, qu'il pût l'ignorer. Il ne l'ignorait pas, et, pactisant avec son mal, il le pensa même avec une clarté extraordinaire. Ceci expliquera qu'il ne se retint pas. Ni de la contempler, ni de la désirer. Elle ne ressemblait à personne qu'il eût déjà aimé, elle ne réitérait pas un passé. Mais elle était si jolie ! Il ne pouvait tout simplement pas ne pas la regarder. Une silhouette, les traits d'un visage, une expression tendre, une indifférence étaient le centre déclencheur d'une attraction.

Il fut donc éperdu dans le lacis des mots et des brûlures sans mots qu'apporte en nous le désir. Il fut ravi à lui-même, désuni par une émotion qu'il voulait accueillir. Un délire s'étendait. Je suis le spectre d'une rose que tu portais hier au bal… et je te reconnais, tu es ma sœur, ensemble nous avons traversé l'enfance, je ne connais aucune femme mieux que toi, et je te trouve enfin, et tu es la tendresse de ma mère, et tu es mon désir, l'image exacte du vœu qu'en moi j'ignore, et je ne peux plus rien que te regarder, toi la dame de mes songes, je ne puis plus que me déployer pour te plaire, t'enchanter et te coucher sous mon désir, et j'ai l'air stupide ravagé par ce soudain tourment, et je suis innocent, moi qui n'ai jamais été bête et même par amour !

La femme embrassait son fils, l'homme restait immobile et muet devant ce spectacle. Le voyant si captivé, quelques enfants cherchaient ce qu'il observait. Ils n'apercevaient rien qui valût cet hébétement singulier. Ils ne voyaient que lui, pris dans cette béatitude solitaire. Sa fille s'impatienta. Papa, dit-elle en tirant sur sa veste, viens voir ma maîtresse. Il se releva dans le ravissement où il était, entraîné par la minuscule main de la fillette, et c'était comme un double rapt de la douceur, il voulait le penser, lui qui (du moins le disait-il) n'avait tenu à la vie que par les femmes. Quel secret possédaient ces princesses pour savoir l'emporter si loin de lui-même ? Saluant la maîtresse à la grande fierté de sa fille, il retrouva ses esprits et le monde réel : la perception de soi-même dans un temps et dans un espace. Il resta un moment à côté de l'enfant qui babillait des cajoleries pour retarder le départ de son père. Elle montra ses cahiers, ses dessins, il ne parvenait pas à se concentrer pour regarder. De temps à autre il prenait dans ses mains la tête bouclée, roulant ses doigts dans les cheveux, et l'embrassant. Pauline Arnoult poussait son fils dans la classe. Le garçonnet marchait dans les jambes de sa mère et elle riait avec lui de le faire avancer contre son gré. Elle n'était occupée qu'à son enfant et cette indifférence était à Gilles André la même torture qu'une vraie rebuffade. Il l'enveloppait dans un regard qu'il ne maîtrisait pas.

Alors seulement elle le vit à son tour : un homme qui la regardait obstinément. Et c'est aussitôt dans le paysage de ce désir qu'elle soutint le regard : elle incrusta en lui l'harmonie d'une pleine féminité. Il s'enfonçait dans l'émerveillement sexuel que les hommes ressentent plus souvent que les femmes, parce que la vue joue un plus grand rôle dans leur désir. Elle eut un sourire gêné à quoi il reconnut qu'il était deviné. Une attente magique venait de commencer. Nul ne sait les détours que prendra le réel pour venir à son dessein. Nul ne sait comment adviennent les choses rêvées, ni comment il se peut qu'elles n'adviennent pas. Le dieu des amours jubilait. Un invisible filet se refermait sur eux. S'ils voulaient s'épargner, c'était le dernier instant pour le faire. Ils passaient la grille d'une prison éclairée comme un palais. Jusqu'à ce que la mort rende toute caresse inutile, vous vous désirerez. Jusqu'à ce que la mort vous sépare, vos corps s'attireront, et ainsi jusqu'à l'effacement de la chair, jusqu'au délitage et la poussière...

Il leur fallut quitter la classe. Allez ! tous les parents dehors ! disait la maîtresse. Je ne veux plus voir aucun parent. Les enfants riaient. La femme, agenouillée, babillait encore avec son fils. Furtif et ardent, l'homme la regardait. Un monde masculin l'attendait, qui lui sembla laid et glacé, disqualifié par l'immémoriale faim qui l'avait pris. Il serra sa fille dans ses bras. Je te retrouve ce soir, lui murmura-t-il, car c'était ce jour illuminé où il en avait la garde. Son sort de père était une amertume. Gilles André était, à cet instant de la rencontre, un homme qui se décomposait dans le sentiment que laisse l'échec amoureux. Chez lui, une chambre d'enfant vide et silencieuse ranimait chaque soir la détresse de ne plus vivre sous le même toit que sa fille.

Pauline Arnoult salua la maîtresse. Elle envoyait des baisers à son garçon. Elle avait enfanté son bonheur, l'enchantement d'un fils, et c'était un charme d'enchantée qu'elle portait sur elle en s'en allant. Le petit garçon riait. L'harmonie s'était infiltrée dans chaque recoin de cet enfant. Gilles André était capable de voir cela qui broyait une part secrète de lui-même. Il serra encore sa fille dans ses bras. Des mamans caquetaient. Il pensa : Des mères qui demanderaient le divorce et emporteraient leur enfant. Il les regarda se nourrir de la chair enfantine. Les enfants leur appartenaient-ils donc ? Il lui semblait que tout l'attestait : les mères et grands-mères, les avocats, les juges, et les pères eux-mêmes. On les dépouillait, ils s'y faisaient. Ils refaisaient des enfants auprès d'une deuxième femme... Gilles André retourna faire un dernier baiser à sa fille. Comme une mère ! se dit-il. Mais alors il eut à entendre le prénom de l'image ensorcelante : Pauline ! Une femme appelait. Pourquoi était-il si ému ? Il était vraiment ému ! Son tempérament s'exaltait seulement parce qu'il entendait ce prénom. Quelle bêtise ! Pauline ! cria encore la voix. La blondeur s'arrêta de marcher. Je prends ton fils à midi, disait la mère. Tu es sûre que ça ne t'ennuie pas ? disait l'ensorcelante blondeur. Non, ça n'ennuyait pas. Merci ! cria la jolie Pauline, s'en allant dans le grand manteau rouge. Où allait-elle ? Il aurait été capable de la suivre, et même pas pour le savoir, pour la regarder. À ce soir ! disait-elle. Merci ! Elle agitait la main en l'air au-dessus de sa tête, avec un bras joliment arqué et un léger déhanchement parce qu'elle se retournait. Il fut dans l'obsession du désir. L'image fascinante avait un nom. Pauline. Il le murmura entre ses dents comme un vers aimé. Pauline.

Bien sûr rien d'autre ne se produisit ce jour-là, que cette capture silencieuse d'un homme dans une femme et d'une femme dans un regard. Il n'advint rien, que ce silence plein de choses sues, d'évidences indéfiniment jouées, ce langage d'éclairs, d'eau et de lumière que parlent les yeux, le sabir du désir qui n'a de mystère que celui des choses tues, un faux mystère, puisque nous n'avons pas besoin des mots pour reconnaître une attraction. Gilles André avait découvert un fétiche. Pauline Arnoult était dans ce trouble heureux que beaucoup de femmes éprouvent à être sexuellement admirées. C'était un plaisir primordial et intense : une jouissance de vanité. Elle existait comme une femme. Un intérêt pour cet homme s'était piqué en elle du moment qu'il l'avait regardée. Qui oserait se demander si les femmes ne tombent pas amoureuses par mimétisme ?

Gilles André monta dans sa voiture. La jeune femme partait à pied. Il suivit dans le rétroviseur la silhouette fugitive. Elle disparut. Alors il retourna d'un seul coup au temps ordinaire, celui qui n'avait pas de saveur, le temps qui l'avait éloigné de sa propre épouse. C'était bien dans le limon de ses amours finies qu'il avait allumé ce nouvel éblouissement. Il était si libre. Mais pouvait-il suivre son penchant ? Il sentait que cette femme n'était pas disponible. Elle ne l'était pas. Et cependant il la rendrait disponible, sans savoir ni ce qu'il était en train de faire, ni comment il s'y prendrait.

Au même instant, victorieuse, elle avait cessé de penser à cette rencontre, simple exaspération d'un regard, et elle marchait vite dans la trace de ce plaisir des femmes qui peut être aussi simple que grave : plaire à un homme.

2

Ils avaient tous deux des époux. Ils s'étaient liés par serment, selon les lois de l'Église et de l'État. Ils avaient vécu des journées et des nuits conjugales. Ils avaient prononcé des mots d'amour. Ils s'étaient avancés sur les grandes pentes de l'intimité, jusqu'à ce moment saugrenu où l'on croit connaître un autre que soi, jusqu'à cette amertume de découvrir que non, jusqu'à former en dépit de cela une gerbe de corps nus et drus, jusqu'à se voir et se revoir et ne plus se voir, être aveugle et plein d'habitudes, ne plus distinguer ni le corps, ni l'esprit de l'autre. Ils étaient venus à ce point de la vie commune où l'on découvre, dans l'inexorable quotidienneté de l'existence, dans la misère du désir disparu, dans les envoûtements dissipés, la vigilance qu'il faut pour restituer sans cesse à l'amour ce que le temps lui enlève et faire scintiller ce qu'il lui apporte.

Ils n'étaient pas neufs, ils avaient tous les deux des époux. Ils avaient engendré. Elle attendait encore un enfant. Ils connaissaient le langage de l'amour. Oh oui ! ils avaient entendu et répété des mots d'amour, des tas de compliments, des suppliques et des requêtes, et des murmures extasiés, avant d'en passer (du moins en ce qui le concernait lui) par des mots définitifs, qui servent à rompre les liens, ou même à dire que ces liens n'ont pas existé, qu'il n'y a pas plus d'attachement que de chaînes. Elle avait moins que lui usé de ces mots qui défont les êtres en même temps que les nœuds. Je t'aime, et toi m'aimes-tu ? Était-ce une formule magique ou bien les mots que dictait le doute ? Je t'aime, et toi m'aimes-tu ? C'était une injonction, une supplique, une interminable clameur douce, et Pauline Arnoult la redisait le soir avant de s'endormir, dans la pénombre et la douceur des corps rapprochés. Gilles André avait à peu près cessé quant à lui de la murmurer. Il semblait qu'on ne l'aimât plus.


Ils avaient tous les deux des époux qui ne jouaient pas la même mélodie. J'en ai marre, disait Blanche, la même qui avait dit autrefois à Gilles : M'aimes-tu ? Marc disait à Pauline : Tu es belle dans cette robe.

Viens ici que je t'embrasse. Embrasse-moi. Et toi m'aimes-tu ? Et il la serrait dans ses bras.

Gilles avait aussi embrassé Blanche de cette façon passionnée et rieuse qui suit celle qui est simplement passionnée. C'était un autre temps. Aucune chute, aucune explosion n'en avait marqué la fin. Pourtant le terme était là, ils étaient désunis. Et parce que c'était elle qui avait demandé la séparation, il avait l'impression de l'avoir perdue. Qui avait perdu qui ? Ce n'était pas la bonne question. Personne n'avait jamais eu personne. C'était l'amour qu'ils avaient égaré. Le sentiment se délitait. Il n'avait pas eu le courage d'en parler à temps. Pourquoi ne l'avait-il pas eu ? Avait-il déjà sans se l'avouer fait son deuil d'un unique amour dans sa vie ? Avait-il en somme toujours préféré l'infidélité, le trouble des commencements, la multiplicité des vies ? Ou bien avait-il échoué d'abord, et fait le choix de l'errance ensuite ? Il n'aurait pas su le dire. Et le délitage s'était achevé : Blanche avait recouvré sa totale indépendance affective. Elle avait eu ce jour-là des mots très ordinaires : J'en ai marre. Voilà ce qu'elle avait dit pour signifier que tout était consommé, la passion et l'amour, la souffrance et les larmes. J'en ai marre. Rien de plus. Lui aussi à ce moment en avait assez, il n'était pas heureux, mais il n'avait pas fini de vivre dans ce malheur. J'en ai marre, pour lui, ne voulait pas dire la même chose. Il avait à vrai dire aménagé la morosité conjugale. Il possédait un refuge dont Blanche se privait : il était infidèle. Des femmes le courtisaient, nombreuses parce qu'il était séduisant, jeunes parce qu'il ne répondait pas à celles qui ne l'étaient pas. On s'offrait à lui qui semblait susciter, et il ne faisait que profiter, et si étrange que cela pût paraître, ce papillonnement l'attachait encore à son épouse. Elle était la permanence vers laquelle il revenait. Elle était son havre, la gardienne de sa foi dans l'amour, la seule pour qui il ressentait ce sentiment. Tout cela était parfaitement explicable.

Voici la manière dont il expliquait le comportement qui était le sien : Il était infidèle parce que Blanche le repoussait. Sa nature profonde était d'être fidèle. Il ne demandait qu'à aimer une femme unique pourvu qu'elle fût tendre. Mais la femme unique avait été de bois. Quand il s'approchait d'elle au fond du lit, elle soupirait, elle avait envie de dormir, il la laissait dormir, elle dormait. Elle dormait complètement, pensait-il, elle dormait son amour. Jamais plus elle n'avait un éveil sensuel. Il le lui faisait remarquer. Je sais, murmurait-elle, j'ignore ce qui s'est passé (elle sous-entendait depuis la naissance de Sarah). Il ne se mettait pas en colère. Il essayait de parler. Tu ne peux pas me repousser et m'interdire en même temps d'aller voir ailleurs ! disait-il. Il était de ceux à qui la fidélité pèse. Tu crois vraiment que je te repousse, que tu peux dire cela ? disait-elle finalement avec colère. Elle ne pouvait pas admettre, puisqu'il leur arrivait encore d'être amants, de l'entendre parler comme ça. Lui aussi finissait par s'énerver. Oui, disait-il, je crois que je peux le dire. Le désaccord faisait de lui un comptable : il lui fallait prouver ce qu'il disait. Si elle l'avait bien voulu, il aurait fait l'amour tous les jours. Elle n'avait presque jamais envie. Le calcul était simple : avec les années, les jours d'amour, les jours de refus, cela faisait près de trois mille Non qu'elle lui avait opposés. Blanche André voyait bien que c'était juste. À ce moment, elle avait les yeux pleins de larmes. Elle éprouvait de l'amour pour son mari mais le désir s'était envolé et elle n'avait pas envie de se forcer. Va voir quelqu'un, disait-il. Il voulait dire un médecin. Que lui dirais-je ? répondait Blanche. Il n'y a rien à dire ! s'exclamait-elle.

Elle pensait que personne n'était en mesure de l'aider. En fait, concluait-il, tu t'en moques. Elle murmurait, comme si le dire tout bas avait amoindri le risque : Je ne m'en moque pas car un jour tu en aimeras une autre. Tu mélanges tout, disait-il, c'est toi que j'aime. Il disait la vérité.


Et voilà qu'une autre était arrivée en lui. Pauline. Il ne savait pas encore son nom. Mais cela s'était passé plus tard, lorsque Gilles et Blanche étaient séparés. Il n'avait pas connu un grand amour tant que Blanche était près de lui. Il n'avait que parcouru de jolis corps pâles. Blanche ne l'avait pas supporté longtemps quand elle l'avait su. J'en ai marre. J'ai appelé un avocat. Si tu es d'accord, nous pourrons prendre le même, ce sera plus simple et moins coûteux. Elle parlait sans emportement, il comprit qu'elle avait réellement fait cette démarche. Il ne dormit pas de la nuit ! Blanche avait été capable de faire, penser et dire tout cela ! Ils ne se ressemblaient décidément pas ! Jamais il n'aurait pu casser, de sa propre initiative, ce qui avait été leur pacte sublime. Car, pensa-t-il, la permanence de ce pacte était nécessaire à celui qui voulait croire en l'amour. Un sentiment vif ne finit pas, pensa-t-il, il se transforme mais il ne finit pas. La preuve était en lui : il recélait encore tant de tendresse pour Blanche. Il le lui dit. Allongé dans la pénombre de leur chambre, à côté d'elle dans le lit (elle avait voulu dormir sur le divan du salon mais il l'avait suppliée de n'en rien faire). Que s'est-il passé ? murmurait-il. Comment en sommes-nous arrivés là ? Tu sais combien je t'aime. C'était sa voix d'alcôve, mais Blanche avait fini d'être troublée. Non, je ne le sais plus, disait Blanche, glaciale par crainte d'être faible. C'était fou de découvrir la fermeté dont cette femme était capable. Il y a encore beaucoup de tendresse pour toi au fond de moi, dit-il.

Je ne t'écoute plus, dit-elle, c'est trop tard, tu l'as trop cachée. Ce ne sont que des mots, dit-elle. Il avait une mine étonnée. Ne l'as-tu pas remarqué ? dit-elle. Tu n'es plus tendre avec moi depuis longtemps. Mais parce que tu me repousses ! dit-il. Je ne te parle pas de cela ! dit-elle (elle voulait dire de désir sexuel). Je te parle de tendresse. Et moi je t'explique ! dit-il. Je t'explique pourquoi j'ai peur de te donner des preuves d'amour. Toi peur ! s'exclama-t-elle. Quel menteur tu fais, si menteur que tu crois même à ton mensonge ! Ils avaient raison tous les deux, ce qui est d'ailleurs presque toujours le cas. Blanche était secouée de rires nerveux, désespoir et colère mêlés. C'était qu'elle n'avait pas renoncé à lui faire reconnaître ses fautes. C'est toi qui m'as amenée à partir, dit-elle. C'est toi seul qui as provoqué cela. Peut-être tout simplement parce que tu n'avais pas le courage de partir toi-même, dit-elle songeuse. Il s'emporta : Ne me prête pas des pensées ou des actes si éloignés de moi ! Ce serait trop fort, dit-il, que je sois coupable de ce qui me détruit. Mais tu l'es ! cria-t-elle. Tu es le seul coupable. Ça n'existe pas *seul coupable*, dit-il. Très bien ! fit-elle. Mais dis-moi alors de quoi je suis responsable. Il dit aussitôt : Tu le sais. Comme elle faisait une mine, il articula : Tu es coupable de n'avoir plus voulu être ma femme dans le sens entier de ce terme. Tu m'as repoussé, dit-il. Pauvre chéri, dit-elle en ricanant, il avait envie de baiser et il ne savait pas donner envie à sa femme ! Pauvre chéri, fit-il en parodiant son épouse, il espérait faire l'amour à sa femme mais sa femme était frigide ! Pauvre mec, dit-elle. Et alors elle le regarda sans un mot. Et il lut dans ce regard qu'il appartenait au passé. Peut-être même avait-elle déjà rencontré quelqu'un d'autre. Il y songea seulement à cet instant. Il avait été son amant et son époux, mais il n'était plus ni l'un ni l'autre, il avait fini de l'intéresser et de l'attirer. Tu ne m'aimes plus, dit-il. Le démenti ne vint pas. Blanche ne répondit rien. Gilles laissait ses yeux vagabonder sur la pénombre et l'ombre des choses. L'appartement plongé dans l'obscurité pouvait bien fourmiller d'objets que leur avaient valu leur amour, leur passé, leurs voyages, tout cela était mort, tout cela serait réparti. Il leur faudrait partager entre ce qui était à lui et ce qui était à elle, vivre cette scène si étrange et affreuse où l'on sépare ce qui a été uni. Les objets participaient toujours à nos deuils. Et leur fille, la couperaient-ils en deux ! Il aurait pu en pleurer. Au lieu de cela il se leva pour aller regarder dormir cette enfant. Elle ignorait, la pauvrette, que le toit de sa maison allait s'envoler.

Depuis que Gilles avait laissé l'appartement à Blanche et à leur fille, il n'y avait là plus aucun désordre et seulement des affaires de femmes. Le jour où il était venu retirer ses vêtements, Blanche avait pleuré. Elle avait trouvé les penderies vides, plus de chemises, plus de complets. Elle lui avait téléphoné aussitôt. Tu es venu prendre tes affaires ? avait-elle dit comme si elle ne l'avait pas déjà su. Je suis malheureuse, avait-elle murmuré. Moi aussi, avait dit Gilles, mais ce n'est pas à toi de me dire cela. Elle savait ce qu'elle voulait, mais cela ne l'empêchait pas de souffrir. Non elle n'aimait plus Gilles (du moins le croyait-elle) ; il n'avait jamais vu lorsqu'elle était sa femme ce que valait d'avoir une famille et une femme, il avait couru à droite et à gauche et travaillé sans se soucier de rien, et elle était sans arrêt seule avec la petite fille. Un soir, ça n'avait pas loupé, Blanche s'était dit : tant qu'à être seule, autant l'être vraiment. Elle avait répété ces mots à Gilles, et alors, au lieu d'être cohérent, il avait dit qu'il tenait à elle. Tout à coup et puisqu'elle voulait partir, il tenait à elle ! Même leur séparation, il n'avait pas su la réussir. Il ne lui aurait rien rendu facile. Dire qu'il avait pleuré dans le cou de Sarah ! Et Sarah n'avait que quatre ans ! Et il téléphonait tous les soirs. La petite pleurait. Blanche mettait le haut-parleur. Je te manque ? demandait-il à sa fille. Tu n'as pas pleuré quand je suis parti dimanche ? Si tu as pleuré ! ? Blanche couchait Sarah. Ensuite elle le rappelait. Tu es con ! hurlait Blanche dans le combiné. Jamais je n'aurais cru que tu pouvais être aussi con. Ce qu'elle ignorait c'est qu'il se disait de lui la même chose. Comment peut-on être aussi bête ? ! criait-elle. Quand on est malheureux ! criait-il. Quand on est séparé de sa gosse ! Tu la vois quand tu veux, disait Blanche. Je veux qu'elle dorme sous mon toit, disait-il. Il fallait t'en apercevoir plus tôt, disait Blanche, triste et lasse. Souvent elle lui raccrochait au nez. Ça va s'arranger, lui disaient ses amies, laisse-lui le temps de s'y faire.

La rencontre de l'école avait mis fin à ce harcèlement. Un amour fleurissait dans le terreau d'un désespoir. La fleur s'appelait Pauline. J'ai rencontré une femme, avait-il dit à Blanche. Je suis contente pour toi, avait dit Blanche. Elle était à la fois soulagée et émue que sa place fût soudain prise dans un cœur qui lui avait appartenu, qu'un temps fût ainsi achevé et qu'il fût impossible désormais d'y revenir. Mais elle se contrôla. Je la connais ? demanda-t-elle. Tu pourrais la connaître, dit-il, tu la vois sûrement à l'école, son mari joue au tennis au club. Elle est mariée ? s'était étonnée Blanche. Je te raconterai, dit-il. Embrasse ma Sarah, dit-il. Il n'avait pas demandé à lui parler ! Incroyable, pensa Blanche. Elle songea à cette femme qui lui vaudrait peut-être d'être tranquille et d'avoir de bonnes relations avec son ex-mari. Elle avait peine à penser que sa fille pourrait rencontrer cette femme, et passer des moments avec elle. Et puisqu'elle ne pouvait se faire à cette idée, Blanche s'était félicitée que cette femme fût mariée.

## 3

À l'école, un matin, il s'était approché d'elle. Nous nous connaissons je crois, je joue au tennis dans le même club que votre mari. Voilà ce qu'il avait dit. C'était parfaitement ridicule. Pauline l'avait pensé, c'est parfaitement ridicule. Les mots pourtant la faisaient trembler. Et elle avait répondu. Elle avait dit : C'est possible, dans quel club jouez-vous ? Puis (après qu'il eut parlé) : C'est bien le même. Ils étaient restés bêtes, face à face sans rien trouver à dire. Alors elle avait dit : Il me semble que je connais votre épouse. Elle accompagne souvent votre fille en classe. Il acquiesça. (Pauline et Blanche se saluaient comme font les mères qui se voient tous les jours à l'école.) Il n'avait rien trouvé à ajouter. Alors, comme si elle avait voulu le punir de ce silence, Pauline Arnoult avait eu un petit sourire moqueur pour dire : Au revoir. Et elle avait tourné les talons, le cœur battant, mais cela, il ne le savait pas. Ces premiers mots avaient suffi à la convaincre qu'ils ne viendraient jamais à rien, parce que tout dès le départ était artificieux. Il fallait bien que quelqu'un fît le premier pas, mais de quel premier pas pouvait-on rêver quand aucun chemin n'était naturel ?

Il cherchait un premier pas qui ne l'eût pas trop engagé. Tu l'aimes bien ce petit garçon ? demandait-il à sa fille. Par malchance la petite faisait signe que non.

Tu le connais ? insistait le père. Comment s'appelle-t-il ? Théodore, disait la fillette. Et Sarah se moquait totalement de Théodore. Non elle n'avait pas envie de l'inviter à jouer à la maison. Elle était à cet âge de l'amitié où l'autre sexe n'a pas d'attrait. Il renonça à cette voie de l'invitation du fils qui eût été le plus discret des commencements. Il cherchait désormais n'importe lequel des premiers pas.

Une somme de jours s'écoula. Bonjour. Aucun des deux amants ne semblait pouvoir dire autre chose. Bonjour, bonjour, bonjour. Mais ce mot était murmuré, soufflé, dans la révérence d'un regard qui s'attarde comme s'il cherchait quelque chose. Certains regards suppliaient, d'autres encore appelaient, suscitaient, abandonnaient la partie, certains s'enfuyaient. Pauline Arnoult aimait de plus en plus être observée. Elle répondait par un sourire et ne pouvait se défendre de baisser les yeux avant de s'esquiver. Enfin il sut créer une occasion. Il osa demander quelque chose. Voulez-vous prendre un café ? Je vous invite à boire un café. Il était plein d'un entrain convivial. C'était un matin où ils se trouvèrent sortir ensemble de la classe. Ce n'était pas un hasard. Il avait traîné à dessein, il l'avait attendue. Tout fut simple. Elle rougit un peu, mais elle dit : Pourquoi pas ? C'est une bonne idée. Ils marchèrent dans la rue en parlant du temps qu'il faisait, des enfants, de la maîtresse. Au bistrot, elle refusa de s'asseoir et préféra le zinc. Ils se retrouvèrent debout côte à côte, gênés, à tourner une petite cuillère dans une petite tasse, à reparler du temps qu'il faisait, des enfants, et de la maîtresse et de l'école. Puis elle s'excusa : Je dois y aller. Et il sut ainsi qu'elle travaillait. Probablement. Au revoir, disait-il en faisant ployer sa voix devant elle et cherchant une lueur dans les prunelles bleues. Au revoir. Merci pour le café. Ce fut tout.

106

Étaient-ils toujours autant des étrangers l'un pour l'autre ? Il essayait de croire que non. Cette femme n'était pas disponible. Le voyait-elle ? Il avait l'impression par moments d'être transparent pour elle.

Il fallait continuer. Nouer des mots à des moments : créer une familiarité naturelle. Bonjour. Bonjour. Voilà qu'il fallait tout recommencer. Elle savait pourtant bien de quelle façon il la regardait. Il en aurait mis sa main à couper : elle savait. Il y a des choses qui seraient très faciles à expliquer, immédiates à faire entendre. Mais parce qu'on ne peut pas les dire, tout devient compliqué. Et ridicule, pensait-il. Est-ce pour cette raison qu'il se jeta à l'eau ? Le fait est qu'il s'y jeta. La fin de l'année scolaire approchait. Il dit : Nous devrions dîner ensemble. J'aurais grand plaisir à vous emmener quelque part, où vous voudrez. Il se dévoilait entièrement. Il était obligé de le faire pour avancer vers son dessein. Aucun prétexte ne lui était offert par la vie. S'il voulait rencontrer cette femme, il fallait le lui demander. Comment expliquer, sans un sortilège, qu'il eût été capable de demander cela ? Il avait répété vingt fois cette demande. Dans sa tête. Et cela faisait d'ailleurs très préparé, j'aurais grand plaisir à vous emmener quelque part, et cela faisait très faux, presque absurde, comment aurait-il eu grand plaisir puisqu'il ne la connaissait pas, et pourquoi l'emmènerait-il quelque part puisqu'ils n'étaient pas des amis. Mais comment s'y prendre pour masquer cette tricherie ? Il n'y avait pas moyen. J'aurais grand plaisir à vous emmener quelque part, ça trichait tellement que ça disait la vérité : Vous me plaisez. Et c'était évidemment la voix d'alcôve qui parlait, où vous voudrez, il avait murmuré cela comme s'il en défaillait. Il n'en défaillait pas, mais il brûlait d'envie de la découvrir : en somme, d'être avec elle. Hélas pour cela il fallait dire toute cette phrase convenue. Il la prononça partagé entre l'impression de se mettre à nu et celle de jouer. Où vous voudrez, résonna dans la tête blonde comme une offrande indécente. Mais elle jubila. La vie remuait tout à coup, la vie roulait et ruait, quelque chose advenait, la vie était mer et jument, et elle aurait dansé pour accompagner cette houle de désir qui la soulevait. Sommes-nous donc si seuls, et même lorsque nous sommes aimés, qu'un désir nouveau nous transporte de joie ? Elle restait à rêver. Il avait cru détecter qu'elle n'était pas indifférente, mais elle n'avait encore rien dit et il pensa s'être trompé. Il fit fondre sa voix pour demander : Cela vous serait-il possible ? Je crains que non, dit Pauline Arnoult avec une bouche pincée. Elle n'en revenait pas ! Comment osait-il ? Et quelle maladresse en somme ! Que pouvait-elle faire d'autre que refuser ? C'était une histoire à dormir debout ! Un homme vous observe, vous ne le connaissez pas, il vous aborde, vous tourne autour et finalement vient tout de go vous inviter à dîner ! Comme c'est dommage, dit-il. Et en effet les regrets agitaient Pauline. Par chance, il lui tendait une autre perche, et elle la saisit. Et prendre un verre ? demandait-il. En fin de journée. Après votre travail. Cela vous serait possible ? Tout à fait possible, dit-elle essoufflée par la confusion. Ah ! fit-il. Puis il rit : Je vous promets d'être très drôle ! dit-il. Pour la première fois elle le regarda dans les yeux et dit : Ce sera un plaisir pour moi. Elle n'avait pas pu préparer cette réponse, elle n'avait pas plus de bonnes raisons que lui n'en avait, et pas moins de désir. Voilà pourquoi cette phrase paraissait aussi convenue et fausse que la question. Seuls les yeux livraient la vérité crue. Cela serait donc possible ?! répéta-t-il comme s'il était étonné. Bien sûr, dit-elle, pourquoi pas ? Ils pensaient tous les deux au mari, à ce qu'elle lui dirait ou ne lui dirait pas. Elle évacua sa gêne en disant : Mon mari ne dira rien si c'est là ce que vous voulez savoir ! Elle sentit combien tout cela aurait été absurde sans l'émoi qui les portait. Elle n'était pas certaine de vouloir se dévoiler à ce point. Alors il se passa cette chose étrange, elle ne put s'empêcher de demander : Votre femme sera-t-elle là ? Un doute l'avait prise d'un seul coup : peut-être proposait-il un dîner en couple et c'était elle qui se faisait des idées (elle avait bien cru comprendre qu'il s'agissait d'un tête-à-tête). Il répondit sans sourciller : Ma femme ne viendra pas, mais vous pouvez inviter votre mari. Quel menteur il faisait ! Ils le pensèrent l'un et l'autre. Elle fit non de la tête. Les mots auraient trop révélé qu'elle viendrait seule avec sa liberté. Comme on triche ! Je viendrai seule. Même cette phrase simple elle se sentait incapable de la dire. Il y avait trop de sous-entendus. À l'idée de ce que dévoilaient leurs petites simagrées, elle devint toute rouge et le salua précipitamment. À peine eut-il le temps de répondre à ce salut qu'elle était partie. À très bientôt alors, souffla la voix d'alcôve. Il ne put être certain qu'elle avait entendu. Le bas de la jupe voletait déjà dans les escaliers. Il prit tranquillement ce chemin derrière elle. Il se sentait dans un état d'acuité perceptive extraordinaire, être au monde était violent et beau, sa conscience des choses et d'une splendeur de la vie était hypertrophiée par le désir. Pour la première fois depuis très longtemps il pensa à Blanche et Sarah sans que son cœur lui semblât écrasé.

Pauline Arnoult rougissait à la seule pensée de ce qui s'opérait en elle : elle était vraiment en train de tomber amoureuse d'un regard. Mais cette fois elle ouvrait son cœur sans plus pouvoir offrir sa vie – parce que sa vie était faite et donnée. Son mari l'embrassait, elle lui rendait ses baisers. Cet amour était tendre et résolu. L'autre était douteux et téméraire. Quelle qu'en fût la pureté, ce serait un amour illégal. Même s'il n'était jamais découvert, ce serait un secret illégal. Ce serait un secret *parce que* ce serait illégal, inopportun et peut-être même tragique. Elle ne disait pas à son époux : Je vais à la rencontre d'un homme qui me regarde à l'école. Elle ne lui dirait jamais : J'ai rencontré un homme qui me fait frémir. Elle ne pourrait que le lui cacher. Est-ce qu'un homme pouvait entendre ces mots-là de la part de la femme qui partage son lit, de la part du ventre qui porte ses enfants ? Et cependant l'amour qu'elle éprouvait pour son mari n'était pas altéré. Ce n'était pas la faiblesse du sentiment conjugal qui avait placé un autre homme sur sa voie. Elle était sûre que ça ne l'était pas.

Jusqu'à ce que la mort vous sépare vous vous chérirez. Les époux se doivent mutuellement fidélité, secours et assistance. Pauline Arnoult avait été lavée dans ces mots. Et voilà qu'elle se trouvait éprise de deux hommes. Elle vivait avec l'un et rêvait à l'autre. Presque chaque soir, au cœur de l'harmonie conjugale, elle façonnait un visage, elle entendait une voix. J'aurais grand plaisir. Où vous voudrez. C'était dans ses regards remémorés et ses murmures qu'elle s'endormait. Cela lui valait quelques tourments. Non pas des remords, des désirs. Elle se retournait entre les draps. Tu ne dors pas encore ? disait le mari. Elle répondait Non. Et s'il disait À quoi penses-tu ? elle était obligée de mentir. À rien, répondait-elle. Et peut-être alors savait-il qu'elle mentait puisqu'il est rare et difficile de ne penser à rien. Ils étaient couchés sur le dos. Leurs silhouettes bosselaient le drap comme deux gisants parallèles. Parfois elle caressait le visage de Marc. Il ne bougeait pas. Elle le regardait. Il serait semblable à cela dans la mort. Cette seule idée la propulsait dans l'amour. Je t'aime, lui disait-elle. Je t'aime aussi, disait-il. Il venait murmurer dans le corps de sa femme. Elle

recevait cet amour loyal, silencieuse dans les sensations de son corps et les balades de sa pensée, car
c'était aussi à l'autre qu'elle pensait dans les bras de
celui-ci. Marc disait : Comme tu es belle et douce. Elle
savait que c'était vrai (la confiance en soi est une chose
presque sexuelle). Elle était repue et heureuse grâce à
l'amour des hommes. Personne ne sait comme tu es
douce, disait Marc. Elle aurait voulu que l'autre le
découvrît. Elle se réjouissait d'avoir un secret qui sau-
vegardait l'harmonie de ce qu'elle aimait. Rien n'était
laid. Pourquoi désunir plutôt que mentir ?

## 4

Elle vivait avec cet époux très amoureux. Elle s'était
préparée à ses côtés le matin même de ce jour où elle
dînerait en secret avec un homme qui la troublait. Tu
n'as pas oublié la soirée au club, disait le mari. Non,
disait Pauline, et toi tu n'as pas oublié que tu y vas
sans moi ? Je t'avais prévenu que j'ai un dîner, dit-elle.
Elle était plus heureuse de cette perspective que gênée
d'en parler. Un dîner, répéta-t-il. Il espérait peut-être
qu'elle en dît davantage, mais ne demanda pas. Tout
de même il réclama une précision : Tu ne viendras pas
du tout ? même pas après ton dîner ? Je ne sais pas à
quelle heure ça va finir, dit-elle. Elle le prit par le cou.
Ça ne t'ennuie pas que je te laisse tout seul ? dit-elle.
Elle était capable d'être très tendre. Non, dit-il, je suis
content quand tu passes la soirée qui te fait plaisir. Il
était si gentil ! pensa-t-elle. Est-ce qu'il fallait se sentir
plus coupable parce qu'il était gentil ? Elle posa ses
lèvres sur les siennes, furtivement d'abord puis,
comme il la retenait par la taille, plus longuement. Elle
se dégagea. Tu n'aimes pas m'embrasser, murmura-t-il

avec un sourire. C'est très intellectuel notre amour. Elle hochait la tête. Vraiment pas, dit-elle. Comment ça vraiment pas ?! dit-il. Rappelle-toi, dit-elle, comme je te trouvais beau mais bête ! Ils riaient. Se remémorer leur fulgurante rencontre était un plaisir inusable. Cela n'a pas duré longtemps, dit-elle, j'ai très vite compris que tu étais intelligent et fou ! Moi, dit-il, j'ai pensé que tu étais un ange, j'ai voulu venir dormir dans tes ailes. Ah ! Ah ! fit-elle avec une grosse voix. Il regardait son visage de si près qu'il pouvait distinguer les pores et le duvet blond minuscule de la peau. Même par lui elle n'aimait pas être regardée de si près. Elle essaya de s'en aller de cette étreinte. Il resserra ses bras. Je te tiens ! dit-il. Ça ne doit pas être drôle d'être le moins fort ! Je n'aimerais pas dépendre ainsi de la bienveillance d'un autre. Il déposa un baiser sur chaque joue, et la laissa partir comme un oiseau.

Elle s'envola bel et bien. À cette heure, elle minaudait à la terrasse d'un café, dans sa petite robe jaune, et disant : Vous n'allez pas m'appeler madame ! Et ainsi, à cause d'un regard à l'école, Marc Arnoult passait une soirée sans sa femme. Leur petit garçon était absent lui aussi, qui était chez sa grand-mère. Marc rentra dans un appartement vide. L'ombre et le silence fondirent sur lui. On perd l'habitude de trouver chez soi silence et solitude. Quelqu'un avait fermé les persiennes de toutes les fenêtres pour préserver la fraîcheur. Pauline avait dû passer avant son rendez-vous. Que faisait-elle ? se demanda-t-il. Elle n'avait rien dit de ce dîner. Il aurait pu se l'imaginer si au moins elle avait dit où et avec qui elle se trouvait. Mais il n'en savait rien. Et pas même que s'il avait su ce que faisait son épouse, la forme de sa pensée, de ses certitudes et de sa vie en aurait été changée. Quand on a vraiment la chance d'ignorer quelque chose, on ignore aussi qu'on a cette chance. Sa femme en tout cas lui manquait. Il n'avait pas tellement envie de sortir seul. Sans un autre qui se tient à côté de vous, rire, parler, apprendre, chanter... sont des actes qui ont peu de sens. Comme pouvait être triste cet appartement vide ! L'espace appartenait à la longue silhouette qui chaloupait de la cuisine au salon et à la chambre. Il faisait les gestes qu'il avait à faire en pensant à Pauline. Il se déshabillait, jetait ses affaires sales dans un grand panier, se douchait, passait un léger coup de rasoir électrique sur ses joues et son menton, jetait un coup d'œil dans la glace pour vérifier le visage qu'il avait, se caressait le menton, puis enfilait des vêtements décontractés pour aller à cette soirée. Pauline. Comme il l'aimait ! Comme il était habitué à sa présence ! Il aperçut sur le lit les vêtements que sa femme avait enfilés sous ses yeux le matin même. La part automatique de sa pensée en déduisit qu'elle s'était changée pour dîner. Mais il n'avait pas vu avec quelle attention et recherche elle avait fait cela : s'apprêter pour un amant. S'il avait vu, il aurait deviné : qu'elle dînait avec un homme, qu'elle voulait lui plaire, qu'il n'était pas anodin. Mais tout cela étant resté secret, Marc Arnoult était heureux.

Je ne suis pas jaloux ! disait-il souvent à sa femme. Ce n'était pas faux. Pauline protestait. Menteur ! disait-elle en riant. Il avait, pensait-elle, une sorte de jalousie camouflée, une manière dont on pouvait ne pas avoir honte. Elle n'avait pas manqué de voir les subtils désintérêts et les visages lugubres ou clos par lesquels il avait su congédier certains de ses amis dont il devait bien être jaloux peu ou prou. Après le dîner, lorsqu'ils étaient partis (se demandant sans doute quel genre de mufle avait épousé leur amie Pauline), il les épinglait d'une critique parfaitement vue. Elle en riait sous cape. Tu es jaloux, disait-elle. Crois-le si ça te fait plaisir ! répondait-il.

Je suis jaloux du passé, ça oui, c'est idiot mais je n'y peux rien, disait-il. Il ne détestait rien tant que cette vulgarité qu'avaient certaines femmes de dévoiler en présence de leur époux, et à des étrangers, les détours de leur passé sentimental. Pauline elle-même en convenait : ce n'était pas délicat. Oh ! sur de nombreuses choses ils s'entendaient bien. Ils formaient un couple gai et vivant. La vitalité de leur amour était palpable dans leurs connivences autant que dans leurs disputes.

Tout de même, dit Marc ce matin-là, je ne suis vraiment pas jaloux, j'espère que tu t'en rends compte. Je vais passer la soirée sans toi et je ne sais même pas ce que tu fais pendant ce temps. C'était sa manière à lui d'amener sa femme à révéler ce qu'elle ferait, mais elle ne voulait rien dire pour cette fois, et peut-être s'apercevrait-il qu'elle ne faisait pas comme d'habitude, qu'elle ne le rassurait pas en murmurant Mais ne t'inquiète pas je suis avec Une telle. Elle s'était au contraire mise à rire comme une gamine ravie d'un tour. Il poursuivit sa démonstration : Je ne suis pas jaloux, dit-il, je ne sais pas ce que tu fais de tes journées. Tu me dis Je dessine, mais est-ce que je sais moi si tu dessines ? ! Je ne vois jamais un dessin ! Je ne te demande pas qui tu vois, ni qui t'écrit, ni où tu vas et avec qui tu sors. Si c'est ça que tu appelles être jaloux ! Elle souriait. Ce monologue était troublant : tenu juste en ce matin où elle s'apprêtait à le tromper. Le tromper ? C'était bien cela malgré tout, puisque quelque chose était caché. Pour la première fois elle comprenait vraiment le sens de ce mot. Elle aurait pu se dire :

Je ne fais rien de mal. C'était ce qu'elle pensait. Mais sans le formuler. Se le dire eût été ridicule, tandis que le penser, profondément, sans besoin d'énonciation, le croire comme on a la foi, cela n'était pas ridicule. Ne rentre pas trop tard, dit-il, je suis inquiet de te savoir seule dans les rues. Toi si belle ! dit-il en riant. C'est promis, dit la belle, je tâcherai de rentrer tôt. Tu pourrais venir en taxi jusqu'au club et nous rentrerions ensemble, dit Marc. Que répondre ? Il pouvait interpréter un silence. J'essaierai, dit Pauline.

# III
# À TABLE

# 1

Ils avaient donc trouvé cet endroit pour dîner et faire en sorte que personne n'entendît ce qu'ils se diraient, même s'ils ignoraient encore jusqu'où s'en iraient les mots, parce qu'ils connaissaient mieux leur désir que leur audace. Ils étaient assis face à face autour d'une table ronde prévue pour deux convives. Le diamètre en était si petit que leurs genoux sous la table pouvaient se toucher. Ils ne se touchaient pas. Toute gêne avait disparu. Celle du moins que cause, au début, l'étrangeté d'une situation dont la raison d'être est inavouée. Ils s'étaient habitués à ce qui n'arrive pas si souvent : se tenir très proche physiquement de quelqu'un sans être un de ses familiers, partager un repas sans se montrer capable d'énoncer le motif de cette relation. Ils n'étaient pas des amis. Justement ils ne seraient jamais des amis. Avaient-ils à travailler ? Pas davantage. Allaient-ils faire affaire ? Aucunement. Pourquoi étaient-ils assis à faire connaissance et à rire ? Il n'y avait aucune explication légitime. Il n'y avait que la force d'attraction. On pouvait d'ailleurs l'apercevoir : sur deux visages, l'attention trahissait le dessein. Sans qu'un seul mot ne fût dit, ils étaient donc convenus de cela : ils se plaisaient. Et c'était maintenant la transparence d'un savoir commun : une rencontre totale les occupait.

Elle émettait un rayonnement de sourire, et cela était d'autant plus exquis que cette harmonie entre eux était dans le secret qu'offrent les choses cachées à ceux qui les taisent. L'inclination poursuivait son œuvre et ils bavardaient dans une zone moins conventionnelle de la conversation. Le charme amoureux n'avait pas cessé de les désigner, au serveur qui les avait placés (Nous voudrions une table tranquille, avait dit Gilles tandis que Pauline baissait les yeux), aux commensaux inconnus qui les avaient observés (l'absence du monde sur deux visages), et à eux-mêmes. Lui se révélait par ses rires et une insistance mordante du regard. Elle, par un excès de sourire et quelques minauderies spécifiques à la féminité qui se fait admirer. À quoi s'ajoutait la posture de son buste au-dessus de la nappe : penchée vers son compagnon, comme sous l'effet d'une aimantation. La voix d'alcôve jouait de ses chatoiements, le brassage subtil d'une dévotion chevaleresque et d'un intérêt sexuel. À chaque assaut de parole, Pauline Arnoult se sentait dévoyée.

Elle parlait plus volontiers qu'au début de la soirée. Et voilà que cette jolie envoûtée s'exprimait avec discernement. Elle était sensible. Bref, la Vénus blonde avait des mots et de l'esprit même. Gilles André en fut encore plus attiré, car il est vrai que l'intelligence est une qualité érotique, du moins faisait-il partie de ceux qui le ressentent. Il fut donc contraint, par ces mots à elle, de cesser d'imaginer qu'il la courtisait en la dominant, et qu'elle était entre ses mains un jouet près de livrer son secret. Non, elle flirtait aussi, avec finesse, ou alors il n'y comprenait plus rien, elle s'amusait avec lui, elle avait du plaisir à sentir son désir. Et elle attendait.

Croyez-vous aux anges ? disait-il à ce moment-là. Je crois qu'il y a des gens qui ont un ange en eux, dit-elle, et parfois je l'aperçois. Ils rirent. Vous êtes dangereuse ! dit-il. Voyez-vous mon ange ? demanda-t-il. Non, avoua-t-elle, je ne vois aucune paire d'ailes ! Ils riaient encore. Cela ne m'étonne pas, dit-il, je n'ai rien d'un ange. Elle ne releva pas. Je le vois plus souvent chez les femmes, dit-elle. Je n'ai pas dû bien les regarder alors, dit-il. Il me semble, dit-il, que j'ai rencontré plus de diablesses que d'anges. Un songe vint le prendre. Parlez-moi de votre femme, dit-elle. Comment s'appelle-t-elle ? Blanche, dit-il. Que fait-elle dans la vie ? Elle est pédiatre, dit-il. Je la trouve très belle, dit Pauline. Elle l'est ! dit-il en souriant. (Cette notation était si féminine !) Il dit : Elle était ravissante, elle l'est un peu moins aujourd'hui, elle a vieilli. Ne dites pas cela, dit-elle. Racontez-moi d'autres choses, dit-elle. Il n'avait pas envie de parler de sa femme. Et elle était curieuse de Blanche comme une femme l'est d'une autre, surtout quand cette autre est aimée. Est-ce qu'elle travaillait beaucoup ? Était-elle intelligente, dévouée, maternelle, aimante, douce ? Jusqu'à quel point l'aimait-il ? Pauline aurait voulu entendre cela de la bouche de ce futur amant et ex-mari. En somme il devait trahir un lien dans un autre. Depuis combien de temps étiez-vous mariés ? demanda Pauline. Il ne répondait plus. Elle répéta sur un ton plus suppliant : Racontez-moi d'autres choses ! Mais décidément non il ne voulait pas parler de Blanche. Cette jolie Pauline ne tirerait rien de lui. Il le lui dit. Non, dit-il en la regardant dans les yeux, je ne ferai jamais cela avec vous. D'ailleurs elle n'est plus vraiment ma femme. Si je vous parlais d'elle, dit-il, je veux dire d'une manière intéressante (il n'osa pas dire : intime), vous penseriez à juste titre que je pourrais un jour parler de vous de la même manière à une autre. Mais je ne suis pas votre femme ! protesta la jeune femme. Il sourit. Je le sais bien, dit-il, mais je crois que vous voyez ce que je veux dire. Il murmura : On perd le droit de parler des autres quand on se met à les connaître intimement. Ou alors, dit-il, il n'y a plus de familiarité possible. Il acheva là cette conversation : Je ne fais pas de commentaires sur ma femme, je l'aime, c'est tout ce que je puis vous dire d'elle, dit la voix d'alcôve. Et cependant vous divorcez, dit Pauline. La jalousie avait ruisselé en elle avec une promptitude étonnante. Elle avait eu beau se dire C'est sa femme, je ne vais pas être jalouse de sa femme, cela n'avait rien tari du ruisseau et de l'envie soudaine qu'il parlât d'elle-même avec autant de douceur et de mystère dans la voix. Sans doute vais-je bel et bien divorcer, commença-t-il. Il s'interrompit, songeur, puis presque pour lui-même, il dit : Moi qui ai toujours voulu l'éviter et qui ai peine à m'y résoudre aujourd'hui. Alors il la regarda et dit : Ma femme juge que la vie commune est devenue insupportable, pourtant je ne crois pas que ce soit la fin de l'histoire. Êtes-vous heureuse avec votre mari ? demanda-t-il. Très heureuse, dit-elle. Et comme il souriait, elle protesta : C'est vrai ! dit-elle. Mais je vous crois ! dit-il. Pourquoi l'avez-vous épousé ? dit-il avec la vivacité de conversation qui lui était naturelle. Elle répondit sans hésiter. Je l'ai épousé parce que j'étais sûre que je ne me laisserais pas aller dans une vie que je pourrais un jour regretter. Je voulais réaliser quelque chose, et je savais qu'il m'y aiderait. Et que réalisez-vous ? demanda-t-il amusé. Elle dit avec foi : Mes dessins, voyez-vous, c'est une forme d'œuvre pour moi. Et je sais que je ne m'arrêterai pas à cela, j'ai envie de faire beaucoup d'autres choses... Je suis sûr que vous les ferez, murmura-t-il. Elle était dans une sorte de brusquerie parce qu'elle se dévoilait, tandis que lui, pour la même raison, parce qu'elle était en train de fonder leur relation, était dans le plaisir. Et vous, dit-elle, pourquoi avez-vous épousé votre femme ? Il prit un air malicieux. Parce que je l'aimais, dit-il. Vous trichez ! dit-elle. Comment ça je triche ? ! fit-il. Pas du tout ! C'est la pure vérité ! Elle protesta : On n'épouse pas toutes les personnes que l'on aime. Puis continua : Aimer et se marier, c'est bien différent. Aimer ne suffit pas. Il n'ajoutait rien à ces évidences qu'elle alignait. Il souriait en la regardant, repris par son désir et captivé par l'image qu'elle était pour lui (image qui était capable de lui faire oublier qu'elle disait des banalités). Il prit sa main dans les siennes : Vous avez une jolie bague, dit-il en scrutant le bijou. Il restait penché sur la main et l'avant-bras. Elle se demandait ce qu'il voyait exactement. Il était trop proche à son goût, et si elle l'avait voulu perceptible dans sa respiration et son odeur, comme elle devait l'être pour lui. Cette idée la gênait horriblement. Elle était de ces femmes physiquement sauvages, à qui la proximité des corps, loin d'être spontanée, réclame une longue accoutumance. Il la vit devenir toute rouge et transpirer un peu aux tempes en retirant sa main. Elle n'était pas prête à se laisser toucher, il le pensa, frustré dans un intense désir d'elle, intense comme jamais plus il ne serait. (Plus tard il le lui dirait : Je sentais que vous n'étiez pas prête, pourquoi ? Et elle ne saurait trouver de réponse. Elle dirait, comme on propose une hypothèse : Je crois que je ne pensais pas pouvoir coucher avec vous tant que j'étais enceinte. Et il s'étonnerait : Pourquoi ? Vous pensiez que je n'aimais pas les femmes enceintes ?!)


Vous n'aimiez pas votre mari ? demanda-t-il avec malice. Si, dit-elle, bien sûr que je l'aimais. Vous voyez ! fit-il. Puis, sans la laisser parler, il demanda tout à coup : Votre mari était-il votre premier amant ? Il ne souhaitait pas être offensif, il ne cherchait pas à la cerner, il était naturel. Elle ne fut pas choquée. Elle répondit très librement. Il se sentait plein de complicité. Elle semblait si immaculée, il aurait cru la contrarier, du moins la faire rougir une nouvelle fois. Mais les idées ne la faisaient pas rougir, seulement les choses concrètes et prosaïques. Non, dit-elle résolument, je n'ai pas épousé le premier homme que j'ai aimé. Mais je n'ai pas aimé beaucoup d'hommes, dit-elle. Et, au plein de son sourire, elle ajouta : Je n'étais pas faite pour les aventures. Et dorénavant l'êtes-vous ? dit-il. Il riait. Pas davantage je suppose, dit-elle. Elle riait aussi. Elle réagissait à tous les signes. Cette femme-là avait le printemps dans le sang, pensa-t-il, et c'était lui qui avait fait fleurir ce jardin. Il ne cessait pas de la regarder, elle restait sous cette mitraille comme savent le faire les jolies femmes. Ce printemps de l'être lui rosissait le teint.

Avez-vous déjà trompé votre femme ? dit-elle, retournant l'offensive dans l'exaltation de la complicité, stupéfaite de ce que lui faisait dire le sentiment de plaire. Mais il ne se choqua pas. Ils pouvaient tout se dire. Ils parlaient justement des choses dont on ne parle pas. Tromper ? répéta-t-il en faisant une grimace. Ce n'est pas le mot qui convient. Lequel choisiriez-vous ? demanda-t-elle aussitôt. Mais, au lieu de lui répondre, il dit : Et vous, trompez-vous votre mari ? Il avait à dessein usé du présent. Pourquoi employez-vous ce mot-là pour moi ? ! dit-elle, indignée par la dissymétrie qu'il instaurait entre eux. Parce que pour vous c'est celui qui convient, dit-il, vous tromperiez votre mari. Elle riait. Personne ne m'a jamais parlé comme ça ! dit-elle. Ça ne m'étonne pas, dit-il. Alors ? insista-t-il. L'avez-vous déjà trompé ce pauvre homme ? Je ne réponds jamais à cette question, dit-elle. Ah oui ! fit-il. Vous avez des secrets ? ! Ses yeux avaient recommencé de parler, en phrases longues et scintillantes. Comment pourrais-je le lui cacher et le révéler à un

autre ? dit-elle. Ce serait la vraie trahison. Il fit :
Aaaaaaah ! Et elle ajouta : Pour ce genre de liberté, il
faut que personne ne sache. Au moins une personne
saurait ! dit Gilles André. C'est pourquoi il faut bien la
choisir, dit-elle, il la faut muette et heureuse. Vous me
semblez avoir bien réfléchi à la question ! dit-il. Leurs
mots se livraient dans les rires, un mélange de complicité, de gêne, de gaieté, de malice. Assez bien, dit-
elle, c'est un problème qui m'a toujours émue. Émue ?
répéta-t-il, signalant bien par là que le mot semblait
impropre. Oui, émue, dit-elle, parce que nous en souf-
frons tous plus ou moins. Or n'est-ce pas un problème
que nous avons inventé ? Il hocha la tête pour signaler
qu'il n'en était pas du tout certain. Elle dit : Nous
l'avons monté de toutes pièces. Nous pourrions penser
la fidélité autrement que nous ne la pensons. Je suis
impressionné ! dit-il. Et que pense votre mari de tout
cela ? demanda-t-il avec un visage malicieux. Arrêtez
de vous moquer ! dit-elle. Mon mari pense comme moi,
dit-elle, je ne fais que répéter ce qu'il me dit. Ha ! fit-il.
Alors finalement, dit-il, quel genre d'amant choisiriez-
vous ? Et il pensa que le mot fatal était dit. Pourquoi
s'en amusa-t-il ? Sans doute parce qu'il était heureux.
Elle dit : Je choisirais un amant qui a intérêt à se taire.
Et qui a intérêt à se taire d'après vous ? dit-il. Un
homme bien marié, amoureux et heureux, dit-elle.
Vous êtes maligne, concéda-t-il, on dirait que vous avez
fait cela toute votre vie ! Non seulement elle ne répondit rien, mais trouva tout à coup exagéré pour eux de
parler de ce sujet précisément. Quel sujet pour un
dîner comme celui-ci ! fit-elle, mais elle ne put se retenir de poursuivre. Vous n'avez pas répondu à ma première question, dit-elle. Il ne se la rappelait pas du
tout. Avez-vous déjà trompé votre femme ? répéta-
t-elle. Il souriait. Son sourire était une réponse. Vous
avez eu beaucoup de maîtresses ? souffla-t-elle. Elle
n'aima pas du tout s'entendre lui poser cette question.

Jamais elle n'avait prononcé une phrase pareille ! Cet homme faisait d'elle une autre femme et elle était troublée sans pouvoir contrecarrer le changement. Il dit : Beaucoup. Il le dit avec simplicité, sans vanité masculine. De toute évidence il mettait ces femmes sur un pied d'égalité avec lui. Elles n'étaient pour lui en aucune façon des conquêtes.

Il expliqua : Je plaisais. À un certain moment de ma vie, j'en ai profité. Elle se sentit glacée par cette réponse. Elle était bel et bien jalouse ! Comment cela se pouvait-il ? Elle était piquée de ce qu'il n'eût pas encore fait d'elle une maîtresse. Elle pensa à son mari. Pourquoi les hommes à femmes ne faisaient-ils pas fuir leurs victimes ? répétait souvent Marc. Pourquoi les femmes étaient-elles si bécasses ? Et voilà ! Elle était une bécasse de plus. Que c'était ridicule ! pensa Pauline Arnoult. Il lui disait Je suis un infidèle, un ardent, et elle avait envie d'être sa maîtresse. Comment s'y prenait-il ?

Votre femme le sait-elle ? dit-elle. Jamais, dit-il, avec une gravité qui semblait de l'amour pour sa femme et du sérieux pour réussir (mais il se mentait à lui-même). Pauline Arnoult fut de nouveau jalouse, une fulgurante brûlure parce qu'il parlait de sa femme avec douceur. Elle n'entendait pas que Blanche André était trompée, elle entendait que Blanche André était aimée. Enfin, pensait-elle, comment se faisait-il que tous les autres échouaient à se faire des secrets et pas lui ?! Elle essayait de démêler le vrai du faux. Quel genre de vie sentimentale avait-il réellement ? Tant d'histoires secrètes et vives la plongeaient dans le doute et le vertige. Car elle se demandait si elle appartenait à cette cohorte. Elle voulait être unique. Et bien sûr elle ne

126

l'était pas. Et maintenant ? demanda-t-elle. Maintenant, dit-il, c'est une autre vie. J'ai payé pour tout cela. Et il se mentit à nouveau en disant : J'ai cessé parce que je rendais ces femmes malheureuses. Elles voulaient me voir, je n'étais pas libre, j'aimais ma femme, je le leur disais, elles ne l'entendaient pas, c'était idiot. Elle resta silencieuse, songeant peut-être à ce que serait l'extrême sensualité du tempérament, l'infidélité irrémissible : un imbroglio de jouissance et de malheur, la perdition. Malgré ce spectre des tourments, elle voulait qu'il fît d'elle sa maîtresse. Pris par son charme spécifique, il succomberait plus que d'habitude. Voilà ce qu'elle espérait ! Elle serait unique, irremplaçable, parce qu'elle l'était réellement. Je suis vaniteuse, pensa-t-elle. Puis elle cessa de le penser et recommença de l'être. Il la regardait comme on contemple un objet, sans lui parler, et souriant. Alors elle dit : Votre chance, c'est de m'avoir rencontrée sans mon mari. Vraiment ? ! fit-il. Et ils rirent, une fois de plus.

Bon, ça n'était pas tout de jouer. Il se mit à parler sérieusement. Pourquoi croyez-vous que l'on ne respecte pas cette règle de l'exclusivité conjugale ? dit-il. Croyez-vous que cela soit mal ? Il énonçait ces questions avec méthode. Réfléchir avec cette femme qu'il courtisait, voilà ce qu'il entendait faire. Mettre les choses au point en lui donnant clairement son idée. Il possédait d'ores et déjà ses réponses, précises et libres des conventions. Il s'embarqua dans une longue explication. Bien sûr que non, allait-elle dire. Il ne lui laissa pas le temps de répondre. Voyez-vous, lui dit-il, il se trouve des gens pour croire qu'une tromperie, disons un amour adultère, est la preuve qu'un couple ne va pas bien. Et rien de plus, dit-il. Sa main mima l'idée avec un geste de désinvolture. Mais moi je n'ai jamais cru cela, dit-il. On aime au-dehors de son mariage, non pas parce que son mariage se porte mal, mais parce qu'il nous faut un jardin secret. Il dit : Il m'arrive de croire que je ne me suis marié que pour cela. Afin de posséder des secrets. Les explications qu'il faisait à sa femme de ses infidélités n'étaient pas du tout celles-là qu'il donnait maintenant. Pauline ne pouvait pas le savoir et puisqu'il croyait ce qu'il disait elle le crut aussi. N'étant pas sûre de penser comme lui, elle ne répondit rien.

Il dit : Je ne suis pas un mari, je suis un amant. J'aime profondément la féminité. Sa voix à ce moment était un froissement, une caresse. Aussi n'était-il en rien ridicule, mais résolument sensuel. Il ajouta, comme si elle n'était pas apte à saisir la qualité qu'il s'attribuait : Tous les hommes ne sont pas comme cela. Beaucoup ont des lubies. Un ne peut voir les pieds d'une maîtresse, aussitôt il la quitte. L'autre n'aime pas les peaux blanches. J'ai un ami qui ne supporte pas les femmes teintes. Ce sont des excuses, dit-il, ces hommes-là n'aiment pas les femmes, voilà la vérité. Elle rit. Votre mari est-il un mari ou un amant ? dit-il. Les deux, dit-elle. On ne peut pas être les deux à la fois, dit-il, c'est une question de nature. On est ou bien l'un ou bien l'autre. Alors ? demanda-t-il. Elle concéda : Il est plus un mari je crois. Je m'en doutais, dit-il. Elle n'aima pas qu'il fût si sûr de lui pour parler d'une personne qu'il ne connaissait pas. Mais il jouait le jeu galant, la cruelle manigance qui sacrifie les êtres à un seul. Je suis sûr que vous êtes très douce, dit-il tout à coup. Tout le monde doit croire le contraire, mais vous l'êtes. La voix d'alcôve était revenue pour dire cela tout bas. Et là, ce fut presque émouvant, elle rougit comme au soleil une tomate, son visage s'enflamma en une fraction de seconde. Il n'était ni ivre, ni même gris pour dire cela. Il était sincère. Il suffit de songer, pour le comprendre ou le croire, à l'immédiate intimité qui accompagne un désir amoureux partagé. Ils étaient capables de tout se dire. C'était entre eux une affinité exacte. Ils étaient d'ailleurs dépassés : elle était égarée dans le charme, il essayait de donner un nom à la relation qu'il menait, de la comparer à d'autres, mais celle-ci ne ressemblait à aucune.

Il posa ses deux avant-bras sur la table et avança son sourire vers celui de Pauline. Qu'est-ce qui vous fait du bien dans la vie ? demanda-t-il. Qu'est-ce qui vous aide vraiment ? Elle sourit. Mon fils, dit-elle sans hésiter. Puis, comme il ne reprenait pas la parole, et qu'elle avait un peu peur du silence, elle dit : Quand je le prends contre moi, quand je l'habille, j'ai l'impression de tenir la vie entre mes mains. Il ne répondit rien. Elle vit qu'il était absent. Lui parler de l'enfance dans une maison n'était pas délicat. Elle changea de sujet. La musique aussi me fait grand effet, dit-elle. Je ne sais pas si je pourrais vivre sans musique. Parfois je pense que la mort me privera de la musique. C'est ce que je regrette le plus... Elle rougit. Pourquoi lui confiait-elle cela ? Elle ne savait pas pourquoi elle lui racontait ces choses dont elle ne parlait à personne, mais elle continua. Perdrons-nous aussi la musique ? dit-elle. J'aime avoir des oreilles, murmura-t-elle en riant. Il semblait ne pas comprendre de quoi elle parlait. Elle avait changé de ton. Oh ! elle était bien plus jeune que lui ! Par moments cette différence d'âge était évidente. Il scruta les yeux bleus. Non elle n'était pas niaise, elle était jeune, pensa-t-il. Elle cessa de rire pour parler de nouveau. Croyez-vous, comme on le dit souvent, que la musique appelle les anges ? dit-elle. Croyez-vous, demanda-t-elle, que les morts se tiennent au milieu de nous, invisibles comme des secrets, et qu'ils entendent la musique ? Croyez-vous que nous ferons des anges ? Elle était grave, mais il se permit de rire. Vous sûrement ! dit-il. Elle resta dans sa gravité. Elle dit alors : J'ai très peur de mourir. J'ai l'impression que jamais je n'y arriverai. La vie est si délicieuse ! Je ne me résous pas à ce qu'elle finisse un jour. Même si nous sommes immortels par l'esprit, j'aime être incarnée. Posséder un corps, c'est la vie parce que c'est ce que la mort nous enlève. Comme vous êtes sentencieuse ! dit-il. Je ne vous regarderai plus après ma mort avec ces yeux-là, dit-elle avec malice. Et il pleuvra dans nos cheveux, dit-il, poursuivant à dessein dans ce ton un peu dramatique qu'elle avait pris. Mais elle ne perçut pas qu'il se moquait gentiment. J'ai tant de mal à me l'imaginer, dit-elle. C'est pourtant la seule vérité en cette vie, dit-il sans s'émouvoir. Nous finirons, et je crois pour ma part qu'il ne restera rien de nous, à peine le souvenir que nous laisserons un moment à ceux qui nous ont connus. Et c'est pourquoi, conclut-il, il nous faut simplement et intensément vivre pendant le temps qui nous est imparti. Faire quelque chose si c'est ce dont nous avons besoin. Être heureux, si cela nous suffit. Et aimer, dit-il. Mon mari détesterait vous entendre parler comme cela, dit Pauline Arnoult. Il croit à la réincarnation. Elle rit comme si elle venait de dire une grosse sottise. Il croit que nous nous reconnaîtrons dans toutes nos vies futures. C'est parce qu'il n'accepte pas que vous soyez un jour perdus l'un pour l'autre, dit-il, sans faire excessivement attention à ce qu'il disait là. Il était trop occupé au charme de ce visage en face de lui. Mais non ! dit-elle. Il est certain que l'amour est plus fort que la mort ! Et vous ? dit Gilles André. Que croyez-vous ? Elle ne répondait pas. Elle n'avait pas un très beau regard et, à cet instant, ses grands yeux bleu délavé parurent stupides. Une femme qui rit de l'amour de son mari ne fait-elle pas forcément figure d'idiote ? Il aurait pu le penser. C'était à peu près ce qu'il aurait jugé d'habitude. Mais il était pris par elle, le visage, le teint, la grâce du cou mince et droit, cette blondeur nordique, tout le paysage de cette femme et sa froideur qui fondait quand elle riait, et l'enfance de ses dents. Il avait des peaux de saucisson dans les yeux. Jamais il n'aurait pu se dire Elle a un de ces regards bleus qui n'ont aucune vigilance. Il ne remarqua donc rien. Il dit : Il paraît bien que l'amour finit avec notre corps, même chez les catholiques. Et comme elle restait muette, il récita doctement : « Vous êtes dans l'erreur, car vous méconnaissez les Écritures et la puissance de Dieu. À la résurrection, en effet, on ne prend ni mari ni femme, mais on est comme les anges dans le ciel. » Ne connaissez-vous pas cette parole du Christ aux pharisiens ? dit-il, avec un sourire las, comme si l'énonciation presque profanatoire de cette assertion l'emplissait de tristesse. Elle murmura : Il me semble que si je parvenais à le croire vraiment je serais apaisée.

Il la regardait de nouveau dans l'enchantement le plus simple. Elle lui souriait. Il prit ses mains blanches dans les siennes, les massa un instant, tout emberlifi-coté d'ardeur, de désir et d'empêchement, les reposa tendrement sur la table, et dit : Soyez apaisée ! Pourquoi ne l'êtes-vous pas ? Vous l'êtes ! Que me chantez-vous là ? Vous l'êtes ! regardez-vous, c'est un rayonnement de bonheur ! Il riait, de toute son impertinente nature. Mais elle ne voulait pas qu'il se moquât, elle voulait qu'il l'aimât. Et, folle comme elle l'était à cet instant, empê-trée dans cette âme de midinette qui lui était venue avec cet homme, elle ne pouvait se défendre d'entendre : Soyez apaisée, je vous aime et je vous chéris, et je vous protège. Elle ne voulait entendre rien d'autre que cela. Pourquoi donc ne le disait-il pas ?

Il ne le disait pas parce qu'il ne le pensait pas. Et si elle avait su qu'il ne le pensait pas, alors elle aurait demandé : Pourquoi ne le pense-t-il pas ?! Car c'était cela qu'elle voulait : qu'il l'aimât, la chérît et la protégeât. Toute cette adoration qu'est l'amour réclamé par les femmes, elle la souhaitait dite et pensée. Elle voulait être aimée, et que cela fût affirmé, répété, avec les mots qui lui convenaient, et sans avoir à rien demander. S'il lui était donné d'entendre ces mots, alors elle serait capable de les redire après lui, d'entrer dans l'écho de l'amour partagé. Elle était capable de les répéter, mais pas de les dire en premier, puisqu'elle espérait encore les entendre. En somme, cette exigence hardie et penaude donnait la mesure de son sentiment et la preuve de ce qu'il était, saugrenu et fier, chevaleresque et romantique...

Mais Gilles André ne disait rien de ce qu'il fallait. Et comme elle n'entendait rien de ce qu'elle voulait, Pauline Arnoult était agacée. Ces paroles qui se faisaient attendre avivaient une colère de coquette. Pourquoi ne voulait-il pas le dire, puisque c'était ce qu'il pensait ? Elle ne s'avouait pas qu'il pensait autrement. Elle se refusait à lui confier ce qu'elle attendait qu'il fît. Je voudrais que vous m'aimiez, me chérissiez et me protégiez. Si elle lui avait simplement dit cela, il aurait très bien su quoi lui répondre. Il aurait dit : Vous avez votre mari pour cela, pourquoi voulez-vous que je fasse cela ? Je ne suis pas votre mari. Mais elle ne réclama pas. Il était trop tôt encore pour exiger des mots. Plus tard elle supplierait. Non, elle ne demanda pas, et comme il ne disait décidément rien de ce qu'elle voulait, elle en conclut qu'il jouait, qu'il calculait, et se retenait de lui conférer du pouvoir en lui avouant sa tendresse. Ce n'était là qu'un début de suspicion. D'autres hommes lui avaient-ils donné cette image de tricheur ? Elle soupçonnait manipulation et stratagème. Évidemment qu'il jouait un peu avec elle, habile, matois comme un amant ! Elle était cependant dans l'erreur. Il ne faisait (et ne ferait) que suivre son penchant, se tenir dans la beauté simple d'une affinité incontournable. Mais non, il ne prononça aucun de ces mots sacramentaux, il parla de tout autre chose.

Il dit : Votre mari doit avoir retrouvé ses amis. Pourquoi me dites-vous cela ? dit-elle. Son mari revenait sur elle comme un météore dont la séparait le gouffre des songes inavouables. Parce que je pensais à lui, dit-il. Un silence se posa entre eux à ces mots. À lui qui ne sait pas où vous êtes, dit-il avec un visage rieur. Elle ne trouvait pas ça drôle. Alors il dit sérieusement : Je voudrais ne pas connaître votre mari. Eh bien, dit-elle (impatiente), n'est-ce pas le cas ? Non, dit-il, je sais son visage, j'ai entendu sa voix, je me souviens de son corps, je l'ai vu nu sous la douche au club. Pouvez-vous imaginer cela ? dit-il. C'est presque grotesque. Je ne vois pas pourquoi, dit-elle. Et elle n'avait pas tort. Il exagérait ce problème qui n'en était pas un. Il s'amusait. Quand une femme vous plaît de cette façon, peu de choses font problème. Mais il voulait la faire réagir et il adora la sentir qui s'énervait. C'était il y a combien de temps ? dit-elle. Il y a longtemps... Y aurait-il prescription ?! dit-il (ironique). Elle ne sut plus quoi répondre et le silence tomba d'un coup. Je plaisantais, dit-il. Je ne connais pas votre mari. Mais je vais vous donner un conseil. Si un jour vous lui êtes infidèle, ne le lui dites jamais, c'est une blessure narcissique insoutenable. Elle ne dit rien. Elle le trouvait culotté de parler ainsi. Elle le regarda. Ce serait un amour illégal, pensait-elle à nouveau. Et qui peut présager l'accord d'un autre pour rompre les promesses sacrées ? Quelle opinion avait l'amant sur la femme adultère ? Elle le lui demanda. Que penseriez-vous de moi si j'étais infidèle ? Il sourit. Je penserais que vous avez besoin d'un secret. Vous dites toujours la même chose, dit-elle. Oui, dit-il, je ne cherche rien, je vous dis ce que je crois et je ne change pas d'avis sans arrêt. Et là bien sûr elle fut estomaquée, parce que de toute évidence il ne mentait pas. Il ne jouait pas, tandis qu'elle trichait un peu, parce qu'elle voulait lui plaire. Absolument : elle cherchait à lui plaire, dût-elle composer et mentir. Pourquoi tenait-elle tant à le séduire ? Elle avait la réponse. Il suffisait de l'accepter : parce qu'elle avait été regardée et désirée et que cela avait suffi à la séduire. Elle n'avait fait que répondre à un appel dont elle était flattée. Il avait deviné qu'elle était une amante. Il avait rivé son regard à son visage. Et désormais c'était à elle, par ce principe d'imitation qui prévaut dans l'attachement des femmes, de se laisser habiter par le visage qu'il lui présentait. Elle sut tout cela dans une secrète honte, mais elle en admit le fait et les conséquences. Il avait donc décidé pour elle ? Elle lui accordait ce pouvoir. Comment avait-elle pu le suivre si facilement, elle qui ne manquait ni d'un homme ni d'un amour ? Elle n'avait désiré que parce qu'elle avait été désirée, regardé que parce qu'elle avait été regardée... N'y avait-il pas là de quoi se poser des questions !? Il avait osé venir à elle. Il s'était planté devant elle comme un grand conquérant, et animé d'une force qu'elle pouvait percevoir malgré la barrière de la chair et les mots dits. Elle avait été conquise, comme une terre, un trésor, comme un objet. Être convoitée comme un objet lui sembla délicieux. En tout cas, dit-elle en guise de conclusion, ce n'est pas à vous de me parler de mon mari. Non ? fit-il. Non, dit-elle. Il commenta avec ironie : Vous savez être ferme ! Le serveur s'approchait pour remplir les verres. Il ajusta la serviette enroulée au cou de la bouteille. La crainte de déranger le rendait circonspect. Mais il vit que l'ambiance s'était détendue.

Les femmes s'étaient retrouvées : Louise, Marie, Sara, Ève, Mélusine, Pénélope. Certaines étaient des amies de Pauline. Pauline avait été invitée à ce dîner. Dans la salle de restaurant du club, dont les tables avaient été repoussées sur les côtés comme si on prévoyait de danser, elles parlaient avec animation. Leurs visages avaient une expression presque frivole, un air de fête et d'exubérance. Elles allaient passer une soirée entre femmes, et cette perspective, somme toute assez rare, les rendait plus piaillantes et joyeuses que la compagnie de leurs époux. On ne le fait pas assez ! disait Pénélope. La solitude lui pesait davantage puisque les autres ne faisaient rien sans leurs maris. Je suis d'accord, dit Mélusine, je ne sais pas pourquoi on est toujours collées à nos maris ! Parle pour toi Mélu ! dit Sara. Moi le mien c'est qu'un demi-mari, j'ai déjà du mal à l'attraper, alors, ne pas se quitter... S'ensevelir l'un dans l'autre, voilà comment il appellerait cela ! Elle faisait mine d'en rire. Les autres savaient qu'elle en pleurait. Je suis bien contente d'être là ce soir, dit Mélusine à l'idée de tout ce qui leur tirait des larmes. Il ne manquait que Blanche et Pauline. C'est rare que Pauline soit en retard, dit Sara. Elle ne viendra pas, dit Ève. C'est Blanche qui sera en retard, dit Louise. C'est mercredi aujourd'hui, elle a toujours plus de consultations quand il n'y a pas école, dit Mélusine. Pauline et Blanche se connaissent ? demande Ève. Leurs enfants vont dans la même école, dit Marie, elles ont dû se croiser là-bas. Et c'est Mélu qui a eu l'idée de les présenter. C'est Mélu qui a décidé d'inviter les jeunes et les vieilles ! dit Mélusine. Arhhh ! tout de suite les vieilles ! dit Marie. Vieille ?! dit Louise. Je ne connais pas ce mot !

Les amitiés étaient forgées par âge. Sara, Ève, Pauline et Pénélope faisaient souvent des parties de double ensemble. Mélusine, Louise et Blanche bavardaient plus souvent à la piscine que sur les terrains. Ève dit : Soyez pédiatre ! quand vos enfants sont à la maison vous êtes avec ceux des autres ! C'est vrai que contrairement aux apparences ça n'est pas un métier pour une femme, dit Louise. Il y a trop d'urgences, dit Marie. Raide derrière le petit buffet, le serveur en veste blanche écoutait le groupe multicolore et bruyant. Aucune d'elles ne faisait attention à ce regard. Il raconterait à sa bonne amie qu'il avait servi un dîner de femmes et que Dieu ! ça papotait ! Un spectacle d'ailleurs fatigant à la longue. Qui attendons-nous à part Blanche ? demanda Louise. Et ce disant elle s'approcha du buffet, avec une mimique d'inspecteur. Que voulez-vous boire, dit-elle, du vin ou du champagne ? Qui veut des noisettes salées ? dit Mélusine. À quelle heure commence leur match ? dit Louise. Dix-neuf heures trente, dit Ève. Tu sais ce que faisait Pauline ce soir ? dit Marie. Je ne sais rien, dit Louise, seulement qu'elle avait sa soirée prise depuis longtemps. C'est parfait cette formule, dit Marie. Elle commentait ce choix d'un buffet dînatoire. Oui, dit Louise, c'est très bien, on se sert comme on veut et on va s'asseoir, et on n'est pas obligé de passer toute la soirée à côté de la même personne. Les hommes ont de quoi dîner à la télévision ? dit Marie. Ne t'inquiète pas, dit Louise, ton Jean a tout ce qu'il lui faut !

Louise dit : Ils sont excités comme des gamins à l'idée de regarder deux types se cogner ! La boxe est un beau sport, dit Marie, c'est un combat réglé, presque une danse, pas une destruction. Allez ! dit Mélusine. Ne répète pas ce que te dit Jean. Le K-O est un petit coma, dit Louise, j'ai déjà assisté à un match, le

sang gicle en même temps que la sueur, et parfois c'est le cerveau qui déconnecte, le type tombe par terre, et tu crois un instant qu'il est mort, et alors – je vous jure – tu as envie d'insulter les hommes qui ajoutent une horreur de plus à celles qui existent déjà. Marie dit : Ils sont contents, c'est tout ce qui compte. Sainte Marie ! dit Ève. Je n'ai jamais pu aller jusqu'à ce point de l'amour où le bonheur de l'autre fait le mien. Eh oui ! dit Sara. Ça n'est pas donné à tout le monde...
Louise avait entrepris de servir du vin et Mélusine se promenait avec un plateau de petits pains diversement fourrés. Attentive et lente à se déplacer, elle chaloupait entre les convives, avec un sourire qui s'inscrivait au cœur des boursouflures de son visage, et elle ne savait rien de ce qu'elle donnait à voir, ce spectacle de l'altération de toute sa vie intérieure, elle n'avait aucune idée de son allure à ce moment, de son corps important dans sa large chemise, car si elle avait entrevu cela, elle aurait cessé à l'instant même de passer les toasts et peut-être même s'en serait-elle allée se cacher chez elle. Au lieu de cela, elle était un peu grise, et tremblante au bord des émotions perpétuelles que sont les mots dits, les choses tues mais vues, la fête et la chaleur humaine. Elle n'était pas seule. Comme c'était bon de ne penser à rien. Non loin de Mélusine, Louise continuait de remplir quelques verres rangés sur le buffet, si fluette que l'on pouvait la croire malade. Elle avait entendu Ève et Pénélope parler tout bas. Ève disait Trois mois, hochant la tête et passant la main sur son ventre. Louise avait compris qu'Ève était enceinte. Sa soirée était gâchée. C'était idiot, mais elle ne supportait pas cette idée du ventre plein d'une autre. La vie des autres marchait-elle donc continuellement sur la nôtre ? pensa Louise. Pourquoi donc ne pouvait-elle se moquer de ce qui arrivait à Ève, s'en réjouir et vivre sa propre destinée sans se comparer à personne ? Bien sûr que c'était ce qu'il fallait faire, ne jamais se com-

parer, savoir que personne ne se compare à personne. Mais ce n'était pas ce que les femmes apprenaient. Elles étaient dans les relations d'ordre, dans les puissances sombres de l'envie et de la jalousie. Est-ce que je suis plus belle que ? Est-ce que je fais plus jeune que ? Combien de fois avait-elle entendu sa grand-mère lui poser ces stupides questions ?! Louise pensa : On place les femmes dans la compétition pour les mâles, et elles foncent sans réfléchir, elles se complaisent sous le regard des hommes. Cette pensée l'apaisa, comme si comprendre exorcisait, ou rassasiait. Mais non, comprendre ne rassasiait pas, et son visage était brouillé par son tumulte secret. Elle était soudain à cent lieues de la fête. Elle était seule au milieu des autres. Mon Dieu ! L'idée de l'enfant d'une autre lui faisait sentir sa solitude. À en hurler.

Mélusine posa son plateau et s'approcha de Louise. Qu'as-tu ma Louise ? Quelque chose ne va pas ? dit-elle à son amie. On est bien ! N'aimes-tu pas rester entre femmes ? dit Mélusine. Si, de temps en temps, dit Louise. Louise n'éprouvait pas le besoin de se débarrasser des hommes. C'est amusant, concéda-t-elle, les conversations changent. Crois-tu ! dit Mélusine. Qu'est-ce qu'on perd quand ils ne sont pas là ? dit Mélusine dans un éclat de rire. Je ne sais pas l'expliquer, dit Louise, mais on perd quelque chose. Elle resta songeuse. C'est peut-être un climat sexuel, dit-elle, oui, quelque chose qui a trait au désir. Entre femmes il me manque le sexe, dit-elle résolument. À son tour, elle éclata de rire. Est-ce qu'elle pensait vraiment ce qu'elle venait de dire ? Elle n'en savait rien. Mais elle comprenait ce qu'elle entendait par là. Aussi elle insista. C'est vrai ! ajouta-t-elle. Justement ! dit Mélusine. Entre femmes on se repose du jeu perpétuel. Qui te parle de jeu ? dit Louise. Oh ! dit Mélusine, ne me dis pas que le climat sexuel, comme tu dis, n'instaure pas des petits jeux ! Louise acquiesça. Ce doit être ce que j'aime au fond, dit-elle. C'est bon de ne pas jouer non ? dit Mélusine. Elle souriait. Je suis devenue si vilaine à regarder, pensait-elle, j'ai banni toute seule le désir de ma vie. Cette expression qu'avait eue Louise, *climat sexuel*... la ramenait à sa vie. Ses relations avec les hommes n'avaient plus jamais rien d'érotique. Elle dit : Enfin ! toi tu es belle, je comprends que les hommes te manquent. Mais moi ! Louise ne disait rien. Je ne pourrais plus jamais me mettre nue devant un autre homme qu'Henri, dit Mélusine avec une simplicité déconcertante. Alors je suis heureuse avec mes copines, dit-elle. Elle chercha les yeux de Louise. Si vous n'existiez pas, s'il n'y avait pas la société des femmes, pour savoir et comprendre ce qu'est ma vie, je me suiciderais. Arrête ! dit Louise. Mais c'est la vérité ! dit Mélusine. Sans vous je m'écroulerais. La vie me serait insupportable. Elle me l'est déjà mais elle le deviendrait carrément. Je ne resterais pas une seconde dans cet univers de tourments. Elle vida son verre de vin rouge et le remplit dans la même minute. Pour moi les femmes rendent le monde vivable, dit-elle. Louise sourit. Mélusine insista. Elle tenait à cette idée. Il y a des hommes qui le savent et qui le disent volontiers, dit Mélusine, comme si c'était là une preuve irréfutable. Des hommes que seules les femmes attachent au monde. Certains me l'ont confié, dit-elle. Et rageusement elle ajouta : Ils devraient avoir honte de le savoir sans rien restituer de ce qu'ils gagnent. Qu'est-ce qu'elles ont donc les femmes que les hommes n'auraient pas ? murmura gentiment Louise. Je ne sais pas ! fit d'abord Mélusine. Mais en tout cas elles ont quelque chose. Mais quoi ?! dit Louise qui riait. Elles savent ce que c'est que souffrir, dit Mélusine. Elles ont cet incroyable corps, saignant, enfantant, pardonne-moi de te dire cela, elles ont la douceur, elles ont l'amour qui vient pour les autres quand on sait qu'ils mourront. Et à ce moment elle rectifia son propos, elle sembla réfléchir et dit : Les femmes et les enfants, voilà bien ce qui a mis de la joie et de la douceur dans ma vie. Tu crois vraiment ce que tu dis là ? demanda Louise, amusée par cet excès. Mélusine poursuivait : Est-ce qu'un homme est capable de mettre dans la vie de la beauté et de la douceur ? Mais oui ! s'exclama Louise. Ce n'est pas la même douceur, dit Mélusine. Ni la même beauté. Une souffrance secrète la rendait obstinée. Regarde comme les petites filles sont capables d'être maternelles avec un bébé, dit-elle. Mais les petits garçons le sont aussi ! dit Louise. Il y a bien des hommes tendres tout de même ! Oh oui ! dit Mélusine ironiquement. Mais tu sais aussi bien que moi ce qu'ils cherchent ! C'est une tendresse qui monte comme le lait. Elle pensait : C'est une tendresse étrangère. Il y a une part du monde que les hommes ignorent, et alors, comment leur en parler quand elle vous occupe ou préoccupe ? Le poids de la vie des autres qui pèse sur la vôtre, comment en auraient-ils idée puisqu'ils ne s'occupent jamais de rien ! Chaque fois que je me suis confiée à un homme, dit Mélusine, j'ai vu qu'il ne comprenait pas. J'ai deviné qu'il se disait : encore une emmerdeuse ! Les larmes lui montaient aux yeux, comme souvent lorsqu'elle était grise. Mélu, dit Louise, tu es saoule ? Non ! dit Mélusine, je te dis ce que je pense et je suis émue et tu ne penses pas comme moi, mais je ne suis pas saoule (elle l'était cependant). Tu es si jeune ! dit Mélusine. Louise hocha la tête, signe qu'elle doutait de l'être encore. Si, dit Mélusine, tu es jeune. Moi, je suis vieille. Chaque matin, dit-elle, mon visage se charge de me rappeler notre destinée. Toi tu es jeune, tu ne penses pas encore à ce qui nous attend. Bien sûr que j'y pense, dit Louise. Nous ne sommes promis qu'aux deuils, aux larmes et au cercueil, dit Louise, et je n'ai même pas un enfant pour me faire oublier cette horreur. Pardon ! dit Mélusine. Pardon de te faire penser cela, je ne sais pas pourquoi je parle comme cela, je suis tellement navrée.

C'est gai votre conversation ! dit Ève, en passant un verre à la main. Elle venait d'entendre la phrase de Louise. Quelle méchante idiote ! pensait Louise dès qu'elle rencontrait Ève. Mélusine ne s'interrompit même pas. Tu sais, dit-elle, les enfants ne sont pas une vraie solution. Quand ils partent, c'est affreux. J'en ai pleuré des jours entiers dans cette maison vide. On essaie de l'oublier, mais ils ne sont pas à nous. Et maintenant ils sont grands, ils vivent leur vie, et moi j'ai fini ce que j'avais à faire. Tu as Henri encore, dit Louise. Tss-tss, fait Mélusine, il n'a pas tant besoin de moi ! Quelquefois je me dis même que je lui gâche la vie. C'est vrai que je la lui gâche ! Elles riaient comme des gamines. Mélusine disparut de nouveau dans une rêverie. Je suis tellement déprimée ! dit Mélusine. Sa main gonflée serrait le pied du verre. On ne va pas commencer cette soirée comme ça ? dit Louise. Non, dit Mélusine, on ne va pas pleurnicher, on va boire un coup. Et pour ce soir Louise est magnanime : Buvons, dit-elle à Mélusine qui est déjà grise.

3

L'homme affalé sur le canapé, Jean, l'époux de Marie, s'était mis à parler du divorce de Gilles, chose à quoi il avait pensé pendant tout le trajet en voiture avec sa femme qui venait de lui apprendre cette nouvelle. Tu étais au courant ? demandait-il à Tom. Sara m'avait prévenu, dit Tom, pour que je ne fasse pas d'impair si je le rencontrais. Voilà la modernité du mariage, dit Jean, les femmes partent en emportant les enfants. Et le plus fort, dit-il, c'est que tout le monde trouve ça normal. Est-ce que ce serait désormais notre sort d'hommes ? dit-il. Géniteur éphémère ?! Il pensait à ses quatre garçons. L'idée que Marie s'en allât avec les quatre lui paraissait tout bonnement impensable, et cependant cela arrivait à d'autres, et ces autres n'en continuaient pas moins à vivre. Comme les mœurs s'étaient transformées ! Est-ce que les êtres avaient changé ? Il se posait très souvent cette question. Crois-tu que les femmes d'antan, sans avoir les moyens de disparaître en emportant la famille, en avaient le désir ? dit-il. Nos grands-mères ? dit Tom. Est-ce que nos grands-mères avaient envie de s'envoler avec les oisillons... Tom songeait au visage serein à côté du vieux corps sec d'un homme aimé, il ne concevait pas de désassembler cette image ! Aussi il dit : Je ne peux pas me l'imaginer.

Tout le monde avait entendu la question de Jean. D'abord, dit Tom, il faut rendre justice aux femmes d'aujourd'hui, toutes ne s'envolent pas, et j'en connais qui auraient pourtant des raisons. Ta femme ne partirait jamais, dit-il à Jean, quelque conduite que tu aies. C'est peut-être parce qu'elle n'en aurait pas les moyens, suggéra Guillaume. Toi ne commence pas à dire des horreurs ! dit Max en lui bourrant un coup de poing dans le bras. Il était encore dans l'émoi de sa dispute avec Ève, et il comprenait si bien ce que venait de dire Guillaume ! Il savait confusément que sa femme à lui n'était pas près de partir, que son mariage n'était pas une alliance mais un contrat par lequel il était devenu pourvoyeur. L'indépendance matérielle des femmes est la modernité de l'amour, dit Tom. Et c'est un bien, dit-il, on est sûrs d'être aimés pour nous-mêmes ! Max restait silencieux maintenant. Qu'aurait-il fait si Ève avait été indépendante ? Il aurait été plus libre lui aussi. Mais elle avait arrêté de travailler dès qu'elle s'était trouvée enceinte. Il pensa qu'il ne pouvait pas parler de sa femme ici. Il se rappelait son mariage avec trop de précision, l'étonnement à peine dissimulé de ses amis en rencontrant la fameuse fiancée, Ève. Fiancée ? Ça existe encore ?! s'était moqué Tom. Ève avait été furieuse, elle n'avait plus voulu recevoir Tom. Max n'avait pas essayé de s'expliquer sur le moment. D'ailleurs est-ce qu'on peut expliquer ? Aujourd'hui il comprenait qu'il n'aurait rien trouvé pour les convaincre, il s'était fait emballer comme un puceau, il n'avait rien vu. Ces souvenirs assombrirent son visage. Comme le passé devenait vilain lorsqu'on était éclairé sur son triste avenir ! Il n'acceptait pas encore de s'être vraiment fourvoyé. Sa morosité passa pour de la fatigue. Ils étaient tous fatigués ! pensait Tom en regardant Max. Ils avaient des vies de travail effréné. Des vies de cons, disait Guillaume. Il le pensait. Il était le seul à s'en défendre. Cette année je prends huit semaines de vacances ! disait-il. Oui mais toi tu es patron, disait Max. Nous on bosse pour payer nos impôts ! disait Jean.

Tout de même, sa décision de ne pas défaire un mariage qui lui pesait fit dire à Max : Ce qui a changé dans l'amour moderne, c'est le sens du devoir. Les gens n'ont plus le sens du devoir. Il disait cela parce qu'il souffrait de l'avoir, et de rester, tout en pensant, dans la poix conjugale, que partir eût été de sa part plus courageux (parce que plus difficile). Pourquoi était-on de la race à qui il en coûte trop de rester et qui sait se délier, ou de celle à qui partir semble insurmontable et donc indigne ? N'était-ce pas, comme pour d'autres choix, une simple question de mobilité ? Changer d'emploi, changer de ville, changer de pays, changer de femme, est-ce que ce n'était pas toujours les mêmes qui en avaient la volonté ? Il eût été bien en peine de fournir le moindre début d'analyse. Il ignorait surtout si cela tenait aux êtres qui décidaient, ou bien aux situations dans lesquelles ils se trouvaient pour décider. Autrement dit, ceux qui se séparaient de leur épouse, se remariant ou non, souffraient-ils des situations conjugales plus pénibles que la sienne ? Ou bien étaient-ils moins durs à la douleur ? Tout au fond de lui il penchait pour la seconde idée. Aussi répéta-t-il : Les gens n'ont plus le sens du devoir, ils s'épousent, font des enfants, et divorcent comme si ça n'était rien de détruire une alliance qui a été féconde.

Les autres n'étaient décidément pas d'accord. Guillaume dit : On sait maintenant que rester ensemble pour les enfants n'est pas une bonne solution. Les psychologues disent qu'un couple de parents en mésintelligence est plus nuisible aux enfants qu'un divorce qui se passe bien. Qui se passe bien... répéta Max, sur un ton bourru. Il n'y croyait pas. Il y a des divorces sans drame ! dit Guillaume. Le crois-tu vraiment ? dit Max. L'autre faisait oui de la tête. Et alors, dit Max triomphant, comment expliques-tu que le divorce vienne juste derrière le deuil dans la liste des expériences jugées traumatisantes par les individus ? Mais rien ne désarçonnait Guillaume. Tu me parles d'autre chose, dit Guillaume. Être très malheureux et être destructeur, pourquoi faudrait-il que cela marche de pair ? Il pressentait le malheur intime qui faisait parler Max, mais il ne put se retenir de dire : Vois-tu, je crois que nos rejetons connaissent beaucoup de choses de nous. Ils sentent évidemment l'harmonie et le dissentiment, mais aussi la répulsion et le désir, oui, ils savent même si leurs parents ont cessé ou non de faire l'amour. Je ne crois pas, dit Max, les enfants n'ont pas idée de ces choses, et c'est pour cette raison que la séparation de leurs parents est toujours pour eux une surprise. Tu peux même dire un soulagement ! dit Guillaume. Son gros visage était hilare. Est-ce qu'on peut parler sérieusement ? dit Max. Est-ce qu'on peut rire ? répliqua Guillaume. Qu'est-ce que tu essaies de nous dire ? demanda Jean à Max. Je veux seulement dire qu'un couple amoureux ne fera pas des efforts par devoir au moment où il pensera que c'est fini, dit Max. S'il fait des efforts, ce sera par amour justement, parce qu'il reste encore de l'amour qu'il peut sentir. Tu n'as pas l'air de trouver ça bien ? dit Guillaume. Ce n'est pas que ce soit bien ou pas bien, dit Max, c'est surtout que le devoir aidait l'amour, il le portait dans les périodes creuses de l'harmonie. Et puis, dit-il, si tu donnes beaucoup à un être tu te mets à l'aimer davantage. Tu peux aussi te mettre à le détester, dit Jean. Comment Max pourrait-il entendre ça ? Max dit : Il y avait une sorte de cercle vertueux sur lequel nous ne pouvons plus compter. À quoi sert le mariage ? dit-il. À faire durer l'amour, pas à autre chose. Et pourquoi faudrait-il faire durer l'amour ? dit Tom. Parce qu'il faut élever des enfants, répliqua Max. Et si tu n'as pas d'enfants ? dit Tom. Alors oui, dit Max, tu fais ce que tu veux, tu es libre et tu n'as pas besoin du mariage et tu tiens le temps que tu veux. Sur quoi pouvons-nous compter ? dit Jean. Peut-être sur les femmes, murmura Tom qui pensait à Sara, elles ont le sens de l'engagement. Tu parles ! dit Guillaume. Ce sont elles en majorité qui demandent le divorce. Regarde Gilles, il ne veut pas divorcer ! Pourquoi crois-tu qu'il ne le veut pas ? dit Max. Parce qu'il aime encore Blanche, dit Guillaume. C'est probable, dit Max, mais ce n'est pas pour ça. C'est parce qu'il ne veut pas voir sa fille quatre jours par mois ! Quatre jours par mois ! tu as déjà pensé à ce que c'était ? Assez peu pour construire une relation avec un enfant, dit-il ironiquement. Max résuma : Tu divorces parce que tu n'aimes plus ta femme et hop !

tes enfants ne vivent plus sous ton toit. Eh bien que fais-tu si ta femme ne te rend pas heureux ? Tu rouspètes un peu, mais tu t'accommodes et tu restes. Mais maintenant ça aussi c'est fini, ta femme s'aperçoit qu'elle ne t'aime plus assez, elle divorce, et toi ? Tu regardes partir ta progéniture chez un autre type. Parce que le plus souvent elle part quand elle a trouvé le remplaçant. Pourquoi n'a-t-il pas essayé de demander la garde ? dit Henri à propos de Gilles. Refuser la garde à une mère pédiatre ! dit Max. Tu crois qu'un juge ferait cela ? Pourquoi pas, dit Henri, Blanche travaille beaucoup, elle n'est pas très présente, il y a des urgences. Gilles est plus disponible qu'elle. Je crois qu'il n'a pas eu le cœur d'enlever sa mère à sa fille, dit Guillaume. Le trouble qu'avait jeté cette conversation dans l'esprit de Guillaume était visible. Mais il ne dit rien. Il n'évoqua pas sa situation, ni pour acquiescer, ni pour se plaindre de cette maladresse : lui parler de tout cela à lui que ses trois enfants avaient fini par détester. Malgré tout, dit Henri, je crois que Tom a raison, elles ont le courage et le sens de l'engagement, et elles boivent la coupe jusqu'à la lie. À condition qu'il y ait de l'argent ! dit Guillaume. Là oui, dit-il, elles restent et elles s'arrangent une vie sans le grand amour, avec leurs enfants, leur maison, leurs copines. Mais si tu perds ton boulot, tu verras : tu perds aussi ta femme !

Ils se turent. Pourquoi étaient-ils allés remuer leurs plaies ? Ils auraient voulu des épouses comme avaient été leurs mères et leurs grands-mères, maternelles, féminines, et dignes, au lieu de quoi ils avaient des furies qui réclamaient le partage des tâches ! Jean et Henri s'étaient tournés vers le poste de télévision dont le son était coupé. Dix minutes de pages de publicité ! dit Henri. Ce match doit faire de l'audience. Marc, qui n'avait encore rien dit, se tourna vers Guillaume : Gilles c'est ce type pas très grand et costaud qui a l'air assez drôle ? Qui est très drôle, dit Guillaume. Et sa femme était splendide, dit Tom, une vraie rousse faite comme une Junon. Depuis combien de temps étaient-ils mariés ? dit Marc. Et la conversation recommença. Quel âge avait Gilles ? Quarante-neuf ans. Il a rencontré Blanche à la fin de ses études, ils avaient vingt-cinq ans, donc ça fait plus de vingt ans qu'ils sont ensemble. Et ils ont une fille de cinq ans ! Oui, je crois que c'était un imprévu. On avait dit à Blanche qu'elle n'aurait jamais d'enfant, et pif ! Elle n'a pas été contente, elle trouvait que c'était trop tard, mais tu parles que quand la gamine est née elle a été comme les autres, elle n'a plus pensé qu'à sa fille.

Ils parlèrent de l'intimité de Blanche et de Gilles sans même y penser. Ils devaient se défendre des remous que soulevait en eux ce divorce. Des choses passées, rêvées, interdites, impossibles, se trouvaient ranimées par le seul fait que deux amis se séparaient, qu'ils les avaient vus s'aimer, qu'ils s'étaient fait une idée de leur couple, et que ce couple explosait sans qu'ils l'eussent prévu. Ils devaient se convaincre que leur vie amoureuse n'était pas une erreur ou un mensonge. Il fallait trouver la sérénité sentimentale.

Blanche a dit à Ève que ça n'allait pas bien depuis déjà longtemps. Je crois qu'ils ne s'entendaient plus sensuellement ; je me demande si Gilles n'a pas été infidèle pour supporter cette mésentente. Gilles avait des aventures ? Tu ne savais pas ! Tout le monde était au courant. Elle lui disait Non, il en a trouvé d'autres pour s'entendre dire Oui ! Et elle ne l'a pas accepté. Elle n'a pas été élevée comme cela. Personne ne l'a été.

Nous avons tous été éduqués dans le sens de l'exclusivité sexuelle, de la propriété et de la jalousie. Mais c'est idiot. (C'était Marc qui disait cela.) Pourquoi est-ce idiot ? Une bonne morale sexuelle devrait varier en fonction de toutes sortes d'éléments, dit Marc. Quoi par exemple ? fit Tom hilare. L'état de la science, le niveau de l'hygiène et les maladies, le tempérament des personnes... Le tempérament des personnes, ça oui, je suis d'accord ! Nous pourrions ne pas être jaloux d'après toi ? Je crois que nous en sommes capables. Car, au fond, nous savons bien qu'il existe des relations sexuelles sans aucune espèce d'importance. Le crois-tu ? Bien sûr. Et toi aussi. Le seul problème c'est que ce ne sont pas celles que l'on aimerait avoir. Il suffit d'apprendre à les tenir pour ce qu'elles sont : presque rien. C'est nous qui décidons de leur importance. Je peux te dire les choses autrement, dit Marc : certaines relations sexuelles ont plus de valeur que d'autres, mais c'est justement ce qui n'est pas sexuel qui leur confère cette valeur. Ce n'est pas le sexe qui rend importante une relation sexuelle. Ce sont les femmes qui rendent importantes les relations sexuelles ! Oui ! mais seulement parce que nous les avons contraintes à le faire, dit Marc. Nous avons appris aux femmes à les tenir pour importantes. Nous leur avons interdit d'être légères. Nous avons réussi à les convaincre qu'elles donnaient ou perdaient quelque chose d'important en s'allongeant très près d'un homme. Et nous l'avons fait parce que notre préoccupation principale en matière de morale a été la vertu féminine. Ce qui avilit les femmes frivoles, c'est l'idée qu'on s'est forgée et à laquelle elles croient, qu'elles commettent un crime. Et alors maintenant qu'est-ce qu'on fait ? On essaie d'aimer autrement qu'on aime. Et si c'est trop rentré dans les tripes ? On s'arrache les tripes ! dit Marc en riant. Si tu aimes ton conjoint, tout ce qui le rend heureux te rend heureux. Je suis loin de cet idéal. Tu es le gardien de la liberté de ta femme, dit Marc. Et si je suis jaloux... ? Tu ne te maries pas ! Voilà ! c'est ça : Jaloux s'abstenir d'aimer. Arrête de faire l'andouille ! Si tu es jaloux, tu réfléchis à ce qui fait à tes yeux la valeur de ton amour pour ta femme, et tu découvres que ce n'est pas la vie sexuelle. Même si celle-ci peut refléter l'intensité de ton amour. Et si certaines images restent insupportables ? Tu cesses de convoquer ces images, tu cesses de te complaire dedans. Ces images ne sont pas la cause de ta jalousie, elles en sont le résultat, elles sont la création de ton esprit jaloux. Mais oui bien sûr ! Comment en sommes-nous venus à cette conversation ?! Oui, quel rapport avec Gilles et Blanche ? Celui-là, dit Marc : que si l'infidélité était une chose concevable, Blanche aurait retrouvé du désir avec un amant par exemple, pendant que Gilles patientait avec d'autres femmes, et leur couple ne serait pas détruit aujourd'hui. Gilles a toujours dit qu'il aimait sa femme. En un mot tu es le héraut de l'infidélité salvatrice ! Et il a la femme la plus glacée et incorruptible de nous tous.


Jean et Tom avaient commencé à servir des verres de vin et à apporter des assiettes. Il y avait toutes sortes de charcuteries, du pain et du vin rouge. Tom dit : Je désire de plus en plus facilement les femmes, et de plus en plus de femmes, et je me moque de ce qu'elles font dans la vie, je n'ai aucune envie de savoir qui elles sont ou croient être, je ne veux que les allonger et faire glisser leur slip le long de leurs cuisses, et caresser ces cuisses si douces, et m'y faufiler comme un voleur, les dévoyer et m'esquiver. Et Sara ? dit Jean. Quoi Sara ? dit Tom. Jean renonça à discuter. Tu es très banal, dit Max. Pourquoi lui dis-tu cela ? demanda Jean. Et pourquoi es-tu si agacé que je le lui dise ? demanda Max. Je ne suis pas agacé, dit Jean, mais je ne vois pas pourquoi tu le confortes dans son excès en lui faisant croire que tout le monde lui ressemble. Mais je ne fais que lui dire ce que je pense ! dit Max. (Il se mit debout.) Je ne fais que lui dire qu'il est comme tout le monde, qu'il est intéressé par le désir, qu'il en éprouve souvent, qu'il regarde les femmes, qu'il a envie de séduire sans entraves celles qui lui plaisent, qu'il a envie de toucher leur poitrine, de découvrir le paysage de leur abandon, leur beauté cachée et leurs métamorphoses. Et qu'il en souffre parce que de tous les côtés on l'empêche, on contrecarre ses désirs, on avilit ses extases. Tu as fini ? demanda Guillaume. Pourquoi ? dit Max étonné. Parce que j'ai envie de dire quelque chose. Quoi ? demanda Max. Après toi, dit Guillaume. Et Max reprit : Pourquoi ne pourrait-on passer une soirée et une partie de la nuit avec une femme sans que celle avec qui l'on vit vous fasse aussitôt une scène ? Ou sans qu'on soit obligé de lui mentir ? J'ai envie de voir qui je veux quand je veux comme je veux, de recevoir des confidences, de consoler et caresser, d'exister dans le cœur des autres, et je ne peux pas, et qu'est-ce que j'ai ? Il s'interrompit d'un coup. Guillaume dit : Je suis heureux de rentrer chez moi et de trouver ma femme et de me dire qu'elle est à moi tout seul et que je n'aime qu'elle. Rappelle-moi combien tu as eu d'épouses ? dit Tom. Quatre ! dit-il sans attendre. Une tous les cinq ans ! Le mariage, dit-il, tu ne sais pas de quoi tu parles. Tom, dit Tom en se frappant la poitrine, il est resté avec la même pendant douze ans ! Et maintenant Tom s'amuse à faire souffrir Sara ! dit Jean. Non, dit Tom, Tom essaie de prolonger sa passion pour Sara.

Avez-vous remarqué qu'il y en a un qui n'a rien dit dans cette conversation ? dit Max. Ils se tournent vers Henri qui n'a pas cessé d'écouter, qui se sent d'un autre âge, qui songe à ce qu'ils disent avec un émerveillement triste, comme si leur ardeur était enviable mais pas leurs désirs. Je suis étonné, dit-il, voilà ce que je puis dire. Étonné, comment ? dit Tom. Étonné que vous soyez si peu expérimentés, dit Henri. Ils attendaient l'explication. Marc avait baissé le son de la télévision, c'étaient encore des pages de publicité. Henri dit : Faire l'amour avec une nouvelle femme ne procure pas à coup sûr plus de plaisir que le faire avec la femme qui se déshabille tous les soirs dans votre salle de bains. Tom et Max riaient doucement, Jean approuvait de la tête, Marc et Guillaume attendaient la suite. C'est tout ? demanda Tom. Oui, dit Henri. Les gens jugent plus enviable d'être infidèles parce qu'ils sont fidèles, ou parce que la fidélité sexuelle leur pèse au point d'oublier ce qu'elle leur apporte. La surprise n'est pas tout, dit-il, elle accroît l'émotion ou le trouble, mais pas forcément le plaisir. Car il y a un savoir-faire du plaisir. Celui ou celle dont vous êtes lassé sait mieux que n'importe qui ce qui vous plaît ou déplaît. Ce n'est pas le cas de la belle inconnue que vous emmenez à l'hôtel. Et même si cette connaissance n'est pas romantique, dit Henri, elle est efficace. Je suis étonné, dit-il, qu'avec vos vastes désirs vous n'ayez pas découvert tout cela. L'habitude donne plus de jouissance que la surprise. Bon, dit Tom, je vous signale que ça commence. Mais regardez comme il est beau ce mec ! Un boxeur noir marchait vers le ring, au milieu d'une fumée blanche et des hurlements de la salle. Il se glissait prestement entre les cordes. Ils s'assirent tous. Henri tu es exceptionnel ! Mais moi j'ai une autre idée. Chut ! firent les autres.

**4**

Votre poisson était-il bon ? demandait-il. Délicieux, répondit-elle. Madame, monsieur, dit le serveur en leur tendant des cartes. Un dessert vous ferait plaisir ? Merci, je ne prendrai rien, dit Pauline. Allez ! dit Gilles. Laissez-vous tenter. J'adore les femmes qui prennent un dessert. Je choisirai l'assiette de fruits rouges et sa glace à la framboise, dit-il au garçon. Pauline le suivit. C'est bien ! dit-il. Soyez un peu obéissante ! J'ai l'impression que vous n'en faites qu'à votre tête... Elle confirma en riant avec un petit air de fierté. Il dit : Je ne sais pas pourquoi les femmes ont toujours ce plaisir inouï à maîtriser un homme et à lui échapper. Il vous faut nous asseoir dans la dévotion et nous commander ! Pourquoi ??!! Elle ne savait pas. Elle riait. Vous êtes si charmante quand vous riez ! dit-il. Elle eut l'air d'en douter. Vous ne vous voyez pas, vous ne pouvez pas savoir ! dit-il. Fiez-vous à moi, dit-il en la regardant dans les yeux, vous êtes jolie. Il allait dire : Et vous me plaisez beaucoup. Au lieu de cela il dit : Et je vous préfère quand vous riez. Il avait déjà pris les deux mains baguées dans les siennes. Mais il sentit qu'elle les retirait et il ne souffla mot. Elle savait. De toute façon elle savait, pensa-t-il. Et il reposa les mains. Ah ! Pauline... murmura-t-il, comme si un monde naissait en lui avec ce nom. Que pouvait-elle dire ? Elle souriait. Vous êtes gentil de me dire ça, dit-elle. Ce n'est pas de la gentillesse, dit-il. En tout cas, dit-elle, je suis contente d'avoir passé cette soirée avec vous. Il se mit à rire. On ne trouve jamais complètement désagréable ou inintéressant quelqu'un à qui l'on plaît n'est-ce pas ? Elle fit une moue de sourire et de réflexion. Moi aussi je suis content, murmura-t-il. Il avait retrouvé la voix d'alcôve. Pourquoi êtes-vous content ? dit-elle, au comble du bonheur à cause de la voix. Pff, fit-il, ses mains

152

expliquant qu'on n'en savait rien. C'est comme ça et nous n'y pouvons rien, dit-il. Elle se délectait de cette conversation à la fois sincère et tendancieuse. Est-ce que cela vous est souvent arrivé ? demanda-t-elle. Une affinité pareille ? dit-il en riant. Elle fit signe que c'était bien la question. Jamais, dit-il avec fermeté. Et votre femme ? demanda-t-elle. Je ne me le rappelle pas, dit-il. Je ne vous crois pas ! protesta-t-elle. Vous avez raison, concéda-t-il en riant. Elle était capable de sentir cette sagesse : il ne parlait pas, il ne livrait pas sa vie. Elle pourrait toujours être garantie de son silence. C'était une chose merveilleusement rassurante. Être le secret d'un homme qui ne raconte pas.

Vous ne m'avez pas dit ce que vous faisiez dans la vie, dit-elle. Je préférais vous écouter, dit-il. Mais je ne vous cache rien. C'est très simple, dit-il, je gagne ma vie en écrivant des histoires pour la télévision. Mais il n'y a que d'exécrables téléfilms ! s'exclama-t-elle. Voilà ! fit-il avec une voix que l'humour rendait plus pointue. J'invente d'exécrables téléfilms, et on me paie très cher pour ce travail. Il était si justement sûr de lui qu'il ne se vexait de rien. Ne parlez pas de ce que vous ne connaissez pas, souffla la voix d'alcôve. Qu'est-ce qui lui donnait sur elle cet ascendant ? Elle se sentait comme une petite fille. Il s'était penché vers elle, muet. On le regardait. Il vit qu'on le regardait. Un couple bien-pensant qui avait largement dépassé les âges de la passion et qui semblait se dire : Que fait ce type avec cette gamine ? C'est dégoûtant. Il se redressa et dit : Vous êtes si fraîche que tout le monde nous regarde ! Je n'ai même pas remarqué, dit-elle. Vous ne voyez que moi ! dit-il. C'est ce que j'allais vous dire, dit-elle. Elle se mettait à jouer comme lui. Ils avaient atteint l'unisson de la cour amoureuse. Ils rirent ensemble. Les dents étaient si belles, il ne pouvait empêcher ses yeux de fixer leur écrin, et elle était troublée de ce regard sur sa bouche. Il se pencha à nouveau vers elle et dit tout bas : Voyez-vous ce couple là-bas ? Elle jeta un œil et fit signe qu'elle les voyait. Ils se disent que je suis trop vieux pour vous. Elle se mit à rire. La confusion et le bonheur se mêlaient. Elle dit : Vous ne l'êtes pas. Avec un visage si grave qu'il fut obligé de rire. Parce que, cette fois encore, tout était dit entre eux. Pauline, souffla-t-il. Oui ? fit-elle. Rien, dit-il, j'aime dire votre nom. Elle prit une grande inspiration. Ce moment était délicieux. Elle était ensevelie dans cet étourdissement de plaire. Mais c'était un plaisir si fort qu'elle douta de celui qui le lui donnait. Se moque-t-il de moi ? pensa-t-elle. Sa crainte était réelle et persistante. Elle sentait bien ce que leurs relations avaient d'horriblement banal. C'était comme un chemin mille fois parcouru. Un homme et une femme ! Forcément il savait ce jeu par cœur. Il devait bien s'apercevoir comme elle minaudait gracieusement ! Peut-être s'en amusait-il ? Il l'amenait dans cette extase et rigolait intérieurement de la voir se pâmer en entendant son prénom. Il avait dû voir des centaines de femmes sourire de se croire adorées. Vaniteuses... Avec ces brefs moments de clair-voyance, Pauline Arnoult se gâchait son plaisir. La honte de jouer avec un galant ! La banalité de leur motif n'avait-elle pas une grossièreté imparable ?

Elle picorait les fraises des bois qui entouraient la boule de glace. Il la contemplait. Ils étaient aveugles et sourds à tout ce qui n'était pas eux. Elle leva les yeux de son assiette et lui sourit. Voilà le moment le plus doux de l'amour, pensa-t-il. Et il dit : Voilà le moment le plus doux d'une rencontre. Le silence, un sourire... Elle ne disait rien. Il murmura : Et l'avenir... Pauline était muette. Il préférait qu'elle fût muette. Au fond il tournait autour d'elle, il s'approchait prudemment, enfilant un mot après un autre, et elle l'écoutait en souriant de toutes ses jolies dents. Le défaut de tout cela c'est qu'il n'arrivait plus à descendre du manège, à s'imaginer autre chose. Elle était très présente, il éprouvait intensément sa présence, et cependant il se voyait de moins en moins faire un geste avec elle. Elle était intimidante comme l'ingénuité. Et pourtant elle n'était pas une ingénue. Elle savait. Fermez les yeux, dit-il. Il regarda sans rien dire le visage clos. Quelle merveilleuse peau elle avait ! Les yeux bleus réapparurent. C'était pour vérifier que vous obéissiez comme il faut ! fit-il. Donnez-moi vos mains et ne les retirez pas ! dit-il. Mais c'était dépasser les bornes. Elle fit non énergiquement. C'était trop de cinéma qu'il faisait. Elle avait honte de se prêter à de tels jeux. Elle le lui dit : Arrêtez de me faire votre numéro ! Il rit mais ne nia pas. Mais vous êtes terrible ! fit-il, amusé. C'est vous qui l'êtes, dit-elle. Et je vous laisse faire, dit-elle. Parce que vous y trouvez votre plaisir, dit-il avec la voix suave. Sans doute, concéda-t-elle. Le regrettez-vous ? demanda-t-il. Il semblait anxieux, délicat. Non, dit-elle, je sais très bien ce que je fais. Je n'en ai jamais douté ! dit-il. Les mots étaient plombés. La force d'attraction détournait leur sens. Ils rirent. Pas moyen d'échapper à ce jeu.

## 5

Marc dit : Nous ressentons du désir pour d'autres femmes que les nôtres, c'est inévitable, et certaines y répondent, c'est presque électrique. Néanmoins notre vie est engagée avec une femme, nous sommes capables de tenir à cette alliance, nos enfants espèrent sans le savoir que nous demeurons dans l'amour. Comment réconcilier les forces contraires ? Je me demande si nous n'avons pas besoin simplement du jeu amoureux et du sentiment qu'une femme dirait oui. Dans ce cas il suffit de s'interrompre quand on a compris, conclut-il. En somme tu nous proposes une chasse sans fusil ! dit Tom. Quelle tristesse ! dit-il. C'est parti ! dit Guillaume. Le match commençait. Les deux boxeurs sautillaient sur le ring. La foule s'était calmée. Max s'enfonça dans son fauteuil. Il pensait encore à Ève.

Il y a un stoïcisme des maris. Ils sont dans l'amour conjugal comme dans un pays étranger. Ils se trompent, comprennent de travers et parfois pas du tout. Sans le désir qui les porte vers elles, ils seraient en face des femmes, capables de bévues ou d'indélicatesses involontaires. Et finalement malheureux. Il faut aux maris le courage de se tenir jour après jour à côté d'une nature fluide, une matière ardente, bouleversée d'humeurs et de sang.

Alors les maris sont dans l'attente. C'est à cela qu'on reconnaît qu'ils aiment. Lorsqu'ils cessent d'attendre et de guetter, ils ont fini d'aimer. Les maris, avec appréhension, guettent les sourires sur le visage des épouses : ceux qui sont là et ceux qui manquent. Et quand il n'y a pas de sourire, quand le visage est fermé, ils ne disent rien, ils s'installent dans leur patience, parfois se détournent en secret vers un autre visage. Pour la plupart, ils veulent alors croire que les choses tues n'existent pas. Jusqu'au retour du sourire, ils ne laissent rien paraître de leur inquiétude. En somme leur silence règle les problèmes de la nature fluide en éruption. Mais les épouses veulent que les choses soient dites, elles espèrent toujours être comprises, elles rouspètent, elles font du bruit. C'est ainsi que naissent les rôles.

J'ai engueulé Ève dans la voiture, dit Max. Sur le ring le premier round venait de s'achever. Deux grandes filles en minijupes s'avançaient vers les cordes pour promener un panneau où l'on pouvait lire Second Round. Les hommes hurlaient dans la salle. Qu'est-ce qu'elle avait fait ? demande Jean. Comme d'habitude, dit Max, elle n'était pas contente et elle râlait. Vous vous disputez souvent Marie et toi ? dit-il. Sans arrêt ! dit Jean. Et j'ai horreur de ça ! dit-il. Je trouve ça moche, on est parfaitement laid et ridicule quand on crie l'un contre l'autre. Mais est-ce que ça n'est pas fatal ? Deux rythmes l'un à côté de l'autre ne produisent pas que de l'harmonie. Comment cela pourrait-il ne produire que de l'harmonie ? ! Mais je ne veux pas lâcher, continua Jean, Marie est un despote, elle a une énergie que tu n'imagines pas, elle ferait de moi une loque. Nous on se dispute à cause du fric, dit Henri, j'essaie de surveiller ses dépenses, alors Mélusine me ment et je ne le supporte pas. Elle s'achète des vêtements et elle me dit qu'ils sont vieux ! Il ne dit pas qu'elle achète aussi des bouteilles de whisky, mais les autres y pensèrent. Tu ne lui mens jamais toi ? demanda Guillaume. Max s'amusait de ce visage clément. Dans ce genre de conversation, on se montre toujours compréhensif à l'égard des problèmes des autres ! dit-il en guise de commentaire. Et Henri dit : Non, je ne mens jamais. Quel menteur tu fais ! dit Guillaume. Je te promets que c'est vrai ! Tom dit : Les plus grands menteurs sont ceux qui disent Je ne mens jamais. Ensuite, dit Tom, ils font d'énormes mensonges et ne se font jamais prendre !

Je vous raconte la dispute type ! dit Jean. Les autres s'étaient tus pour l'écouter. Une hilarité en suspens dans l'attention modelait les physionomies. La grosse tête de Guillaume était toute rouge. Max avait retrouvé un regard. Jean commença : Les invités sont partis. Marie a raccompagné les derniers jusqu'à la porte de l'ascenseur. Je suis resté au salon. Elle a refermé la porte d'entrée sans faire de bruit pour ne pas réveiller les enfants. Elle se met en route. Ce n'est plus une femme que j'ai, c'est un robot ! Elle commence à ranger. Débarrasser les verres, les assiettes à dessert, jeter les serviettes en papier, mettre la nappe au sale, ranger la vaisselle dans la machine. Moi j'ai besoin de faire une pause, dit-il. Tout le monde rit. En général je m'assois un moment devant l'ordinateur. Je mets un disque. Marie s'affaire déjà dans la cuisine. Elle est fatiguée mais elle se force à mettre de l'ordre. Je ne sais pas pourquoi. On pourrait tout ranger tranquillement le lendemain matin. Mais non ! Madame dit qu'elle n'aime pas se réveiller dans le bordel. Je comprends très bien qu'elle soit fatiguée, je lui dis : Va te coucher. Il est plus de minuit, il y a des personnes qui ne sont plus bonnes à rien à cette heure, et Marie est pire que cela : elle se transforme en bête. Après minuit, dit Jean, Marie elle mord ! Les commensaux rirent encore. Et d'ailleurs, dit Jean, elle vient dans le salon et commence à aboyer. Je lui dis encore une fois : Laisse tout ça, je vais le faire. Elle me dit : C'est toujours *Je vais*. Mais tu m'expliqueras un jour pourquoi tu ne peux pas le faire tout de suite. C'est plus logique quand même de ranger d'abord et d'allumer l'ordinateur ensuite. Je ne m'énerve pas et je lui réponds : Tu as dit tout à l'heure que tu allais prendre un bain, j'ai cru que j'avais un peu de temps pour me mettre à ranger, tu n'as qu'à faire ce que tu dis. Elle est très énervée, je sens que ça monte ! Elle dit : Mon bain est en train de couler, et pendant ce temps j'en profite pour débarrasser. Elle commence à m'expliquer ces trucs, toujours les mêmes trucs : Je m'en moque de le faire moi-même, ça me fait même plaisir de dorloter tout le monde, mais ne dis pas que tu cherches à m'aider, et patati et patata... Là je m'énerve. Les leçons, ça va comme ça. Est-ce que je peux décider moi-même quand je fais une chose ou bien est-ce que tu veux même m'imposer le moment ? J'articule bien pour poser ma question. Maintenant elle se tait. Je vais la voir dans la cuisine et je la regarde ranger. C'est inimaginable la vitesse à laquelle elle va ! Elle est branchée sur un voltage particulier. Elle ne sourit pas, évidemment ! Et comme le sourire tout de même embellit bien, elle est assez vilaine ! Je lui dis : Si tu te voyais, une vraie grognasse ! Elle dit : Je sais quand je fais la gueule, merci. En tout cas moi, je suis pas daddy. Je lui dis ça pour l'énerver. C'est son grand-père qui a complètement abdiqué devant la mammy qui fait la loi. Tom éclata de rire. Et là, dit Jean, je suis tranquille, ça lui coupe le sifflet. Après, je l'enferme dans sa cuisine. Je ferme carrément la porte. C'est un geste qui la met hors d'elle : cloîtrée dans la cuisine ! tu penses ! Elle ouvre la porte que j'ai fermée. Elle retourne frotter sa cuisinière. Elle s'apitoie sur son sort. Je suis la bonne ici ! Je suis reparti définitivement à l'ordinateur, je ne dis plus rien. Je reste inatteignable. Elle sait qu'elle a perdu. Ensuite on va se coucher, muets. Elle me tourne le dos dans le lit. Le lendemain, elle est reposée et tout est oublié. On est comme les enfants, dit Jean pour conclure : quand on est fatigués, on fait des colères ! Nous, dit Guillaume, on se réconcilie toujours avant de s'endormir, mais à part ça c'est pareil !

Ils s'amusaient beaucoup avec ces histoires de dispute. Voilà qui mettait un peu de baume au cœur de Max. Il doit se trouver quelque chose d'apaisant dans le partage d'une destinée. Nul n'échappait à ce qui blesse. L'imbroglio des cœurs et des êtres était un sort commun. Et ce principe de la communauté valait pour eux plus que pour quiconque, car ils étaient tous semblables : des hommes dans la force de l'âge, des actifs doués pour le monde et qui avaient le pouvoir, l'argent, et femme et enfants... qui avaient toujours eu tout cela, et qui l'auraient encore. Tu me rassures, dit Max, c'est pareil dans toutes les maisons. Il se trompait pourtant, car il n'y avait plus dans sa maison l'amour qu'il y avait chez Jean. Les querellants ne sont pas tous aimants. Oui, dit Tom, dans chaque famille il y a une terreur qui commande ! Il dit : C'est pour ça que je me suis tiré ! Mais tu n'as plus les bons côtés, dit Marc. Comment ça, je n'ai plus les bons côtés !!? dit Tom. Tu rigoles ou quoi, je n'ai *que* les bons côtés !

6

Louise dit : Veux-tu savoir pourquoi je n'aurai peut-être jamais d'enfant ? Marie acquiesça. Ce n'est pas parce que je suis stérile, ni parce que j'ai avorté quand j'étais jeune, dit Louise. C'est parce que je suis vieille. La nature dit que je n'ai plus l'âge d'avoir des enfants. Et pourquoi suis-je vieille et sans enfants ? Parce que j'ai passé ma vie à craindre d'en avoir, à craindre d'avoir à donner quelque chose et d'être comme les autres : éperdue d'amour et presque bête. Et maintenant je ne suis plus féconde, et il faudrait beaucoup de chance... et il faudrait justement que je sois sûre de mon désir pour provoquer cette chance. Or je n'en suis même pas certaine. Je doute encore de vouloir cette chair dans mon ventre ! Il n'y a aucune raison pour que je n'aie pas d'enfant, aucun organe en moi n'est

160

atteint, rien n'est amoindri si ce n'est le désir. Et même aujourd'hui dans mon fou désir il y a une part de haine et de peur. Au fond la maternité me dégoûte ! dit Louise. Comme si je pressentais quel lien monstrueux elle instaure !

Ne dis pas cela, ne pars pas vaincue, ça peut très bien marcher, dit Marie. Ah ! tu es si gentille, dit Louise. J'ai entendu qu'Ève était enceinte, alors je me remets martel en tête, c'est idiot ! Marie dit : Il n'y a pas que les enfants dans la vie. Mes enfants ! j'ai peur pour eux, leurs chagrins me bouleversent, je me fais du souci pour un rien. C'est de la folie, dit-elle. Et ça va durer toute la vie ! ça n'a pas de fin ! Certains jours, ça me fatigue d'avance ! Elles ne pouvaient que rire. Marie reprit son sérieux : Certains jours j'aimerais avoir coupé la lignée, n'avoir pas couru comme je l'ai fait sur la route de l'instinct... Le sang nous tient, il frémit et nous dirige. Il commande nos sentiments. Mes parents ! dit-elle. Imaginer leur mort me fait déjà pleurer ! Quand mon père s'aperçoit qu'il a vieilli, je suis bouleversée ! Alors que c'est la nature, qu'il va bien, et que nous sommes heureux. Mais non ! il faut que je m'angoisse par avance, comme si l'idée de la fin me gâtait la vie. Et ton mari, dit Louise, il te fait souffrir ? Justement, dit Marie, pas de la même façon ! Elles rirent. Ne le répète à personne ! souffla Marie. Puis elle dit : Si tu n'as pas d'enfant, tu feras autre chose avec ta vie, tu feras une œuvre, une découverte, un sacrifice, quelque chose qui vaut autant qu'un enfant.

La chose la plus importante à propos de Louise, c'était la chose qu'elle ne pouvait pas faire : l'enfant. Sa vie s'abîmait dans ce deuil d'une transmission. Elle poursuivait d'hôpital en hôpital, cet amour qui se tisserait au-dedans et ne poserait pas de condition. Si jeune (trente-huit ans), elle se sentait déjà passée de l'autre côté de la jeunesse, comme si c'était cela vieillir sans descendance : sur une pente glacée de solitude, glisser plus vite jusqu'au tombeau. Les âges de Louise passaient, elle était de moins en moins féconde, cela devenait certain pour elle, la médecine la plus avancée ne parviendrait pas à lui planter un enfant dans le ventre. Et puisque le corps parle, sa physionomie s'était modelée en harmonie avec ce néant. Ses mains et ses poignets étaient osseux, elle était légère et fluide dans l'inquiétude. Les hommes ont de la chance de ne pas vieillir comme nous, dit Louise, il leur suffit de prendre une femme jeune et, tout vieux qu'ils sont, ils ont des enfants. Mélusine s'approchait. J'aperçois du noir, je sais que c'est toi, dit-elle à Louise. Louise souriait tristement. Elle murmura : Je dois me sentir en deuil. Tu es toujours habillée en noir ? dit Ève. Toujours, répondit Mélusine. Prenant Louise par les épaules, elle dit : Vous ouvrez un placard de Louise, tout est noir ! Ses bas, ses souliers, ses vêtements, tous ses falbalas de femme... tout tout tout. Louise riait. Elle sentait la grosse poitrine de Mélusine lui envelopper l'épaule, elle sentait que Mélusine se reposait sur elle, Mélusine tenait à peine debout. Mais elle avait des antennes, elle était la seule à savoir que Louise était déprimée. Louise embrassa Mélusine. La peau de Louise était blanche dans l'écrin d'obscurité de la robe, elle resplendissait. Elle semblait extraordinairement nue et fragile. Pourquoi tu aimes tellement le noir ? dit Ève. Louise dit : Je ne sais pas. Est-ce qu'on sait ce qui nous conduit et nous plaît ? dit-elle, confuse de parler trop gravement. En tout cas le noir lui va bien, dit Mélusine. Le tour des yeux de Louise était un peu mauve et flétri. Tu as l'air fatiguée, dit Mélusine. Je le suis, dit Louise. Elle ne disait pas qu'elle surveillait du sang, des filaments couleur de miel, des noyaux blancs... C'est fou tout ce qui s'échappe du ventre stérile d'une femme qui essaie d'avoir un enfant. Elle taisait ce qui causait sa fatigue et qui n'était ni le travail, ni les réveils des enfants la nuit, ni les agapes amoureuses, mais l'attente au bord du téléphone au retour de l'hôpital : non, elle n'était pas enceinte, les tests étaient négatifs. Nul ne compte le nombre de larmes qu'il faut rentrer en soi, pour continuer d'aimer un homme qui ne sait comprendre ni le désir, ni l'exténuation, et qui dit : Tu vas te détruire la santé. Ils ne savent même pas si c'est cancérigène ou non. Pourquoi on n'en adopte pas un ?

Vous n'avez jamais pensé à en adopter un ? demanda Ève. Louise hocha la tête. Elle ne pourrait pas aimer l'enfant d'une autre. Elle ne lui pardonnerait pas n'importe quoi. Je te donne mes enfants, lui disait parfois Guillaume. Elle ne répondait même pas. Comment pouvait-il être aussi stupide ? Elle ne voulait surtout pas y penser, sans quoi elle n'avait plus ni enfant, ni amour. Moi non plus je n'ai pas d'enfant, dit Pénélope. Sa voix était flûtée comme celle d'une fillette. Et je n'ai pas de mari non plus, dit-elle.

## 7

Louise ne savait jamais quoi dire à Pénélope. Tant de malchance, de malheurs et de sourires ramassés sur le même être ! Mais tous les hommes sont amoureux de toi, murmura Marie, en embrassant Pénélope (et soufflant : Je ne t'ai même pas dit bonjour). Je suis témoin ! dit Louise, c'est vrai. Forcément ! dit Pénélope. On leur dit que je suis une femme inaccessible, alors ils peuvent m'aimer sans danger ! Et Paul ? dit

Marie. Crois-tu qu'il t'aime sans danger ? Non, dit Pénélope. Puis tout à coup, les yeux perdus dans un songe invisible, elle dit : Il m'a demandée en mariage cet après-midi. Paul ! ? dit Marie. Et qu'as-tu répondu ? dit Louise. J'ai répondu que j'allais réfléchir, dit Pénélope. Ça ne m'étonne pas de toi, dit Marie. Et alors, dit Louise du tac au tac, tu as réfléchi ? C'était déjà tout réfléchi ! dit Pénélope. Son visage s'ouvre à un sourire malicieux. Et c'est non évidemment, dit Louise. Perdu ! dit Pénélope. Perdu ! s'exclame Louise. Tu veux dire que tu vas te marier avec Paul !? Elle en rit de bonheur. Oui, dit Pénélope. Je crois que je l'aime profondément, dit-elle, malgré le monde et le temps, malgré son âge et le mien. J'ai compris que nous n'avions pas d'âge lorsque nous étions ensemble. Et je l'aime aussi parce qu'il est vieux, parce qu'il va mourir bientôt, parce que je suis la lumière dans sa vie, parce que je lui fais du bien. Je suis comme un miracle, tu te rends compte, être le miracle de quelqu'un ! Elle s'interrompit, à nouveau absentée, ensevelie dans des images. Je l'aime aussi parce que nous pleurons tous les deux un défunt aimé, dit-elle. Ses yeux s'emplirent de larmes. Quelque chose dans ces larmes fascinait Louise. Des larmes qui ne cessaient pas ! Voilà ce qui lui faisait impression mais sans qu'elle en eût jamais rien dit. J'en pleure ! dit Pénélope, confuse de son émotion sans pouvoir la cacher. Pénélope dit : Je l'aime parce qu'il est vieux, parce qu'il va bientôt mourir et que parfois il y songe à voix haute, et que d'autres fois, pour ne pas me faire peur, il fait semblant de croire qu'il a tout le temps. C'est merveilleux, dit Marie, sois heureuse. Je le suis, dit Pénélope, et par-dessus le marché j'ai l'impression d'être non conforme, tu imagines comme je suis heureuse ! À trente-huit ans, épouser un homme qui en aura bientôt soixante-douze... certains ne comprendront pas que j'aie tant attendu pour finir de cette manière ! Elles éclatèrent de rire. Pour finir en beauté ! dit Louise. Je suis si bouleversée, dit Pénélope, c'est pour ça que je ris bêtement. Elle a un fou rire de fillette. Elle dit : On va dire Vous vous rendez compte, Pénélope épouse son vieil amant. Puis : Je crois que je vais déposer une liste ! Elles s'étouffèrent de rire, avec un temps de retard pour Louise et Marie, le temps de la délicatesse qui harmonise leur manière avec celle de Pénélope. Sur le papier, dit Pénélope, on a le droit de se marier à l'église puisqu'il est veuf. Mais il ne veut pas. Depuis combien de temps t'aime-t-il ? demanda Louise. Je ne sais pas ! dit Pénélope. Il m'a courtisée sans penser réussir, parce que c'était plus fort que lui, et il avait la patience de ceux qui ont un surcroît de vie. Est-ce que c'était même de la patience ? Plutôt une mélancolique résignation, une force d'abandon au grand principe du début et de la fin. Et je crois, dit-elle, que j'ai voulu lui donner ce plaisir : la tendresse d'une jeune femme. J'étais émue, j'ai fermé les yeux, je me suis laissé toucher, et il a pleuré, et moi aussi finalement. C'est ainsi que tout a commencé. Parfois je pense que je verrai le monde sans lui, que la pile de ses lettres cessera de monter. Ma vie perdra cette présence. Cela me le fait aimer davantage. Ça vous étonne ? demanda Pénélope. Pas du tout, dit Marie. Rien ne m'étonne, dit Louise, rien ne me choque. C'est ça les chercheurs ! dit Marie. Elle dit : Tu as la chance de vivre une relation d'exception. Ne la gâche pas surtout. (Elle caressa la joue de Pénélope avec une tendresse de mère. Et elle n'était presque que cela à ce moment.) Et puis, dit-elle, c'est le plus beau moment de la vie, le début de l'amour... Louise se répétait intérieurement cette phrase. Pourquoi était-elle troublée ? Elle finit par le trouver : le début de l'amour, c'était le singulier qui la troublait. Marie n'avait connu qu'un seul amour et elle parlait comme si c'était le cas pour tout le monde. Enfin, dit Marie, pour moi ce fut une si belle période. Je n'avais jamais été amoureuse, dit-

165

elle. Cette réciprocité... murmura-t-elle. Où vous êtes-vous rencontrés Jean et toi ? demanda Louise. Dans un dîner, dit Marie. Je m'en souviens comme si c'était hier, dit Pénélope. Tu étais là ?! dit Marie. Mais bien sûr que j'étais là ! dit Pénélope. Rappelle-toi, tout le monde croyait que vous vous connaissiez ! Oui c'est vrai ! dit Marie. Se rappeler ce moment ! quel bonheur... Pénélope se tourna vers Louise et dit : Jean et Marie, ce fut un vrai coup de foudre, on aurait dit qu'ils s'étaient toujours connus.

Mais d'ailleurs, dit Marie, Jean le croit. Nous nous connaissions mais nous ne pouvions pas nous aimer. Nous avons été frères et sœurs dans une autre vie !

## 8

Pauline Arnoult lécha avec une rapidité animale une goutte de café qui coulait sur la faïence de sa tasse. Et puisque ce dîner était colorié par leur désir, ce mouvement de langue anima en elle une pensée sensuelle. C'était un geste érotique. Elle en eut bien idée. D'ailleurs une femme bien élevée s'abstenait de lécher sa tasse. Elle se le dit aussi. Mais elle n'imagina pas l'effet qu'elle suscitait. Sa langue était très rouge parce qu'elle venait de manger la glace à la framboise. Cette image si simple renversa une digue. Elle était tellement jeune et fraîche ! Est-ce que c'était cela qui le chamboulait à ce point ? Sans doute. La fraîcheur d'un être mettait le feu en lui. Est-ce qu'on sait assez ce que sont un corps ferme, un visage fin et plein, des formes inaltérées et la lumière sans défaut d'une peau lisse et serrée ? Et l'empire de cette perfection sur un amant ? Elle sortait une langue toute rouge ! Aucun homme n'avait été fabriqué pour résister à ce remuement. Son sang ne fit qu'un tour. Jusque dans ses mains se déployait la force qui le poussait vers la jeune femme.

Pauline Arnoult sentait pour la première fois, avec une évidence brutale, qu'il avait envie de s'approcher tout près d'elle, comme s'il lui fallait l'attraper. Cette force muette se précipitait sur elle, elle pouvait presque croire la toucher. L'élan impérieux était soudain préhensile. Une candeur s'empara d'elle. En un instant elle découvrit l'effroi d'être un de ces êtres que l'on serre dans ses mains, et qui palpite, et tremble, et s'abandonne. Elle fut cela en face de lui, nue devant la force, juste le temps de retirer ses mains qu'il avait saisies, de rougir de confusion, d'être désolée de se trouver au cœur d'une chasse, de s'échapper et de le faire souffrir. Il la regardait sans rien dire. Le joli visage s'était crispé en une fraction de seconde, et face à ce désastre il se demanda, déconcerté, ce qui avait pu tout ruiner. Car il ne la comprenait pas. Était-ce seulement ce geste de lui prendre les mains ?! Il ne concevait pas que l'on pût à ce point être séduite et fuyante. Elle n'était plus avec lui, pensa-t-il. Elle était l'instinct de fuite qui ne cesse pas d'exister dans une femme, comme dans tout être qui ne dispose pas de la force physique. Elle avait reculé très loin de lui, elle s'était dérobée en un éclair, à l'instant où l'envie de la toucher le faisait plier. Il n'aurait su voir plus juste : elle pensait à son mari. Trois mots de Marc Arnoult lui revenaient à l'esprit, comme si d'avoir sous les yeux la virilité en action lui rapportait ces paroles. C'est une épée ce truc, disait Marc, à propos du sexe des hommes. Elle aurait pu dire : Ne me touchez pas, ce sera forcément laid. Le murmure du dedans le lui disait. Ils ne se connaissaient pas, et cet homme lui fondait dessus comme un aigle ! Et elle s'était quasiment jetée à sa tête ! Elle regretta d'avoir minaudé et joué avec lui, et cependant elle allait continuer de le faire, elle le savait, et elle en éprouvait une joie fantastique. Elle entendit la voix d'alcôve qui soufflait : Ne soyez pas farouche comme cela avec moi ! Il se moquait un peu d'elle dans le dépit où elle l'avait renvoyé. Il avait eu bien raison de sentir qu'elle n'était pas prête ! pensait-il. Je ne suis pas farouche, répéta-t-elle. L'effroi lui avait enlevé les mots.

Ils se faisaient face. Maintenant il ne cessait pas de la regarder à la bouche, avec quelque chose d'allumé dans le regard, un point de moquerie sur le visage. Il ne quittait pas des yeux ses lèvres. Et elle se demandait si sa bouche avait une anomalie, ou un défaut. Elle se sentait presque aux aguets, décontenancée devant lui. La force était entre eux. Elle sentait qu'il aurait aimé l'embrasser. Il pensait à un baiser et c'était comme si elle entendait cette pensée. Mais elle n'était pas prête. L'idée de la proximité des corps la remplissait de stupeur. Et cependant elle n'avait cessé de subir une attraction irrésistible. Était-ce incohérent ? Elle ne voulait pas perdre cet homme. Mais elle ne voulait pas le gagner si vite. L'horloge des femmes et celle des hommes dans l'amour n'ont pas les mêmes aiguilles...

Ils avaient fini de dîner. Ils auraient pu se lever et partir. Quelque chose les retenait. Et cette chose était l'attrait qu'ils exerçaient l'un sur l'autre. C'était plus que le plaisir de se trouver réunis : l'obligation de l'être. Se séparer à cet instant de la soirée eût réclamé une puissance de volonté dont ils étaient dépourvus. Prendrez-vous un autre café ? demanda-t-il. Deux autres cafés, dit-il au serveur. Ils restèrent un instant silencieux. Cette intimité de l'absence des mots les troubla plus que tout ce qu'ils s'étaient dit. Alors il devint grave.

Son visage s'altéra dans une contraction. Il allait déclarer le sentiment qui le tenait. Il allait panser la longue
plaie du désir avec un aveu sans détour. Elle le devina
aussitôt. C'est pourquoi elle parla. Elle voulait devan-
cer les mots. Je sais ce que vous allez dire, dit-elle.
Parce que... Elle hésita, puis se résolut. Parce que j'ai
envie de le dire moi aussi. Il s'était remis à regarder
sa bouche et elle baissa les yeux. Taisez-vous, demanda-
t-elle. Ne le dites pas, parce que je ne peux rien en faire.
Il était suspendu à ses lèvres. Elle osa dire qu'elle était
troublée. Il n'apprenait rien mais admirait comme elle
était sincère pour une jolie femme. C'est si rare d'être
troublée, n'est-ce pas ? dit-elle. Un sourire étira son
visage vers l'arrière, parce qu'elle n'avait pas osé dire
*sexuellement troublée*, mais qu'elle l'avait pensé. Il ne
disait rien, elle continua. Je voudrais que vous conti-
nuiez à me parler de cela autrement qu'avec des mots,
souffla-t-elle. Il crut avoir rêvé. Pourtant non, elle
venait bien de lui dire comme à un soupirant : Taisez-
vous mais surtout continuez de soupirer. Oh... comme
elle était féminine ! Mais..., dit-il, que je continue pourquoi ? Sa drôlerie avait résisté à tout ce qu'elle venait
de dire, et il se moquait bien d'elle. Elle dit : Parce que
c'est agréable comme ça. Alors il éclata de rire. Quel
mépris il éprouvait pour cette fausse lasciveté et ces
atermoiements qui ne mènent nulle part ! Ces femmes
qui jouaient petit ! C'était mesquin. Non, elle ne pouvait pas appartenir à cette race de petites joueuses, elle
se mentait à elle-même. Il allait la malmener un peu,
et rirait bien qui rirait le dernier ! Comment savez-vous
ce que je voulais vous dire ? demanda-t-il avec un sourire malicieux. Il avait posé cette question comme il
aurait donné une gifle. Mais elle ne se démonta pas du
tout. Elle était en plein moment de loyauté, et Dieu
sait que la loyauté décuple nos forces. Parce que j'aurais pu vous dire la même chose, dit-elle en rougissant.

Il avait raison d'en mettre sa main à couper, elle savait. Elle savait ce qui les tenaillait tous les deux et elle avait flirté avec lui sans s'effrayer des mots et du désir. Elle n'était effrayée que par leur réalisation concrète. Elle lui sembla à ce moment une enfant perverse. Qu'adviendra-t-il ? demanda-t-il. Je ne sais pas, dit-elle. Il la regarda dans les yeux sans dire un mot. Et alors le désir de romance craquela l'édifice : elle livra son trouble, l'imbroglio que faisaient son tempérament et sa vie. Tout est si compliqué, dit-elle, nous avons déjà fait nos vies, et j'attends cet enfant... Elle n'arrivait pas à réfléchir. Ne croyez-vous pas que l'on puisse aimer deux personnes en même temps ? dit-il. Si je le crois, dit-elle, mais on ne peut pas le vivre. Les relations extraconjugales sont vouées au néant, elles n'ont ni le temps ni l'espace pour s'épanouir. Alors, dit-il en se moquant d'elle à nouveau, vous pouvez ressentir une attirance sans succomber ? ! Elle fit signe que oui. Comme vous êtes forte ! dit-il. Oui, dit-elle en baissant la tête. Mais vous avez tort, et un jour vous le regretterez, dit-il. Dans dix ans, dans vingt ans, vous vous demanderez comment on peut se refuser à vivre un amour qui s'offre. Nous sommes faits pour cela, dit-il, c'est cela qui nous fait vivre. Rien d'autre, dit-il.

Il était dangereux et convaincant ! Il prêchait vraiment pour sa propre église ! Voilà ce qu'elle pensa en l'entendant. Mais elle avait tort de le suspecter. Il ne cherchait pas à la dévoyer, il lui parlait sincèrement, il avouait ce qui avait dirigé sa conduite. Oui, répéta-t-il, un jour vous le regretterez. Il se mit à rire et dit : Et alors vous penserez à moi, parce que je vous aurai prévenue. Elle pensa qu'il aurait pu dire : Parce que je vous aurai courtisée. Ils riaient de nouveau, et c'était le retour jusqu'au début enchanté de cette soirée. Oh !

elle était heureuse avec lui, c'était simple et délicieux d'être là dans l'extraordinaire regain du désir. L'idée qu'il faudrait le quitter vint obscurcir ce plaisir. Un papillon voletait en haut de ses jambes fondantes, des ailes battaient dans un nid au creux des cuisses, elle se sentit affaiblie dans la risée de désir qui mordait. Tout son être physique démentait ce qu'elle avait dit. Elle pensait le contraire de ce qu'elle venait d'affirmer : elle voulait cet homme, elle trouverait une place pour lui, elle suivrait cette irrécusable injonction du corps, elle aurait deux amours dans sa vie. J'ai un amant ! J'ai un amant ! Oui, c'était bien de cette éternelle façon que les femmes exultaient. Elle ne différait d'aucune autre, elle avait la honte, la naïveté et la folie. Son silence camouflait ces pensées. Il sut qu'il pouvait l'aimer seulement pour cette gravité. Il sut qu'il ne la lâcherait pas tant qu'il ne l'aurait pas eue pour amante. Il la ferait crier. Il en eut l'image. C'était en lui la violence du désir et de la chasse. Elle ne pouvait avoir aucune idée de ce déchaînement. Il la ferait crier. Cette pensée le rendit conquérant. Comment était-elle au lit ? À force de la regarder et de l'écouter, il pouvait s'en faire une idée. Mais pourquoi ne pas le lui demander ? s'amusa-t-il. Il le fit. Êtes-vous une bonne maîtresse ? demanda-t-il presque méchamment. Son visage se fragmentait entre sérieux et plaisanterie. Ils avaient atteint une intimité profonde à la vitesse qui n'appartient qu'à ceux qui sont ensemble pris dans un désir. Elle hésita. Je ne sais pas, dit-elle, troublée, avec un pauvre sourire. Et elle demanda : Suis-je la personne la mieux désignée pour dire cela ? Elle avait un peu rougi. Vous êtes celle que j'ai désignée, dit-il avec malice. Et toujours dans cette folie de femme amoureuse, elle entendait qu'il l'avait nommée pour l'amour. Elle dit : Mon mari dit que je suis trop lascive. C'est votre mari, dit-il avec un sourire moqueur. Je sais que vous n'êtes pas une femme froide, dit-il en la regardant dans les yeux. Elle dit : Si je suis une bonne maîtresse, c'est parce que je crois que donner son corps est grave. Je comprends bien cela, dit-il. De nouveau ils ne purent que rire, parce que tout cela était assez étrange, ce tour que prenait la conversation. Alors il dit : C'était pour vous faire rougir. Elle ne comprit pas ce qu'il voulait dire. Quoi donc ? dit-elle. Cette question idiote, dit-il. Elle n'était pas idiote, dit-elle. Bien sûr que si ! dit-il. Car il n'y a pas de mauvaise maîtresse. Elle dit : Mon mari... Et là il reprit son visage sérieux de professeur pour l'interrompre : Cela veut simplement dire qu'il n'a pas une grande expérience des femmes. Et vous ? demanda-t-elle malicieusement. Moi oui, dit-il.

N'est-il pas tard ? dit-elle en regardant sa montre. Vous avez froid ? demanda-t-il. Je vous sens toute recroquevillée. C'est bon ? demanda-t-il. Vous avez eu tout ce que vous vouliez ? Nous pouvons y aller ? À ces mots il se leva.

Et de nouveau ils furent dans la rue. C'était un sort d'amants. Il avait marché derrière elle en sortant du restaurant. Il l'avait beaucoup regardée. La hardiesse de ses yeux l'avait enflammé et il se trouvait maintenant obsédé par son désir. Elle mesurait l'étendue du sien à l'idée de le quitter sans savoir quand ils se reverraient. Était-ce de lui qu'elle avait besoin ? Ou bien de la conversation amoureuse et du regard d'un homme ? Vous m'appellerez, dit-elle étranglée. C'était une supplique. Je vous le promets, dit la voix d'alcôve. Et c'était bien à une alcôve qu'il pensait ! Elle baignait dans une détresse liquide. Il n'avait plus l'air de vouloir l'attraper, il restait calmement à côté d'elle. Si étrange que cela pût paraître, elle ne sentait pas quelle force contraire il opposait à celle qui le propulsait vers elle. Elle n'avait aucune idée du désir qu'il éprouva à ce moment. Il ignorait aussi qu'elle était immolée par la même envie que celle qui l'affamait lui comme un ogre. Est-ce que ce n'était pas une malédiction que tout en eux soit clandestin ?

Ils passèrent devant un petit hôtel de quartier, deux marches de pierre sur la rue, une porte à simple battant, des fenêtres étroites sur une façade grise, une enseigne lumineuse. HÔTEL. Elle leva les yeux pour lire en dessous des lettres lumineuses : du Lion d'or. Elle pensa : Jamais je ne pourrais aller à l'hôtel avec un amant. Elle le pensait parce qu'elle le voulait. Impossible de savoir de quoi elle était capable. Il vit ce qu'elle regardait. L'espace entre eux était plus grand qu'en début de soirée. Elle avait un écheveau de silence, de désir, et de regret, au creux du ventre. Elle songea qu'elle avait peur de tout : de le quitter, de le toucher, d'elle-même. Elle se sentait tout à coup impure et triste devant un horizon noir où tout n'était que tristesse et privation. Il pensait à une chambre close qu'il pouvait atteindre, un peu plus loin dans cette rue où personne ne les verrait. Puis il pensa qu'elle n'était pas prête à cela, et se disant aussi qu'elle n'était pas le type de femmes que l'on emmenait à l'hôtel. Et alors il la regarda sans rien dire. Il pouvait voir son profil droit, et le petit menton autoritaire qu'elle avait. Elle marchait avec une sorte de sourire accolé aux lèvres ; un sourire de souffrance, pensa-t-il. Mais il pensa cela parce qu'il souffrait lui-même. Il fait très doux, murmura-t-il, êtes-vous d'accord pour vous promener un peu ?

# 9

Le vieux boxeur noir avait recommencé de danser sur ses jambes de femme. Un mètre soixante-seize, cinquante-sept kilos ! dit Guillaume. Les autres étaient installés dans de larges fauteuils disposés en arc de cercle autour du poste de télévision. Ils regardaient cette gerbe de muscles élastiques enfermée dans une peau d'ébène. C'était une sorte de corps que sa perfection mettait à part des autres. La beauté, inique, éclatante, se donnait à contempler, elle se contentait d'être, elle se déployait sur le ring, dans le danger des coups et de la haine. Pas de pâleur, rien qu'une chair pure et tonique qui s'enivrait dans le sautillement ininterrompu des jambes. Ils étaient pris dans la splendeur de la chair sans défaut. Tom rompit le charme. Vous savez quelle vie a ce type ? dit-il. Les autres firent signe qu'ils n'en savaient rien. Il est magasinier à Arcueil, il habite un petit trois-pièces dans une cité avec sa femme et ses deux filles, et il va être champion du monde de sa catégorie ! Le silence persistait dans la contemplation des gestes harmonieux du boxeur, le combat était pour lui un art. Sa bravoure avait conquis les quinze mille spectateurs de la salle. Derrière la voix du commentateur, on distinguait des cris, des injonctions, tous les bruits de l'émoi impuissant.

Je me demande ce que font les hommes, disait Marie. Tu le sais ! dit Sara. Ils regardent deux types se taper dessus, laisse-le un peu tranquille ton Jean ! Il va se sauver ! dit-elle. Pas de risque ! dit Marie. Ah oui ! fit Sara. Tu es si sûre de toi ? Marie acquiesça sans hésiter. Et au même moment Jean disait : Ça doit papoter les oiselles ! J'en connais d'autres qui ont dit ça, dit Sara.

174

Tu ne dis rien ce soir, dit Louise. Ève attendit un instant avant de répondre. Continuant un rêve, et comme si des mots pouvaient éclore dans ce rêve, elle dit : On s'est engueulés Max et moi en venant. Puis : On s'engueule tout le temps. À cause de quoi ? dit Louise. À propos de tout, dit Ève, des broutilles et des choses plus importantes, tout. Un vêtement pas rangé, les dîners, les amis de l'un que l'autre n'aime pas. Ses parents qui m'énervent. C'est partout la même chose, dit Louise. Je n'en doute pas, dit Ève. Mais je ne sais pas pourquoi, ces scènes m'affectent de plus en plus. Je vieillis ! Autrefois j'oubliais, désormais je me souviens de ce qui s'est dit, comme si nous savions mieux nous blesser. Nous nous connaissons bien, nous ne nous disons plus des choses méchantes et fausses, nous proférons des vérités bien discernées. Tous ces mots s'incrustent et s'emballent dans ma tête, une sarabande de chagrins, de désespoirs et de doutes, j'en viens à me demander si j'aime Max et, surtout, je n'ai plus de désir pour lui, je ne peux pas faire l'amour avec un homme qui a cette idée de moi, voilà l'effet que me font les disputes. Mélusine dit : Dis-toi que les scènes de ménage sont un langage de l'amour. Tu ne fais de scènes de ménage qu'à ton mari, réjouissez-vous de cette exclusivité ! Et puis, dit Louise, c'est plutôt drôle d'avoir dit J'appelle mon avocat ! en y croyant dur comme fer et d'être là dix ans après ! Non, dit Ève, les scènes me détruisent, parce que je découvre ce qu'il pense de moi. Et quand j'essaie de parler calmement, quand je ne dis pas ce que je pense, pour ménager l'atmosphère, ça ne ménage rien du tout : car les mots tirent des trains de mots, tous ceux que le passé a entendus. Chaque mot est devenu un collier de mots. Quand tu en prononces un, n'importe lequel, un petit anodin de rien du tout, les oreilles de l'autre entendent le collier entier, et il s'énerve pour un seul petit mot qui n'aurait rien fait s'il n'y avait pas le passé, toutes ces traces, des mots qui s'enfilent les uns derrière les autres. Sara dit : La cohabitation dans un espace clos d'un homme et d'une femme relève du miracle. Et si l'on se demande ce que c'est que l'amour, on a la réponse : c'est le miracle. Pourquoi dis-tu cela ? dit Marie. La solitude doit être pire que la cohabitation. Les deux sont pires ! dit Sara qui a l'expérience du célibat, du mariage et du divorce, et qui ne partage pas le même appartement que Tom parce qu'il ne le veut pas. En tout cas, dit-elle, vivre un amour avec un homme sans vivre avec lui est éprouvant. Je vous assure ! dit-elle. D'ailleurs on ne vit plus, on ne fait qu'attendre. Attendre que le téléphone sonne, que l'on convienne d'un rendez-vous, que l'on se retrouve. Attendre et rêver et craindre et pleurer, être seule. Je crois qu'une femme a besoin d'une maison avec un homme dedans ! dit Sara. Louise et Mélusine rirent. Mais pas n'importe quel homme ! dit Ève. Ève pensa : Elles ignorent ce que je vis avec Max, elles croient que ce sont les mêmes difficultés que celles des couples remplis d'amour. Et elle murmura, au bord des larmes à l'idée de la piètre qualité de cet amour conjugal : Je ne sais pas si Max et moi nous sommes remplis d'amour. Louise s'ébroua comme un petit oiseau gonfle son plumage. Remplis d'amour ! répéta-t-elle, sur un ton rigolard et dubitatif. Qui est certain d'être rempli d'amour ! Et qu'est-ce que ça veut dire ? Puis sérieusement elle dit : Qu'est-ce que c'est, aimer ? Tu le sais toi ? dit-elle à Ève. Tu es sûre de toi ? Tu ne doutes jamais ? Tu aimes, tu n'aimes pas, tu sais. Elle dit : Est-on jamais certain d'aimer ? Les autres, comment font-ils pour savoir ? Sont-ils certains que ce qu'ils font c'est aimer ? N'ont-ils jamais un doute, parce que par exemple ils ont besoin de l'autre ? Ils ont tant besoin de l'autre ! dit Louise. On a trop intérêt à aimer, dit-elle, s'agit-il bien d'amour ? Un vrai amour devrait être gratuit. Il devrait être tout entier pour l'autre, pour sa liberté,

176

pour sa vie. J'ai souvent pensé qu'une femme bien mariée pouvait donner cet amour-là à un deuxième homme, celui avec qui aucune vie ne peut plus être partagée. Tu veux dire un amant ? dit Mélusine. Pas forcément, dit Louise. Un homme qui pourrait être un amant, mais, dit-elle, on n'a pas forcément l'envie ou le temps d'avoir un amant et on peut néanmoins tomber amoureuse après son mariage... Dans ce cas, dit-elle, on a la chance de vivre un véritable amour, je veux dire un amour qui ne rapporte rien, qui n'exige rien, un simple sentiment. Elle dit : Je t'aime, je te veux du bien, et c'est tout. Tu crois que c'est possible un truc pareil ? demanda Ève. Où vas-tu chercher ces idées ! dit Mélusine. Elles me viennent naturellement ! dit Louise. Tu t'es toujours posé beaucoup de questions ! tu n'as jamais cessé de t'en poser ! Et c'est toi qui as raison, dit Mélusine, songeuse. Et elle murmura : C'est tellement inexplicable, ceux qui se contentent de vivre et ceux qui interrogent ce qui est.

J'ai beaucoup trop bu, dit Louise, je n'aurais pas dû, avec l'âge je ne le supporte plus. Elle était désolée d'avoir pris tout ce vin qui lui tournait la tête. On avait envie de boire pour être à l'unisson de la fête. Mais pourquoi la fête réclamait-elle l'alcool ? Mélusine dit : Pour s'exalter ! On n'a pas tellement de raison de rire autrement ! Elles avaient toutes des malheurs à oublier. Toutes sauf Marie. Ève se disputait avec son mari, Mélu ne savait pas quoi faire de sa vie, Louise n'avait pas d'enfant, Pénélope était seule, ... Ma parole, se disait Louise, il y a toujours quelque chose qui cloche. Est-ce que ça ne devenait pas une conversation de femmes vaguement grises ? Louise pensait : Aimer ? Être attiré irrésistiblement ? Être attiré longtemps ? Avoir envie de toucher ? Coucher avec ? Avoir des enfants avec ? Vivre avec ? Souffrir pour ? À quoi penses-tu ? dit Marie. Je cherche une définition du verbe aimer, dit Louise. Et elle répéta le cheminement de sa rêverie. Est-ce que c'est : Être attiré irrésistiblement ? Être attiré longtemps ? Avoir envie de toucher ? Coucher avec ? Avoir des enfants avec ? Vivre avec ? Souffrir pour ? Mélusine et Ève écoutaient, elles firent une place à Marie dans le triangle qu'elles formaient à une extrémité du buffet, à côté des petits pains au jambon qui n'avaient pas été mangés, et le triangle devint un cercle. Compter avec ? proposa Mélusine. Compter sur ? dit Ève. Ne pas lutter avec ? dit Ève. Être dans l'éblouissement ? dit Louise. Elles s'amusèrent quelques instants à cette idée de l'enchantement. Ne pas survivre à la mort de ? dit encore Louise. Attendre ? dit Marie. Ne faire qu'attendre ? dit Louise. Vouloir l'amour de ? dit Ève. Vouloir le bien de ? dit Marie. S'oublier ? dit Mélusine. Sortir de soi, dit Marie. Oui, murmura Louise, se déprendre de soi-même, c'est une belle définition. Sa tristesse la rendait douce, chuchotante et circonspecte comme la faune invisible d'une forêt. Et alors, dit-elle en égrenant un rire minuscule, sommes-nous aimantes ?! Elle se posait la question à elle-même. Mais Marie dit : Moi je me sens très aimante. Bien ! fit Louise. Puis Louise dit : Moi non. Mélusine dit : Je ne sais pas. Ève ne disait rien et pensait : Évidemment non. Bon, dit Louise, qui veut un verre de vin ? Moi, dit Mélusine. Tu ne crois pas que tu en as eu assez ? s'inquiéta Louise, c'est pas du bon pinard tu vas être malade. Je m'en fous, dit Mélusine, je serai malade, et après ? Je me coucherai. Qu'est-ce que j'ai à faire avec mes journées ? Rien du tout, dit-elle. Personne ne m'attend, même pas moi-même ! C'est trop tard. Tout est trop tard. Elle dit : Je bois, je suis une femme alcoolique, je ne m'en cache plus, je préfère le dire plutôt que surprendre les gens qui parlent dans mon dos, mais c'est accepté, je ne ferai pas l'effort de changer, je ne me corrigerai pas, j'ai toujours trop obéi, cela ne m'a pas réussi. Tu n'aimes pas Guillaume ? demanda Marie à Louise. Pas comme on peut, dit Louise. Comment le sais-tu ? dit Marie. Je le sais, dit Louise. J'essaie de l'oublier, je fais semblant de ne pas le savoir, mais une part de moi-même le sait. Pourquoi tu ne l'aimes pas ? dit Marie. Tu sais ce que ça coûte d'aimer un mari ? ! dit Louise. Non, dit Marie. Cher, dit Louise, très cher. Elle regarda Marie et elle dit : Ça te coûte ta vie. Marie resta muette un moment, vaillante mais torpillée, parce qu'elle donnait sa vie. Puis elle répondit à Louise : Il nous faut toujours la donner à quelqu'un.

# IV
# AU PLUS FORT DE LA FÊTE

# 1

À la tablée des femmes, il manquait encore Blanche. Ses amies parlaient d'elle. Parce qu'il y avait des choses à dire. Blanche ne resplendissait pas d'un de ces bonheurs qui ne se commentent pas. On a beau croire le contraire, la joie se partage moins que le malheur. Elles parlaient. On pouvait se demander s'il s'agissait bien d'amies. Ève était la plus gourmande de secrets et d'aveux, méchante parce qu'elle était malheureuse. Le divorce de Blanche lui rendait plus léger son désamour conjugal : après tout elle était encore mariée et conforme, rien n'était perdu. Elle disait donc : Je n'ai pas vu Blanche une seule fois depuis qu'elle divorce, est-ce qu'elle va bien ? Elle avait l'air de s'en inquiéter alors qu'elle s'en moquait. Il y a comme cela des femmes qui sourient quand elles mordent. Elle entendait porter la conversation sur cette rupture. Seule Louise fut capable de déceler cette hypocrisie. Elle travaille beaucoup, dit Mélusine. Louise se mordit les lèvres : voilà, c'était gagné, Ève avait ce qu'elle voulait. Cette manie de parler des autres lorsqu'ils sont absents ne quitte personne : toutes enchaînaient sans se faire prier. Blanche divorçait, et la fin d'un amour fait parler. Les amis sont troublés, les liens sont transformés, des préférences se révèlent, l'un ou l'autre des conjoints est abandonné, des torts et des excuses sont attribués. L'amitié a ses avis. Et ses miroirs. Quels amis, marqués par les malheurs conjugaux d'un autre, ne se demandent pas à quoi ressemble leur propre histoire amoureuse ? Par quoi tient-elle ? Risquerait-elle de mal tourner aussi ? Il s'agissait alors d'estimer la relation amoureuse dans laquelle on se trouvait. Comme une mort nous rappelait que personne n'était immortel, la fin d'un amour réfléchissait toutes les amours : les fragilités, les pressentiments d'échec, les vœux d'éternité, les difficultés. Oui, c'était pour chacun l'ordalie de l'amour des autres. Il y avait une communauté des amants séparés comme il en est une des amants, et un amour défunt pouvait réfuter tous les autres.

Elles parlaient donc de l'amie absente et divorcée, et, même si elles étaient sans méchanceté, Blanche aurait été blessée de les entendre. Parce que les mots réduisaient en bouillie ce qu'ils touchaient : la longue ferveur de Blanche, son épiphanie tant d'années auparavant, et cet évanouissement imprévisible d'un sentiment très apparent. C'était un couple que je citais toujours en exemple. Personne n'aurait pu deviner. Oui quelle surprise ! Et comment est-elle ? Pas si mal. Je la trouve courageuse. Évidemment qu'elle supporte bien son divorce puisqu'elle l'a tellement voulu...

Les paroles ont une brutalité, quelque chose de fatidique et de cruel. Cela paraît bien étrange si l'on songe que penser est plus profond que dire. Il faut croire que l'on s'y habitue puisqu'elles ne s'arrêtaient pas de parler : On peut vouloir divorcer et en souffrir. On peut savoir que c'est le mieux mais avoir du mal à le traverser. Et sa fille ? Pour les enfants, c'est toujours un malheur. Je crois qu'elle le prend assez mal. C'est une gamine qui adorait son père. C'est lui qui va le plus mal dans cette histoire. Je me demande toujours, dit Marie, comment deux personnes qui se sont aimées sont ensuite capables de vivre l'une sans l'autre. Rien n'est éternel ! dit Ève en plaisantant. J'en viens à douter qu'elles se soient jamais aimées, dit Marie. Et Marie répète : Ce qui finit n'est pas de l'amour. Les gens croient qu'ils s'aiment et font erreur. Est-ce que ça n'est pas très radical ? sourit Louise. On change, dit-elle, et on ne change pas forcément ensemble, et puis la vie réserve des surprises, la vie ne donne pas tout. Louise savait de quoi elle parlait : elle avait été quittée parce qu'elle était stérile. Il peut arriver que la séparation soit inévitable. Gilles ne l'a pas voulue, il a tout fait pour l'empêcher. Il aime encore Blanche. Il aime surtout sa fille. Louise dit : Savez-vous ce qu'il m'a confié ? Non, dirent les autres, quoi ? Cela m'a semblé si beau, chuchota Louise, il m'a dit comme ça, en murmurant : Je crois que je suis incapable de quitter une femme. Tu le connais si bien que ça ? Non pas si bien, dit Louise, mais il avait vu que j'étais malheureuse et nous avons bavardé tous les deux, il n'y a pas longtemps, un jour, ici, au bar. Pourquoi étais-tu malheureuse ? dit Ève. Devine, dit Louise. Elle n'arrivait pas à trouver une phrase pour dire sa déveine. Elle n'était pas capable d'articuler : Je suis stérile. Que c'était laid ! Et cette phrase Je ne peux pas avoir d'enfant, il y avait le mot Enfant, et aussitôt, le prononçant, elle se mettait à pleurer. Jamais elle n'aurait cru que les mots pouvaient ainsi s'arrêter dans sa gorge. Leur son s'amuïssait dans les choses qu'ils signifiaient et qui manquaient. Elle resta muette devant Ève. Et d'ailleurs cela valait mieux. Si elle avait parlé, ce n'aurait été que pour se mettre en colère et crier : Tu te souviens que je n'arrive pas à faire un enfant ! Mais non je ne vois pas, disait l'autre. Eh bien réfléchis, lui dit Mélusine. Ève se renfrogna. Un silence était tombé. Pourquoi Louise est-elle triste ? répéta-t-elle à Marie à voix basse. Tu sais bien qu'elle n'arrive pas à être enceinte, dit Marie. On peut comprendre qu'elle soit désespérée. Mais si tu n'en as pas eu, tu ne sais pas ce que tu manques, dit Ève. Ce doit être facile de l'imaginer, dit Marie. Ève ne disait plus rien. Non ? dit Marie. J'ignorais que c'était si important pour elle, dit Ève. Ça l'était, dit Marie, et ça l'est encore, elle n'a pas renoncé. Non la compassion n'était pas le fort d'Ève. Moi je comprends qu'il puisse dire cela, reprit Marie. Elle revenait à cette fameuse phrase : Je crois que je suis incapable de quitter une femme. Je n'imagine pas de me séparer de Jean, cela me serait impossible, dit-elle. On croit cela, dit Sara, mais on y parvient quand tout est gâché. Je ne vois pas comment on n'en est pas déchiré, dit Marie. On l'est, dit Sara, mais on part tout de même. J'ai l'impression, dit Marie, que je pourrais le vouloir, dire que je vais le faire, mais que je serais incapable de commencer un geste. Sortir des valises ! Ranger des affaires ! Partager des livres ! Comment peut-on supporter de faire tout cela ? ! On le fait, dit Sara, on le fait parce qu'il n'y a plus rien de mieux. C'est comme trier les affaires d'un défunt, dit Ève, ce doit être horrible et pourtant il faut bien s'y mettre. Marie tomba dans une rêverie. Elle sentait combien sa position était délicate, avec son bel amour partagé elle blessait toujours les cœurs accidentés. Et cependant elle dit : Et comment font-ils ensuite pour aimer à nouveau ? Comment s'y prennent-ils puisqu'ils n'ont pas d'autres mots ? et que les gestes sont les mêmes... Que tu es compliquée ! dit Ève. Elle est romantique, dit Mélusine, je peux comprendre, je suis comme elle. Et amoureuse ! dit Louise.

Blanche montait les escaliers qui menaient à la salle de restaurant. Les femmes venaient de se servir en dessert. Il y avait toutes sortes de tartes aux fruits et elles faisaient des mines parce que ces pâtisseries les feraient grossir. Blanche entendit leurs rires tandis que sa main suivait l'incurvation de la rampe. Inconsciemment elle marqua une pause, comme si elle prenait son souffle avant d'affronter ce monde bruissant des amies que l'on a, et qui parlent forcément beaucoup quand on les rencontre, puisque en somme on est là pour cela, parler, savoir que tous nous sommes dans la même éternité provisoire et la même difficulté d'être, et que nous attendons l'amour, l'éblouissement des caresses, la dévotion d'un autre et les rires d'une complicité. Qui serait là ce soir ? pensa Blanche. Elle ne se rappelait plus ce qu'avait dit Sara. Elle n'avait pas envie de rencontrer ces malveillants qui s'inquiètent de votre peine pour s'en réjouir. Blanche n'était pas sûre que toutes parmi ces femmes fussent des amies (ou plutôt, elle savait que toutes n'en étaient pas). Elle se faisait violence pour aller à cette fête, s'interdisant de se laisser aller, comme elle s'était interdit de rester dans ce mariage du moment qu'elle avait imaginé une seule fois d'en partir.

D'où elles étaient assises, elles virent surgir ses cheveux roux, sa tête, et son buste ; puis son corps entier se silhouetta dans la pénombre au sommet des marches. C'était une femme de taille moyenne, assez large mais qui avait une allure, avec sa belle poitrine et un visage d'une finesse angélique. Une Slave, disaient ceux qui connaissaient ses ascendances polonaises, avec la volonté en plus du charme. Elle était essoufflée de se dépêcher maintenant d'arriver (ce pourquoi elle n'avait pas allumé la lumière). Sa journée avait été harassante – toutes sortes d'enfants qui pleurnichaient, et des mères amenant des bébés alors qu'elle leur avait cent fois demandé de laisser ce jour aux enfants scolarisés –, elle s'était même emportée contre une maman dont le fils bavait sur la moquette neuve du bureau. Son visage était gonflé sous les yeux et son teint gris comme celui des grands fumeurs. Elle ne fumait pas mais manquait de sommeil. Néanmoins elle avait tenu à être présente ce soir. L'idée que l'on pût penser qu'elle ne se montrait plus à cause de son divorce et que l'on en parlât lui était déplaisante (même si c'était bien ce qu'elle aurait voulu faire : travailler le jour et se calfeutrer le soir chez elle avec sa fille). Mais elle s'était réjouie de cette fête avant de ressentir cette fatigue. Elle avait eu souvent envie de venir au club et n'en avait rien fait de crainte d'y rencontrer Gilles. C'était ce soir une occasion, il ne viendrait pas, elle savait qu'il avait un rendez-vous avec une femme.

Il le lui avait dit. Il lui avait tout dit. L'image rouge et le sourire, le coup de foudre, ces nuages électriques, la somme de regards, le doute, le malheur qu'il existât un mari, l'invitation, l'acquiescement, le brûlant désir, le sentiment étrange que tout cela est partagé, le rendez-vous fixé, l'attente, l'attente. Tout même un prénom. Elle s'appelle Pauline. Pourquoi avait-il eu besoin de lui mettre un prénom dans l'esprit ? déplora-t-elle. Blanche n'appréciait pas du tout les hommes bavards. Elle aimait que l'on gardât un secret d'amour. Et d'ordinaire Gilles couvait les secrets. C'était même pour cela qu'elle l'avait épousé. Il fallait qu'il fût bien amoureux et perdu pour tout livrer comme cela... Elle s'appelle Pauline... Par malchance il y a des phrases que l'on ne peut pas ne pas entendre, et qui demeurent. Que répondre ? Blanche avait dit : C'est joli. Mais il avait déjà repris son fil de souci et d'attente. Crois-tu qu'elle viendra ? avait-il demandé à celle qui avait été son épouse, et sans prendre garde à l'incongruité subtile de cette question. C'était si étrange pour elle cette nouvelle intimité, si inexplicablement douloureux de voir son propre mari amoureux d'une autre. On se sépare deux fois, elle l'avait pensé, une première fois

quand l'amour est mort, une seconde quand un sentiment renaît. Le premier qui aime à nouveau poignarde
l'autre déjà abattu, et pourtant ce n'est pas forcément
une guerre. Les gens qu'on aime sont aussi ceux qui
nous torturent, pensait Blanche André. Elle y revenait
fréquemment au spectacle des mères et des enfants.
Les sentiments étaient nos couronnes d'épines. Crois-
tu qu'elle viendra ? répétait-il, parce qu'il n'y avait pour
lui plus rien que cette question. Comment puis-je le
savoir ? avait-elle répondu. Il l'agaçait de la faire souffrir sans réfléchir. Et elle pouvait savoir, à cause des
doutes qui assaillaient Gilles, qu'il était non pas dans
une galanterie mais bien dans une passion. En somme
elle découvrait que Pauline était aimée, tandis que Pauline l'ignorait parce qu'elle commençait à aimer. Tu es
une femme, tu sais ce que font les femmes, continuait
Gilles. Elle avait protesté : Toutes les femmes ne font
pas la même chose ! Et alors elle avait eu cette phrase
qui était une critique masquée, elle avait dit : Je n'aurais pas accepté le rendez-vous. Elle avait dit cela alors
qu'elle n'en savait rien, alors même qu'elle trouvait
romantique et enviable d'être submergée par le désir,
et de sombrer dans une aventure sans prendre garde
à rien. Mais elle n'avait pu résister à l'envie d'égratigner
cette femme qu'elle ne connaissait pas. Comme c'était
mesquin ! Et se disant : Je suis capable de juger cela
mesquin mais pas de m'en abstenir... Question de féminité. Oui, elle était bien femme en cela : jalouse, com-
pétitive. D'ailleurs Gilles aimait les femmes excessivement féminines, jusque dans le mauvais sens du terme.
Et quel âge a-t-elle cette Pauline ? avait-elle fini par
demander. Parce qu'elle voulait le savoir et qu'il ne le
disait pas.

Blanche ! s'exclama Ève en se levant de sa chaise.
Nous commencions à croire que tu ne viendrais plus.

Je n'ai eu que des urgences qui décalaient mes rendez-vous, dit Blanche. Et tu es fatiguée, dit Marie avec douceur, pourquoi n'es-tu pas allée te coucher ? Cela me faisait plaisir de venir, dit Blanche. Elle allait ajouter Je ne vois plus personne, mais se retint de le dire, elle aurait pu se mettre à pleurer, elle était si fatiguée qu'un rien risquait de la faire pleurer. Ses yeux firent le tour de la tablée. Tout le monde est là sauf Pauline dont je voulais que tu fasses la connaissance, précisa Mélusine. Oui je sais, dit Blanche qui pensait à Gilles. Tu sais où elle est ? dit Louise. Qui ça ? dit Blanche. Pauline ! dit Louise. Ah non ! je ne sais pas, pardon ! je pensais que tu m'avais dit Gilles n'est pas là. Lui je sais où il est, dit Blanche. Et à cet instant il était possible qu'une part inconsciente d'elle-même eût déjà fait le lien, et qu'elle sût plus parfaitement que jamais *voir* son mari et cette Pauline. Louise pensa aussitôt : Blanche est venue parce qu'elle était certaine de ne pas rencontrer Gilles. Et Mélusine dit tout à coup : C'est étrange, Pauline ne manque jamais une fête de cette sorte. Peut-être alors à ce moment une part secrète de Blanche avait-elle compris que Pauline, entrevue au club et à l'école, était l'ensorceleuse. D'ailleurs la part secrète lui souffla cette question complémentaire : Marc est-il absent lui aussi ? Non, dit Ève, il regarde la boxe avec les autres. Ton mari aussi adore la boxe ? dit Ève. Oui, dit Blanche. Comme elle souffrait d'entendre ces mots ! Ton mari. Il serait toujours son mari. Il se passerait beaucoup de temps avant qu'une autre sût à quel point un match de boxe peut le mettre en joie. Les moments de cette joie étaient ineffaçables. On va se faire un plateau et tu verras le match avec moi et je rangerai tout, tu n'auras rien à faire. Mais elle avait bel et bien renoncé à ce bonheur douillet d'être accompagnée dans la vie. C'était un confort pour une femme d'avoir un homme à son côté, au moment de sortir et d'affronter le monde, on ne le disait pas assez, être deux en face des autres, les femmes et les hommes, et dans les labyrinthes de la ville. Elle n'était pas certaine d'être douée pour vivre seule. Elle avait su autrefois se déplacer, organiser, elle avait l'âge pour cela, elle savait que c'était seulement pour un temps. La pensée de Blanche ne s'arrêtait pas un instant. Un manège s'était emballé dans sa tête, Gilles, Blanche, Sarah, des moments, une femme mystérieuse, la solitude, tout cela lui barattait l'esprit sans lui laisser de répit. En consultation, à son cabinet, le tourment s'interrompait, puisqu'elle s'occupait des autres. Mais là à table au milieu de ses amies, elle était très agitée. Allez, lui dit Louise, bois un verre, mange quelque chose. L'émoi avait rosi les joues de Blanche. Sa main droite tripotait compulsivement un morceau de pain. Sans que personne eût rien demandé, elle dit : Gilles avait un rendez-vous. De qui parlez-vous ? dit Mélusine qui n'avait pas suivi la conversation. De mon futur ex-mari, dit Blanche en essayant de sourire. Être trompée, cesser d'aimer (ou le croire), ne plus supporter la vie commune, se séparer, dire que l'on se sépare, divorcer, être divorcée, rien de tout cela n'était passé sur elle sans la briser. Elle ne s'était aperçue de rien. Longtemps on croit que l'on ne s'use pas. Elle avait pensé vraiment rester la même, le sourire au monde, l'élan pour désirer, la curiosité, elle avait pensé que tout cela était inaltérable, que c'était un tempérament, un don qui ne se reprend pas. Est-ce qu'un tempérament se perd ? Elle avait découvert qu'il se fatigue, s'émousse contre les ombres. Oh comme elle avait changé ! La tristesse était venue l'habiter. Qu'est-ce que je suis maintenant ? pensait-elle. Rien n'était plus idiot que cette question ! On aurait dit qu'elle n'avait jamais été que la femme de Gilles et seulement cela. Et pourtant elle avait toujours été plus que cela, elle avait eu une vie personnelle, en plus de la vie à deux, et toute cette vie n'était pas brisée. Elle avait un métier passionnant qu'elle aimait. Mais non, il semblait que désormais plus rien ne l'intéressât. Un homme ne ferait jamais cela, pensat-elle, un homme se concentrerait sur sa carrière et son métier. Mais voilà, elle n'était pas un homme... évidemment. Elle était atteinte dans sa force vitale. Elle se répéta pour la centième fois : Personne n'est mort. Mais c'était une phrase de Gilles. Ce devait être une consolation, un appel à une sagesse. Ça ne marchait décidément plus. Un sentiment était mort. Blanche pensa : Voilà pourquoi ça ne marchait plus, non seulement cela lui rappelait Gilles, mais en plus ça n'était pas vrai. Ses yeux étaient déjà pleins de larmes. Elle était si fatiguée ! Gilles n'est pas avec les autres ? dit Mélusine, bien trop ivre pour enregistrer quoi que ce fût. Je croyais qu'il était là-bas. Moi je pensais qu'il n'était pas venu pour éviter de te rencontrer, dit Ève. Non, il n'est pas allé regarder le match. Il n'aime pas la boxe ? Mais si il adore ça. Et alors ? Alors, il doit préférer son rendez-vous !

Les autres parlaient. Les autres ne s'arrêtaient pas de parler. Blanche pensait : Je n'aurais pas dû venir, je n'en suis pas capable. Les autres étaient brutales. S'il m'avait quittée, les choses auraient été différentes, se dit-elle. Elles auraient deviné que j'étais malheureuse. Tandis que là elles n'y songent pas. Elles pensent que j'ai fait un choix et que je vais refaire ma vie. Et cependant, Blanche le savait bien, sa décision n'était que la surface d'un phénomène plus large dont elle n'était pas l'instigatrice ; la rupture ne se ramenait pas à l'énonciation de la rupture, les remous étaient profonds et cachés. Celui qui prononce la décision n'est pas toujours celui qui a décidé. Parler n'était pas si grave et irrémédiable que piétiner en silence, que bafouer et déserter sans dire un mot. Il y aurait de quoi hurler, pourquoi ne pouvait-on faire la part des torts et des ombres ? Pourquoi ? Pourquoi fallait-il qu'il ne lui restât de l'amour que la trahison et les ténèbres, que la solitude empoisonnée qui poursuit les deux cœurs séparés d'un couple défunt ? Et voilà ! le manège des pensées s'était enfin arrêté : Blanche pleurait.

Blanche s'abandonnait. Les autres lui passaient des serviettes en papier tout en cherchant des paroles apaisantes. Il était temps d'être délicat et de se taire... Louise l'avait prise à demi dans ses bras. Ne pleure pas, murmurait-elle, et sa voix tremblait d'émotion. Tu aimes Gilles, dit Marie qui décidément ne pouvait se résoudre à la fin d'un couple. Ne lui dis pas ça, chuchota Mélusine, tu n'en sais rien, et si c'est vrai elle le découvrira toute seule. Je suis sûre que c'est vrai, dit Marie, elle ne se mettrait pas dans cet état si elle ne l'aimait plus. Oh ! si, dit Mélusine. Crois-tu que la désunion ne fasse pas souffrir ? Crois-tu qu'elle ne compromette pas l'avenir amoureux tout entier ? Souvent je me dis que tout prête à pleurer si on ose, murmura Mélusine, le bonheur autant que le malheur, l'union et la rupture, l'amour et le désamour. Les larmes sont notre lot, et la finitude de toute chose, on ne s'y fait jamais. J'ai vécu cela toute ma vie, dit Mélusine. Mais toi tu pleures tout le temps ! dit Marie. Et elle était gênée, parce qu'elle voyait bien que Mélusine était saoule.

Louise avait installé son bras autour des épaules de Blanche, Ève et Sara cherchaient le café et les tasses, Mélusine et Marie débarrassaient un peu la table. Le serveur était parti depuis longtemps. Je me sens si ridicule, dit Blanche. Tu ne l'es pas, dit Louise. Si tu savais pourquoi je pleure... dit Blanche. Pourquoi ? murmura Louise. Je pleure à l'idée qu'il en aime une autre ! dit Blanche. Comme si j'avais pu croire que ça n'arriverait jamais ! Comme si c'était interdit ou impossible. Comment sais-tu qu'il en aime une autre ? dit Louise. Il me l'a dit, dit Blanche. Louise pensa : Encore un qui manquait de finesse. Elle avait toujours pensé pourtant que Gilles était subtil. Il est envoûté, dit Blanche. Envoûté, envoûté, qu'est-ce que ça veut dire ?! grognonna Louise en souriant. Mais elle était troublée à l'idée que ce pût être vrai. Il est amoureux, dit Blanche. Et alors ? tant mieux ! tu voulais qu'il te laisse un peu tranquille, toi aussi tu seras amoureuse, dit Louise qui changeait d'argument. Blanche fit une moue dubitative. Elle dit : Il l'a vue à l'école, un coup de foudre, il s'est mis à accompagner Sarah en classe tous les matins. Il se console de t'avoir perdue, dit Louise. Non, dit Blanche, ce n'est pas du tout cela, il l'a dans la peau, c'est physique. Même si nous avions encore été amants, il l'aurait aimée, dit Blanche. Et à cette idée elle enfouit son visage dans ses mains et se remit à pleurer. Ça, tu ne peux pas le savoir, dit Louise. Et elle, qu'est-ce qu'elle fait ? Est-ce qu'elle l'aime ? dit Louise qui marchait sur des œufs. Il t'a dit quelque chose ? Blanche hocha négativement la tête. Il a l'air malheureux, dit Blanche, elle est mariée. Quel imbroglio, pensait Louise. Elle s'appelle Pauline, dit Blanche. Tiens c'est marrant, pensa Louise sans rien dire.

Les larmes avaient fini. Blanche buvait son café. Dans sa tête il n'y avait que son époux. Jamais il n'avait été si présent en elle qu'à ce moment. Comme c'était étrange. Elle comprenait de mieux en mieux les couples qui divorçaient puis se remariaient. En fait cette idée taillait sa route dans la tête de Blanche André. Elle éprouvait un impérieux besoin de se recueillir autour de cette intention, et de penser à son mari à travers les traits qu'elle avait aimés. Gilles était un amant. Il était drôle. Son regard faisait ouvrir les chrysalides, sous ses yeux elle s'était sentie belle. Il ne s'emportait jamais : il riait. Elle pensait comme une amoureuse. Elle avait voulu démentir cette union parce qu'il y avait quelque chose d'insoutenable dans l'idée d'être unie sans retour à un homme. Et parce qu'elle était lasse, jalouse avec raison, et furieuse de ce qu'il menât la vie qu'il voulait pendant qu'elle faisait ce qu'il refusait de faire. Mais tout cela était si misérable à côté d'un amour. Ses récriminations ! comme elles lui semblaient stupides désormais. J'ai tout gâché, pensa-t-elle.

Pendant ce temps, Sara disait à Ève : Ce qu'il lui faudrait, c'est un amant. Et Marie protestait : Vous verrez qu'elle retournera avec son Gilles. Arrêtez de vous mêler de ce qui ne vous regarde pas ! dit Mélusine. Puis, debout, tremblante, laissant tinter sa tasse de café sur la soucoupe, et le cou rougissant de se contracter pour parler, elle s'écria : Rien de plus opaque qu'un couple vu de l'extérieur ! Nul ne sait qui reste avec qui et pourquoi, et comment ça casse et comment ça tient, ni qui est heureux et qui ne l'est pas, qui fait l'amour et qui ne le fait plus... Mieux vaut se taire. Blanche avait souri en entendant Mélusine. Elle pensa : Même de l'intérieur on ne sait pas ce que l'on est en train de vivre, à quel moment on commence à se perdre. À quoi pensait Gilles à ce moment précis ? se demanda-t-elle. Comment pouvait-il ne pas entendre en lui l'écho de sa douleur à elle ? Comment pouvait-il sourire et plaire à une autre femme ? Elle sentit sa poitrine crever de chagrin à cette pensée. Mais elle ne pouvait pas se remettre encore à pleurer, ses amies se lasseraient de la consoler, elle n'aurait plus qu'à partir. Blanche se redressa, prit son verre de vin dans la main, et commença à parler de choses et d'autres qui avaient fait sa journée, d'une exposition qu'elle était allée voir, de la vie pleine de détails. Et ce qui la tenait droite, ce qui étirait son sourire, était caché au-dedans, et ce n'était qu'une idée, une résolution incroyable : elle irait reconquérir Gilles. Elle songea à cette singulière renaissance de son amour dans l'amour d'une autre. Avait-on tellement besoin que le monde vous désignât un objet à aimer ? Fallait-il à une femme l'avis d'une autre sur un homme pour savoir l'élire ? ! On est si seul, pensa-t-elle, si seul pour penser, choisir, se tromper, avoir raison. N'était-il pas naturel parfois de vouloir être rassurée ? Peut-être lui fallait-il le regard d'une autre pour retrouver le sien ? Je suis faible, pensa Blanche, je suis influençable, je ne sais pas ce que je veux, je n'ai jamais été sûre de ce que je voulais, et Sarah sera heureuse, et pensant tout cela son visage s'était restauré dans le sourire. Je suis contente que tu ailles mieux, dit Louise. Oui, murmura Blanche, j'ai eu un coup de barre. Et au-dedans le manège avait repris : Il faut que j'appelle Gilles ce soir. Que fait-il ? Où peut-il être allé ? Où a-t-il emmené cette femme ? Va-t-il rentrer chez lui ? Elle se disait avec soulagement qu'il serait forcé de rentrer puisque cette femme était mariée. À quelle heure va-t-il rentrer ? Elle avait déjà effacé la femme à qui il souriait. Et elle avait hâte de rentrer chez elle et de téléphoner chez lui.

2

Il marchait à côté d'une robe jaune. Il souriait et plaisait à une autre femme. Et cette femme avait à ce moment l'air ennuyé de ne pas pouvoir lui donner ce qu'elle croyait qu'il voulait. La proximité physique. Il en avait soudain un grand appétit. De temps à autre il s'arrêtait et se plantait devant elle : il lui murmurait alors une chose, comme si celle-là avait été plus importante que ce qu'il disait l'instant d'avant et qu'il fallût interrompre la marche pour la lui confier. C'était souvent une question qu'il posait. Il s'approchait, la texture de sa voix devenait plus feutrée, ses yeux se concentraient sur sa compagne. Il était devant elle une puissance masculine. Il dansait autour d'elle. C'était peut-être imperceptible de l'extérieur, mais Pauline sentait la force qui le poussait. Il s'approchait tout près, elle avait beau se reculer, il revenait comme par enchantement. Elle avait le sentiment de se sauver. À ce moment un intense désir de la toucher le tenait. Ses mains auraient pu saisir le visage, les cheveux, et forcer ce refus à l'embrasser. Il se retenait. Mais la force en lui était si vivace qu'il arrivait à ses mains de s'avancer. Il les arrêtait à la hauteur de ses yeux : quand il les apercevait. Elle voyait bien ce manège des mains trop vivantes. Elle restait devant ce fiévreux compagnon, figée dans une stupeur qu'il n'imaginait pas, exaltée de causer pareil élan et effrayée d'y faire face. Tandis que lui pensait : Elle est étrange, on dirait qu'elle laisse faire, qu'elle attend de voir. Est-ce qu'elle jouait ? Il n'était soudain plus certain de la réponse. Il n'était plus certain de rien. À table il avait vraiment pensé lui plaire. L'attirer physiquement même. Tandis que maintenant... il ne savait plus. Alors il recommençait à marcher, perplexe devant cette sauvagerie. Plus tard il dirait : Je sentais que vous n'étiez pas prête. Pourquoi ?

Non, elle n'était décidément pas prête à se tenir trop près de lui. Malgré le désir, elle n'était pas capable d'accepter l'intimité et l'audace. En somme elle craignait bien moins les mots que les gestes. En dépit du frémissement que soulevait la voix d'alcôve, elle n'aurait pu ni l'embrasser, ni se dévoiler et l'aimer. Tandis que lui aurait été capable sur-le-champ de la serrer dans ses bras et d'être son amant. Elle se trouvait devant lui, troublée, mais sans se représenter une seule image d'amour. Imaginer qu'elle pût s'en aller dans la danse immémoriale, et ensuite, à côté de cet inconnu, en faire disparaître les traces, se rhabiller, rentrer chez elle dans la fausse innocence des choses effacées, et peut-être mentir ! Le moindre geste eût été impossible. Elle était dans un rêve. Il ne s'agissait pas d'agir. De quoi s'agissait-il en somme ? se demanda Pauline Arnoult. Elle pensa : De galanterie. Et elle se désapprouva de minauder à ce point devant cet homme. Ce spectacle d'elle-même vue de l'extérieur lui faisait honte. Tout lui faisait honte. Depuis le début tout avait été ridicule, tout n'avait été que feintes et ricanements pour camoufler le simple instinct qui les commandait.

Mais l'instinct n'avait pas gagné. La voix du dedans disait : Plus tard. Et cela repoussait au loin les choses concrètes, pour ne laisser que l'envoûtement de la voix, l'affinité, le rire, tout cela qui avivait l'exaltation de séduire, l'enjouement d'être regardée. Elle n'était pas en cela une jeune fille, au contraire : justement parce qu'elle savait les formes impétueuses et précises que prenait à la fin le désir, elle s'en défendait. Elle se sentait divisée : habitée par une vive passion, enchantée par la griserie de plaire à cet homme, mais se refusant aux gestes réels. Comme si son désir avait été chimérique. Il ne l'était pourtant pas, mais il réclamait un apprêt, un temps de cour galante, une familiarisation avec l'étrangeté de l'autre. (Je sentais que vous n'étiez pas prête. Pourquoi ?) À cet instant il lui semblait inconcevable d'être un jour transparente à cet homme, et cependant elle le serait : prête et ardente.

Il y avait aussi l'enfant. Elle le sentait bouger. Pouvait-on, impunément et sans le sentiment lourd d'une faute, coucher son ventre et l'enfant d'un autre contre un étranger ? À cette idée Pauline Arnoult cessa de sourire. Il voyait bien qu'elle avait un souci et se demandait lequel. Mais il n'aurait pas su comprendre quel combat se livrait entre la faute et l'innocence, ni comment elle imaginait que s'opposaient sans se réconcilier le délice de plaire et la pureté due à l'enfant à naître. Allez-vous bien ? demanda la voix d'alcôve. Voulez-vous rentrer ? Elle n'avait pas entendu qu'il lui parlait. Vous êtes fatiguée, dit-il comme si soudain il y pensait. Et de fait il songeait seulement maintenant à cette grossesse invisible qu'il avait oubliée. Je suis impardonnable, dit-il, je vous fais marcher alors que vous devez être lasse. Elle l'assura qu'il n'en était rien, insista pour ne pas s'arrêter et continuer. Et comme elle avait pour dire cela un joli visage outragé et têtu, il la jugea exquise. Oh oui ! elle était adorable. Il le lui dit : Adorable Pauline ! Mais elle n'entendit rien, perdue dans son désir et le refoulement de son désir. Une angoisse enflait : elle se sentait entraînée dans cet amour secret, il était trop tard pour reculer, ils avançaient, ils avançaient à toute vitesse, elle avait déjà besoin de cette présence, et ils seraient séparés, et elle souffrirait. Alors il sentit bien que quelque chose décidément n'allait pas. Et il pensa au mari. Nous devrions aller à cette soirée, dit-il brusquement en s'arrêtant de marcher. Je ne devrais pas vous accaparer. Ils peuvent parler de vous, de moi, se demander ce que nous sommes en train de faire l'un et l'autre. Ils devineront peut-être même que nous sommes ensemble. Et que dirait votre mari s'il le croyait ? Elle répondit simplement : Pourquoi le devineraient-ils ? Il n'y a aucune raison. Elle frémissait de la complicité qu'instaurait entre eux l'évocation de ce mensonge. Tant de familiarité à cause d'un secret ! Vous avez raison, dit-il, oubliant qu'il avait très imprudemment parlé à sa femme. Mais tout de même... Je crois que nous devrions y aller, chacun de notre côté, dit-il. Elle murmura en rougissant : Je ne sais pas si c'est une bonne idée, je ne suis pas douée pour cacher la vérité. Il rit et dit : C'est ce que disent les grands menteurs. Elle croyait elle aussi que c'était juste et que, sans se l'avouer, elle mentait peu mais sans erreur. Pourtant elle répéta : Non, je vous assure, ce n'est pas une bonne idée. Si, dit-il, c'est une très bonne idée, vous irez la première, comme si vous arriviez d'un dîner qui s'est fini tôt. Et si je rougis en vous voyant ? dit-elle. Vous ne rougirez pas. Parce que vous êtes la seule à savoir et que vous n'en doutez pas. Soyez sûre que seuls vous et moi savons ce qui s'est passé ce soir, et vous ne vous troublerez pas, dit-il avec la fermeté de sa volonté. Elle dit : Votre femme ne risque-t-elle pas d'être là ? Je n'en sais rien, dit-il, mais je ne le pense pas, elle ne sort pas beaucoup depuis notre divorce. Cela vous ennuierait de la rencontrer ? demanda-t-elle. Elle avait une incompréhensible envie de parler de sa femme. Pas depuis que je vous connais, dit la voix d'alcôve. Le ton de cette voix-là était si feutré, si suave, qu'elle manqua une fois encore lui dire qu'il exagérait. Mais elle aimait qu'il allât si loin dans l'apparente dévotion, et peut-être savait-il qu'elle serait prise dans ce filet de murmures et de douceur. Allez ! dit-il, comme s'il lui fallait s'en convaincre aussi, lui que hantait le rêve d'éblouissements dans une chambre secrète. C'est une très bonne idée, allons au club ! Elle sourit. Le croyez-vous vraiment ? ! dit-elle. Elle sentit qu'elle n'aurait pas dû poser cette question. À quoi cela mènerait-il ? Elle se mettait en danger toute seule. Et, en effet, il s'arrêta de marcher, l'attrapa par le bras et lui perçant les yeux avec les siens il dit : Connaissez-vous un autre moyen de prolonger cette soirée ? Et comme elle ne répondait rien à ces mots qui faisaient flèche en elle, il dit : C'est bien ce que je pensais, vous n'en voyez pas d'autre, alors ne discutez plus ! Il se mit à rire de l'apercevoir piteuse, et murmura : Je n'ai pas envie que cette soirée finisse. Il n'avait pas lâché le bras. Elle sentait l'emprise chaude avec une volupté extravagante. Un si petit geste ! Les idylles font de nous des imbéciles.

## 3

Des frémissements et des cris soulevaient comme une houle le groupe des hommes assemblés autour du poste de télévision. La bravoure du boxeur noir avait fouetté les spectateurs. Le champion du monde en titre cachait derrière ses poings un visage tordu par la haine. C'était un petit homme maigre et pâle, dont l'expression était avilie par une moustache méchamment recourbée vers le bas. Et lorsqu'il se découvrait pour frapper, la grimace qui déformait ses traits était si cruelle que pas une âme dans le public ne songeait à se mettre à la place d'un vainqueur qui est vaincu, ou même d'un homme qui fait son métier : tous le détestaient et voulaient sa défaite. Les relations particulières qu'instaurent la beauté ou la laideur sont l'iniquité même, et peut-être seulement à cause d'un visage il avait le public à dos. Il cherche le K-O, dit Tom. L'autre n'a pas encore gagné, dit-il parlant du bel athlète au corps d'ébène. Il peut se retrouver au tapis en une fraction de seconde. Ces commentaires très justes avivaient le suspense. Tom craignait que l'un de ses amis ne crût le combat gagné et ne fût déçu par un ultime retournement. Le sport, dit-il, c'est jusqu'à la fin ! Et il ajouta : Il y a des personnes dans n'importe quel sport qui sont incapables de gagner un match, ça s'appelle la peur de gagner. Ça existe la peur de gagner ?! dit Guillaume en riant, lui qui réussissait dans son métier sans se troubler de questions. De temps en temps Guillaume servait à boire. Ceux qui n'en voulaient pas davantage faisaient le petit signe de la main (les doigts qui se redressent), les autres avec leur tête un acquiescement. Ils se taisaient. Le boxeur noir sautillait sur ses jambes de femme. Le boxeur noir pouvait gagner, il le méritait, mais la défaite menaçait encore de faucher ce bel élan. Ah oui ! s'écria le chœur des voix. Le gong frappa la fin du round. Les filles en minijupes se levaient pour entamer leur tour de ring dans les hurlements des spectateurs qui, cette fois, se désintéressaient d'elles. Les pauvres ! dit Tom en riant. Les jolies cuisses ne faisaient pas le poids longtemps contre un beau combat. Dommage pour Gilles de manquer ça. Il s'en moque non ? Oh sûrement pas ! il est fou de boxe depuis qu'il est gosse. Et alors où est-il ? Ah ! Mystère. Une femme ? Ce serait étonnant. Rien ne m'étonne en cette matière. Depuis que Blanche l'a quitté il dit qu'il restera seul, que si ça n'a pas collé avec elle, ça n'ira avec personne. Ce divorce l'a douché. Il a vraiment changé. Comment ça changé ? Parles-en avec lui, il dit qu'il a été stupide, qu'il aurait dû être moins coureur. À notre âge personne ne cesse de penser aux femmes, dit Tom. Personne ne pense à autre chose ! N'exagère pas ! Je n'exagère pas, je le crois. Je regarde les femmes, tu regardes les femmes, tu regardes leur poitrine, tu laisses traîner tes yeux sur leurs fesses, et même si tu ne fais rien avec elles, tu y penses, tu te demandes pourquoi ce n'est pas permis et possible, pourquoi en avoir une t'empêche d'avoir les autres, pourquoi tu ne peux pas voir ou toucher ! Ils rient. Vous n'allez pas recommencer, dit Jean. Quel con ! rigole Guillaume en faisant mine de boxer Tom. On ne va pas reprendre cette conversation ! dit Henri. Oui, dit Jean, je croyais que c'était clos. De toute façon, dit Guillaume, quand on a divorcé, ne croyez pas qu'en-suite on soit à la noce. Ça coûte cher de divorcer... dit-il avec un visage hilare. Tu sais de quoi tu parles !

dit Tom. Pour ça oui ! dit Guillaume. Combien Gilles va-t-il donner à Blanche ? Ils n'ont pas encore tout fixé, mais il veut être large, pour la gamine. Rien ne lui garantit que c'est elle qui en profitera. Je pense qu'il fait confiance à sa femme, dit Henri. L'aparté fut interrompu par les hurlements de Max et Marc. Dernier round !!

Ils retinrent leur souffle. Cette émotion d'avoir peur pour un autre, et de ne pouvoir rien, les transportait. Ils détestaient le petit homme blanc. Quel salaud ! Il cherche le K-O ! Salaud, salaud salaud... Va dans les cordes ! criait Tom à son athlète favori. Oui, c'est ça, ne le cherche pas, va dans les cordes ! C'était la fin. Le Noir se protégeait derrière ses poings, le Blanc frappait de toutes ses forces. Puis les deux couleurs se mêlèrent, l'ébène attrapait l'albâtre et s'y enfouissait pour éviter les coups. Et tout à coup le gong retentit, ce bruit singulier pour mettre fin au combat. Le bel homme noir était debout dans les cordes, il enlevait son protège-dents et levait les bras, il savait que ce match était à lui. Oui ! Ils se redressèrent en levant les bras et en riant. Attendez, dit Tom, il faut la décision des arbitres. Il y a parfois des surprises. Ils regardèrent le perdant présumé enfiler son peignoir et sortir du ring. Son visage était blanchi par la fureur et un rictus de cruauté contractait le bas de ses traits. L'autre était porté en triomphe.

La fin du spectacle ramena Marc dans la vie, et aussitôt il pensa à sa femme. Est-ce qu'elle était venue ? Il était inquiet lorsqu'elle était seule dehors tard le soir. Il n'en disait rien, mais c'était un soulagement de la savoir rentrée. Pauline prenait cette inquiétude pour de la jalousie. Mais il n'était réellement pas tranquille.

Aussi résolut-il d'aller voir si elle était avec ses amies et, dans le cas contraire, de téléphoner à leur domicile. Quelle heure était-il ? Presque minuit. Un dîner était forcément fini à cette heure. Je vais voir les femmes, dit-il. Laisse-les encore un peu ! dit Max. Je veux savoir si Pauline est là, dit Marc. Tu as peur qu'elle s'envole ! dit Guillaume. Bien sûr ! dit Marc avec un sourire plein de finesse. Est-ce bien cohérent avec ce que tu nous as expliqué ? dit Max. Je crois que ça l'est, dit Marc. Attends le résultat avec nous, dit Tom. Tous s'étaient levés, ils s'étiraient en faisant des commentaires. Ils étaient grands et forts, c'était ce qui frappait lorsqu'ils étaient réunis dans un espace fermé, l'encombrement des corps puissants. Il fallait dépenser pareille force, ils n'auraient pu vivre comme s'ils n'avaient pas eu ces corps-là. Ils attendirent la proclamation en rangeant un peu les reliefs de leur dîner. C'était un sacré combat, répétait Tom, et puisqu'il était celui qui connaissait le mieux la boxe, tous opinaient après lui. L'athlète noir fut bel et bien vainqueur. La retransmission était terminée et Tom éteignit le poste. Tu veux un coup ? demandait Tom pour finir un fond de bouteille. Ils mirent un peu d'ordre – pourtant quelque chose de viril et de désordonné justement était partout autour d'eux –, puis s'en allèrent rejoindre les femmes. Marc marchait en avant, d'un pas athlétique, enjoué à l'idée de trouver sa femme. Jamais il ne savait mieux combien il l'aimait que lorsqu'elle était absente.

4

On a le droit de le dire ou bien c'est un secret ? disait Louise à Pénélope (à propos de son mariage). Non non, fit Pénélope, ce n'est pas un secret. Elle sourit : Autant que les gens aient le temps de s'habituer ! Arrête-toi d'en faire une montagne ! dit Louise avec tendresse. Je n'en fais pas une montagne, *c'est* une montagne ! dit Pénélope. Tu verras, dit-elle, tu verras ce que tu entendras, tu n'oseras même pas me le répéter tellement ce sera méchant... Elle se leva. Je vais me chercher de la tarte, dit-elle en prenant son assiette. La vie immolait cette femme. Pourquoi certains étaient-ils comme voués au malheur ? pensait Louise. Était-ce au-dedans d'eux un rouage qui était inapte à la vie, une impropriété qui constamment les emmenait dans la difficulté d'être ? Une part d'eux-mêmes choisissait d'être malheureuse, pensa Louise. Ce n'était qu'une pensée clairvoyante, elle ne jugeait pas. Oui, se disait Louise, Pénélope aurait pu oublier le jeune fiancé défunt, elle aurait pu aimer à nouveau sans attendre si longtemps, et sans choisir un homme qui allait mourir lui aussi. C'était sûrement pour cela qu'elle était capable de l'aimer, parce qu'il allait mourir, comme l'autre... Pénélope était l'artisan de son sacrifice. Et il y avait une étrange beauté à ces ténèbres inconsciemment entretenues. À quoi penses-tu ? dit Ève. Elle avait pris la chaise de Pénélope. À ce que me disait Pénélope, dit Louise. Ève avait un joli minois, un visage de blonde, à l'ossature délicate, mais une expression de chipie. Louise s'en faisait la réflexion chaque fois qu'elles se voyaient : quelque chose était écrit sur Ève, et Ève avait beau essayer de l'effacer par des grâces et des sourires, ça ne disparaissait pas puisque c'était elle. Louise fit le test : Pénélope se marie, dit-elle. Mais c'est merveilleux ! dit Ève qui s'en moquait parfaitement. Elle se marie avec Paul, dit Louise sans laisser deviner ce qu'elle en pensait. Le vieux ? dit Ève. Elle fit une grimace. C'est un homme extraordinaire, fit remarquer Louise avec une innocence feinte. Et elle dit : Je n'ai jamais rencontré un homme comme lui. D'accord, fit Ève, mais il a soixante-dix ans. Soixante-douze même !

confirma Louise. C'est un peu beaucoup non pour faire
un marié ? dit Ève. Tu ne trouves pas que c'est un peu
beaucoup ? Un peu beaucoup pour quoi ? dit Louise.
Tu crois qu'à partir d'un certain âge on a fini d'aimer ?
demanda Louise. Bien sûr que non ! dit Ève. Lui je le
comprends très bien (l'ironie mordait dans sa voix),
mais ce n'est pas à lui que je pense, c'est à Pénélope !
Lui, répéta-t-elle, il a bien raison de foncer tout droit.
Mais elle, elle est complètement malade ! Je veux bien
croire qu'on peut baiser par dépit, qu'on peut dire oui
à un homme parce qu'un autre a dit non... ça s'est vu
bien souvent des hommes qui ont gagné une femme
parce qu'elle était éconduite et malheureuse, mais là
quand même ! Je crois qu'elle l'aime, tout simplement,
dit Louise. Je ne peux pas le croire, ce n'est pas possible, dit Ève. Ou alors, dit-elle, elle n'a qu'à pas l'épouser. Eh bien, dit Louise, en se levant seulement pour
prendre congé, tu es plus forte que moi, je ne connais
rien à tout cela, je me contente de croire ce que me dit
Pénélope. Et ça me fait plaisir, dit Louise, parce qu'elle
a l'air heureuse.


L'arrivée des maris sauva donc un dîner qui tournait
mal. Ève renfrognée enlevait les assiettes à dessert.
Pénélope mangeait encore. Blanche, Mélusine et Marie
prolongeaient la quiétude du café. Je ne vais pas dormir, murmurait Marie. Louise et Sara trempaient leurs
lèvres dans des verres de vin rouge. Elles s'en amusaient. J'entends du bruit ! dit Marie. Je reconnais le
rire de Guillaume d'ici ! dit Louise. À quoi Sara ajouta :
Ils ne doivent pas vraiment être à jeun ! L'instant
d'après ils étaient là devant les femmes : Jean, Marc,
Max, Henri, Guillaume et Tom. Alors, dit Tom à Sara,
vous vous êtes bien raconté votre vie ? Elles prirent de
conserve des airs offusqués. Pas plus que vous ! répliqua Sara. Je suis sûr que si, dit Henri moqueur et

prenant Mélusine sous son bras. Ma chérie ! dit-il. Louise eut l'impression qu'il bêlait. Avait-il donc du mépris pour sa femme ? Tu vas bien ? Tu as passé une bonne soirée ? lui demandait-il comme il l'aurait fait avec un simple d'esprit. Mais Mélusine était assez hébétée. Mmm mmm, fit-elle. Louise était révoltée. Comment pouvait-il être gentil aussi bêtement, ce n'était rendre service à personne, et ça n'avait pas aidé Mélu d'être infantilisée dans cet amour paternaliste et macho. Oui, macho, pensa-t-elle. Les couples s'étaient reformés comme sous l'effet de forces cachées. Marie parlait à Jean : Viens plus près, disait-elle. Elle mettait ses bras en couronne autour de son cou et se serrait contre lui. Comment fais-tu pour être si chaud ? Ils riaient. Ces deux-là étaient un vrai couple, pensait Sara. Tom aussi la prenait beaucoup dans les bras, il avait même posé ses deux mains sur ses seins il y a deux minutes. C'était justement là le signe, pensa-t-elle, elle était *désirée*. Est-ce que Tom l'aimait ? Elle pensa qu'il ne le savait pas lui-même. Sans quoi, se répéta-t-elle pour la millième fois, pourquoi lui ferait-il la peine de lui refuser ce qu'elle voulait (vivre avec lui). Elle le regardait maintenant qui parlait à Blanche. Qu'est-ce qu'il lui racontait encore ? ! Fatiguée tu peux l'être, disait Tom, mais pas déprimée. Pourquoi ? disait Blanche. Parce que tu es très belle, dit Tom. À quoi ça sert ? dit Blanche. Il était tout près d'elle, poussé par ce béguin qu'il avait toujours eu. Elle eut un mouvement de recul. À séduire, dit-il en la regardant dans les yeux. À quoi ça sert ? répéta Blanche. À exister, dit Tom gravement. Il y croyait. Pas elle. Mais grâce à lui elle se sentait moins vieille et vilaine. Vieille et vilaine, pensa-t-elle, c'était un avenir assuré. Et elle se mit à rire. C'était bien d'un homme de lui débiter des idées pareilles alors qu'elle divorçait ! Max et Ève se disputaient à voix basse. Max s'était souvenu qu'ils déjeunaient le lendemain chez sa mère et l'avait rappelé à sa femme, pour vérifier qu'elle n'avait pas oublié. Elle n'avait pas du tout envie d'y aller ! Elle avait assez vu sa mère ! Il s'en moquait. Elle irait ! Je n'ai pas épousé ta famille, disait Ève. J'ai bien épousé la tienne, disait Max. Arrêtez-vous tous les deux, dit Guillaume. Puis il dit : Et toi, ma Louise, tu as épousé ma famille ?! Il riait. Seul Marc était silencieux, étonné et immédiatement inquiet de ne pas trouver Pauline. Il pensa qu'elle était rentrée chez eux, et s'en alla téléphoner. Ce fut bien sûr en vain. Il revint parmi les autres. Il ignorait qu'un taxi déposait sa femme devant le club pendant que Gilles marchait dans la rue. Blanche était seule elle aussi, un peu en retrait du groupe des couples depuis que Tom était retourné auprès de Sara. Qu'est-ce que tu racontais à Blanche ? demandait Sara. Tom n'osa pas dire qu'il lui disait qu'elle était belle. Il dit : J'essayais de lui remonter le moral. Marc s'approcha de Blanche. Son visage, aperçu au club et à l'école, ne lui était pas étranger. Il en déduisit qu'elle connaissait forcément Pauline. Vous n'avez pas eu d'appel de mon épouse ? Pauline Arnoult, précisa-t-il, elle n'était pas certaine de venir. Je suis arrivée très en retard, dit Blanche, mais elle manquait au dîner. Elle devinait une inquiétude en lui. Il lui sembla touchant. Demandez à Louise, dit-elle avec un aimable sourire. Elle frémissait de la conjonction des prénoms. Pauline. Ce mot lui trouait la tête. Elle regarda partir le mari qui s'enquérait auprès des autres. Elle l'avait déjà vu à l'école. Il accompagnait parfois le fils et la mère. Maintenant elle mettait parfaitement un visage sur ce nom Pauline Arnoult. Elle voyait même comment était l'enfant, un petit garçon si blond que les cheveux étaient blancs. Et alors peut-être à ce moment, dans un recoin secret d'elle-même, devina-t-elle la coïncidence, que la femme qu'il cherchait était celle que Gilles avait trouvée.

Ils convinrent que Pauline arriverait la première et qu'ensuite Gilles se présenterait à son tour. Ne serait-ce pas plus simple de dire que nous avons dîné ensemble ? dit-elle. Croyez-vous ? dit-il en se moquant d'elle. Il savait comme cela semblerait étrange aux autres. Avez-vous dit ce matin à votre mari que vous dîniez avec moi ? dit-il. Il connaissait la réponse et ce n'était que pour le premier point d'une démonstration. Elle fit non de la tête. Alors vous ne pouvez pas le lui dire maintenant, dit-il, il ne comprendrait pas pourquoi vous l'avez caché avant. Elle concéda qu'il avait raison. Je suis incapable de songer à tout cela, pensa-t-elle. Elle n'avait idée ni des tromperies réelles que se font les conjoints, ni des suspicions. Au contraire, elle se disait que la vérité nue est le meilleur des camouflages. N'y avait-il pas des choses vraies qui semblaient incroyables ? Ne refusait-on pas celles qui nous détruiraient ? Mais, dit-elle, si je dis comme une blague J'étais avec Gilles André et nous avons fait l'amour dans un hôtel, même mon mari ne me croira pas ! Elle avait rougi à ces mots, il le vit, la trouva d'une nature adorable et, sans relever l'embellissement de son teint, il demanda : En êtes-vous certaine ? Il me semble que oui, répondit-elle. Alors faites-le ! Dites ce que vous venez de dire ! dit-il. Je rirai à vos côtés. Le problème, dit Pauline Arnoult, c'est que je ne suis pas capable de mentir de cette façon. Vous voulez dire que si je vous emmène maintenant à l'hôtel, et ensuite à cette soirée, alors vous pourrez le raconter pour faire croire le contraire ? Elle convint que cela semblait un peu idiot. Ce n'est pas exactement cela, dit-elle, je sens que c'est ce qu'il faudrait jouer (il éclata de rire à ces mots), mais, quoi qu'il se soit passé, j'en serais incapable. Si vous ne savez pas mentir... dit-il d'une voix emmiellée.

Elle ne se demanda pas ce qu'il voulait dire. Parce qu'elle entendait : Si vous ne savez pas mentir, ce ne sera pas pratique. Elle était honteuse et enchantée, et sûre de lire dans son âme.

Elle comprenait tout ce à quoi il pensait sans le dire. Il pensait : Certaines histoires ont besoin du secret. Il leur faut non pas forcément mentir mais taire, mentir par omission. Parce qu'elles sont interdites. Parce qu'elles sont advenues trop tard pour se déployer à l'air libre. Il leur faudra s'épanouir dans le silence. Elle entendait : Nous nous aimerons dans le secret. Il faudra que vous soyez capable de garder ce secret. Un mot alors papillonnait en elle : Amants. Il se peut que les mots nous ruinent, fassent naître en nous des désirs et des desseins qui brillent comme les mots, mais ne sont pas plus des mots que de l'or, seulement des choses concrètes dont le tracas est sûr. J'aurai un amant. Elle était à cause de cette phrase dans l'éblouissement de la faute, résolue à sa reddition et aux frissons. Il lui souriait comme si elle avait été une enfant, et d'ailleurs elle se sentait à ses côtés une jeune fille. Aussi bien, elle prit une façon gourde de regarder ses pieds en marchant. Comme c'était étrange, pensait-elle, de se sentir à la fois si heureuse et si oppressée. Jamais encore elle n'avait traversé cette conjonction particulière d'émotions. Auprès de son mari, à cet instant précis de l'amour naissant, elle n'avait été qu'heureuse : l'avenir leur appartenait.

Pauline Arnoult s'était sentie plus à l'aise dans la rue qu'elle ne l'avait été au restaurant. Parler en marchant, dans le rythme des pas qui était presque un alibi, lui semblait nettement préférable à cette manière d'être béante en face d'un compagnon, livrée entière au regard comme elle l'avait été à table avec lui. Gilles

André ne donnait quant à lui aucun signe d'émotion ou de gêne. Son costume était froissé, par cette chaleur il avait transpiré toute la journée, il paraissait fatigué sans le ressentir. Il n'y avait pas de grand jeu, d'effort et de simagrées, il était tout uniment lui-même, sans se faire valoir, sans pavoiser, sans fausse modestie non plus. Et cela est si rare qu'elle était impressionnée. Une personne qui ne joue pas à être quelqu'un d'autre et qui ne se compare pas, qui est intéressante, qui a de la fermeté et de la confiance en elle, voilà ce qu'il était. Elle se sentait un peu amenuisée devant cette forte manière d'exister. À ce moment où elle s'abandonnait au sentiment d'être dominée, à la certitude qu'elle l'était, et au plaisir de l'être, c'est-à-dire de côtoyer un titan et de s'exhausser par cette compagnie, il aperçut un taxi. Voilà une voiture, dit-il, il s'avança sur la chaussée et fit signe au conducteur.

Pour la première fois assis à côté d'elle, et sans qu'une table la camouflât à demi, il pouvait voir ses genoux et sa peau. Elle avait de jolies jambes, longues et galbées. Il le pensa en les regardant, sans prêter attention à l'insistance de son regard. Elle était gênée de se sentir observée. Bien qu'elle fût très capable de le jouer, elle aurait voulu refuser d'être ainsi poussée dans ce rôle convenu de la féminité. Elle était assez fâchée d'y entrer, de minauder et d'être convoitée, oui de se sentir tout à coup contemplée comme une proie. Elle lissa sa robe sur ses cuisses, mal à l'aise. Ne tirez pas sur votre robe, dit-il en se moquant d'elle, vous êtes jolie comme ça. Et de nouveau elle se trouva rougir et s'enfonça au fond du siège. Mais elle acceptait toute son impertinence, elle était ensorcelée et obéissante. Je vais descendre avant vous et le chauffeur vous amènera jusqu'à la porte du club de telle sorte que vous y serez bien avant moi, lui dit-il. Ils roulèrent un moment. Elle avait de plus en plus peur. Les brèves suées qui trempaient son dos lui parurent une chose incroyable : la preuve de ses intentions pendant cette soirée. Sans quoi, pour quelle raison aurait-elle peur ? Elle ne disait mot. Et il fit ce qu'il avait prévu : il fit arrêter la voiture, donna un billet au conducteur et claqua la porte. Tout va bien ? demanda la voix d'alcôve. Elle chuchota un oui inaudible. Elle voyait les yeux de l'homme devant, qui la regardait dans le rétroviseur. Il les prenait pour des amants qui venaient de passer la soirée ensemble à l'hôtel, elle en était certaine. Elle se sentait indécente et transparente à cause de son secret. Peut-être son amant le devina-t-il, il murmura : Personne ne sait que vous avez dîné avec moi, n'en doutez pas. Elle chuchota encore un acquiescement misérable. Et cette fois il entendit sa détresse, sa fragilité soudaine, et une immense grâce dans tout cela, alors il s'approcha de la portière et, passant le bras par la vitre toute baissée, lui caressa la joue avec le dos de la main. Il dit : Ce soir, lorsque nous serons au milieu des autres, voulez-vous que je vienne vous parler, ou bien préférez-vous au contraire que je vous laisse tranquille ? Elle n'en savait rien. Elle ignorait à quel point elle était capable de duplicité. Nous verrons, dit-il alors. Il la regarda et dit : Je vous sens inquiète ! Vous n'avez aucune raison de l'être... Elle songea qu'elle était seule à connaître les raisons. Puis il dit : Je vous téléphonerai la semaine prochaine. Elle ne disait rien. Je peux ? demanda-t-il. Elle fit oui au cœur d'une joie profonde, parce qu'il lui demandait cela comme une faveur. Elle voulait être requise, priée, désirée. Elle voulait hanter la douceur inquiète et dévote d'un amant ! Et à cet instant, sans qu'il fût rien de tout cela, ni vraiment dans la dévotion, ni inquiet, seulement tendre et attentionné comme un homme épris, la voix sensuelle laissait entendre qu'il l'était, dans l'au-delà des catégories qu'elle avait inventées, et elle était heureuse, illusionnée.

# V

# EN PLEIN MENSONGE

# 1

Et maintenant Pauline Arnoult n'était plus la même. Ni au-dehors, ni au-dedans. Au-dehors elle brillait davantage, au-dedans elle rêvait. C'était le rêve qui la faisait briller.

La femme en robe d'été, avec ses escarpins plats et son écharpe jaune, donnait toujours cette agréable impression de finesse, de jeunesse hardie et d'impertinente beauté. Mais il y avait désormais sur elle un homme de plus. À l'instant où elle venait de le quitter, on pouvait en apercevoir la trace lumineuse : une émanation de secret. Pauline, qui avait été convoitée, resplendissait de désir partagé. Plus tard celui qui avait causé tout cela dira : Nous avons été amants dans une vie antérieure. Ce serait, en même temps qu'une coquetterie, quelque chose qu'il se plairait à croire. Pour le moment, il le voit sans le dire : il l'a si bien regardée qu'elle en est devenue amoureuse. Rien de tel qu'une inclination réciproque pour livrer une femme à la beauté. Elle avait été traversée par l'immédiate complicité, celle qui vous donne raison de vous-même. Ainsi Pauline Arnoult se trouvait-elle embellie de l'aisance qui accompagne la confiance en soi. Le sentiment de vivre une rencontre affirmait sa grâce naturelle. Gilles André aurait pu en rire tant était petite pour lui la nouveauté de cet effet. Il connaissait ce

215

mécanisme d'attachement et d'épanouissement. Mais l'innocence d'un visage, le mystère d'une femme dans une robe, les yeux qui bavardent, ce jeu du viril et du féminin, leurs feintes, leurs doutes et leurs émois, leurs masques et leurs secrets, la timidité revenue que l'on croyait vaincue à jamais, cette impression de jeunesse, de renaissance, ce tressaillement, l'emballement de la vie ordinaire... il y a un vertige dans tout cela, une griserie capable de vous faire refaire cent fois la partie. Et puis Blanche l'avait quitté, il avait besoin de croire que ce n'était pas comme d'habitude. Après tout, cette femme avait su le tenir à distance tout en lui témoignant de l'intérêt. Elle était timide, sans trace de vulgarité, tout en portant sur elle ce que cherche un amant chez une maîtresse : le goût de l'amour. Cette conjonction à elle seule était une grâce. Ainsi l'avait-elle capturé : il n'était même pas sûr qu'il aurait été capable maintenant de l'embrasser si l'occasion s'en était présentée.

Pauline s'était rassise au fond de la banquette dans un grand désordre de pensées. Le chauffeur de taxi l'observait à la dérobée. Il s'enthousiasmait en silence. Quelle belle femme ! Et amoureuse en plus. Cela se voyait tout de suite. Il n'était pas aveugle. La recrudescence en elle de l'être lumineux ne lui échappait pas. Il fallait voir comment elle fondait tout à l'heure devant cet homme. Des amants sûrement. Il riait tout seul : Est-ce qu'on regarde son mari de cette façon ?! Il était marié depuis douze ans et pensait savoir de quoi il parlait. Jamais une femme ne s'était donnée à lui comme il voyait faire celle-là. Avec cette félicité voluptueuse dans les yeux. Elle avait l'air bien songeuse depuis que l'autre était parti. Il la sentait qui tremblait, et la lumière était partout sur elle.

Elle était étourdie de petites simagrées, de sourires, et de sous-entendus, ensevelie sous son désir, et déjà ténébreuse de sa solitude. Vous avez un itinéraire préféré ? s'entendit-il demander à cette belle femme éperdue. Elle murmura : Nous sommes presque arrivés. Cela fut dit le dos tourné et avec distraction. Elle regardait au travers de la vitre arrière s'amenuiser la silhouette déjà familière. C'est une chose singulière que regarder de loin et sans être vue un homme au milieu du monde, soit souvent l'occasion de trouver la mesure du sentiment qu'il inspire. Elle fut tout à coup certaine d'aimer. Oui, submergée par cette évidence et un sentiment de malheur horrible. Elle sentait quelle présence il était désormais dans sa vie. Et elle savait qu'il lui faudrait souffrir l'absence et l'intermittence. Puisqu'il ne serait jamais pour elle un mari.

Alors elle se désola d'avoir joué. L'authenticité du sentiment apparu ne s'accordait pas avec les manières qui avaient accompagné sa naissance. J'ai fait la coquette, pensait Pauline Arnoult. Elle en était maintenant désappointée. Cela n'était pas nécessaire et elle l'avait pourtant fait. Elle n'avait pas pu s'empêcher d'entrer dans ce rôle immémorial des femmes courtisées. Il fallait l'admettre, elle n'avait pas résisté, elle avait minaudé dans le plaisir de plaire... Vu de l'extérieur, ce devait être un spectacle ridicule, se disait-elle une fois de plus. Elle le pensait chaque fois qu'elle contemplait un couple emporté dans une galanterie. Elle croisa les yeux du chauffeur dans le rétroviseur. C'était bel et bien en courtisane qu'elle lui apparaissait. Elle voyait bien comme il la regardait. Il se faisait des idées et elle n'avait aucun mal à deviner lesquelles. Aussitôt vue, aussitôt emballée dans un rôle, sans spécificité, sans délibération préalable ! Et quelle horreur cette assimilation à la plus répandue des pulsions !

Dans les histoires de trouble et de délices, il fallait connaître les plus secrets détails pour oublier le stéréotype, pensa Pauline Arnoult. Elle avait besoin de croire à l'obligation qui les confrontait l'un à l'autre. Sans la nécessité de ce lien, la banalité de leur motif avait une grossièreté imparable. Il lui sembla que seule la pureté d'un amour presque vain pouvait la dignifier. Fallait-il que cela fût vain pour être beau ? Il fallait aussi que ce fût éternel.

Cette soirée entamait donc une longue histoire ! voulait croire Pauline Arnoult. Elle aurait d'ailleurs aimé être assurée que son héros partageait cette pensée. Lui eût-elle posé la question qu'il n'eût pas été étonné : les femmes sont déjà à penser l'éternité d'un don quand les hommes sont encore à le conquérir. C'est en quoi l'amourette fait plus mentir le chasseur que la proie consentante : il promet l'avenir pour tenir le présent. Mais le héros était parti. Pas moyen de l'interroger. D'ailleurs elle n'aurait pas osé. Elle flambait ! Ses joues étaient brûlantes, un manège d'images s'était emballé et son corps était dans une exaltation anormale. Et tout cela à cause d'un homme ! Alors qu'elle était mariée et enceinte ! Fait à quoi elle ne songeait pas du tout. Se remémorer ce dîner suffisait à ses pensées. Certains souvenirs étaient des escarbilles : ce moment où elle avait retiré ses mains et pris peur si inexplicablement, et la gêne qui avait suivi, et les mots qu'ensuite elle avait dits, mots incohérents, éperdus, et le revirement final, l'acquiescement de toute sa personne à un homme inconnu. Que s'était-il passé en somme ? J'ai perdu la tête, pensa-t-elle. Cette soirée avait une fin. Cette conversation ne durerait pas. Je n'ai pas pu le supporter. Quelle détresse à l'idée de quitter cette flatteuse compagnie ! Comme si j'avais alors été rendue à la grisaille de ma vie ! C'était une chose inconcevable. La grisaille de ma vie ! Il fallait croire que toute vie était grisaille. La rapidité de son attachement, la fulgurance du besoin qu'elle éprouvait lui semblèrent les signes d'une élection. Un amant entrait dans sa vie. Elle s'était déjà demandé quand et de quelle manière le revoir avant même qu'il fût rentré chez lui. Elle s'était apaisée lorsqu'ils avaient décidé de se rendre au club. Il serait encore là. Elle pourrait le voir, l'entendre, se sentir regardée, être désirée, être unique.

Une rencontre magnétique incruste sa trace palpable : Pauline Arnoult était encore ardente d'émoi sensuel. Et c'est dans cet éclat de félicité féminine qu'elle montait maintenant les escaliers jusqu'à la salle de restaurant. Au rez-de-chaussée, tout était éteint. La salle de ping-pong, la salle des enfants, l'entrée des vestiaires, tout était plongé dans l'ombre. Pauline Arnoult pensait à deux choses qui se contrariaient et qu'elle réconcilia : elle allait retrouver la présence ensorcelante, mais son mari serait là lui aussi. Se sentant déjà rougir, elle commençait à craindre de se trahir. Ses intentions se peignaient donc sur elle autant que ce qu'elle n'avait pas fait ? Ce qu'elle espérait, ce qu'elle ressentait... N'avait-elle donc eu aucun doute sur ce qu'elle manigançait en acceptant ce dîner ? Sa gêne était à elle seule une réponse. Elle avait séduit un homme et elle en était amoureuse. Forte de cette découverte, elle devint frondeuse comme une femme heureuse. Elle serait entourée de deux hommes qui l'aimaient. Il fallait s'en réjouir. Elle ne trouva plus rien d'inconvenant à cet imbroglio de choses sues et tues, rien d'inégal dans sa façon de les distribuer, parce qu'à ce moment elle eut très distinctement cette pensée : elle était capable d'aimer deux personnes sans qu'aucun de ces deux sentiments ne dût rien à la défaillance de l'autre. Il n'y avait aucune altération de ce qui la liait à son époux. Voilà qui était une certitude originale. Le mari était aimé. Pas de doute là-dessus. Elle ne s'était pas mise à le juger moins aimable, moins attirant, ou à sentir qu'il pesait sur sa vie. Pas du tout. À vrai dire il ne pesait pas ! Le mari n'était pas une prison, non : elle voulait tout et elle avait tout. En somme, pensa-t-elle, elle triomphait. Elle l'emportait sur la règle, sur ceux qui s'en tenaient à la convention habituelle, sur l'exclusivité. Pas le moindre remords à cet instant ne venait la hanter. Elle déboutait la jalousie, la morosité, l'ennui. Elle ensoleillait sa vie amoureuse. Cette cohorte d'idées arrangeantes se déroulait dans son imagination renversée au rythme rapide et régulier de ses jambes grimpant les escaliers. Elle distingua bientôt le bruit que faisaient les femmes, elle reconnut le rire aigu de Marie et la belle voix de Louise. De quoi parlaient-elles ? Tentée un instant d'écouter sans être vue, elle acheva de gravir les marches. Le rire de Tom résonnait fort. Les hommes étaient donc là aussi. Le match devait être fini. Était-il si tard que cela ? Elle jeta un coup d'œil à sa montre. Minuit vingt. Un dîner qui s'achevait à cette heure risquait de la trahir. Elle aperçut Marc de dos, esseulé. Son cœur se mit à battre. Elle essaya de se représenter l'allure qu'elle avait. Est-ce qu'elle n'était pas une somnambule qui arrivait ? Le secret qu'elle taisait ne se lisait-il pas sur elle ? Amoureuse ! disait sa beauté. Est-ce que deux amours dans le cœur d'une femme ça ne sautait pas à la figure ? Elle pensa comme il avait dit : Personne ne sait. Elle se répéta : Les yeux ne voient rien. Elle s'apprêtait à mentir, elle avait préparé ce qu'elle allait dire si une question lui était posée, une histoire simple de dîner professionnel. Quelque chose comme un magazine qui voulait lui acheter un dessin. Elle le débiterait sans rougir ni trembler, elle ne se trahirait pas, et si on ne lui demandait rien elle ne dirait pas un mot, ni un mot vrai, ni un mot faux.

C'était aussi simple que cela. C'était simple parce que cela valait qu'on le fît. Rien d'autre n'était préférable. Parce que la vie continuerait de scintiller si cela restait un secret. La vie faite et enviable de Marc et Pauline Arnoult avait besoin de ce secret. Marc serait sauvé par cette cachotterie. Il ne réclamait pas qu'elle se privât d'aimer, qu'elle se morfondît dans un seul amour quand elle était capable d'en contenir davantage. Qui étaient-ils chacun vis-à-vis de l'autre pour verrouiller leurs cœurs ? La vie faite et enviable n'interdisait pas les secrets : elle ne permettait rien d'autre. Une bouffée d'amour pour son mari la prit, à songer qu'il avait cette sagesse, l'intelligence de la vitalité, et qu'il n'y avait entre eux aucun dissentiment sur ce point. Il lui sembla capable de tout comprendre, et de pardonner mieux que le monde qui n'excuse rien. Doutant d'en être capables, ils ne s'étaient jamais juré la fidélité. Mieux, pensa Pauline Arnoult, ils n'avaient pas aimé cette idée d'en être capables, c'eût été une atrophie du cœur, un amenuisement des surprises. Ils s'étaient juré la félicité du silence : vivre et se taire. Il fallait mentir pour le pacte de l'amour consommé. Qu'est-ce que c'était que mentir ? Elle pensait que c'était peu faire. Qui pouvait croire à la transparence ? Elle n'avait cru qu'à l'altérité, à la barrière de la chair, aux clôtures que ne cessent pas d'être les visages. Pouvait-elle prétendre qu'elle connaissait Marc ? Elle n'avait espéré qu'aimer longtemps l'image qu'elle avait conçue de lui, qu'il avait contribué à lui faire concevoir. Rien de plus, rien de moins. Elle pensa : Nous ne faisons que nous échapper les uns aux autres, et même si nous ne nous mentons pas à dessein, nous sommes les uns pour les autres des énigmes, des secrets, des blessures inavouables, de vastes territoires de silence. Tant de fois nous renonçons à dire ! Elle montait l'escalier dans ce cortège de pensées. Et les autres l'avaient aperçue et l'appelaient. Pauline ! Hou ! Hou ! Elle ne nous entend pas, hou ! hou ! Bien sûr que si elle les

221

entendait ! Elle retardait le moment de répondre. Le bruit que faisaient les autres allait engloutir le trouble et le secret qu'elle portait. Et de fait elle se sentit violemment détournée d'un objet d'attention. Où étais-tu ? Et : Que faisais-tu ? Tu nous as manqué. Comme tu es jolie toute en jaune et blanc ! Et (aux autres) : Vous avez vu comme elle est élégante ! Et : Ah ! elle rougit ! C'était pour qui cette élégance ? dit Ève. Ton mari t'a cherchée, dit Louise. Tiens ! dit-elle. Justement le voilà. Marc s'approchait de sa femme.

Il l'embrassa, il la gardait tendrement dans ses bras. Je commençais à être inquiet, murmura-t-il comme s'il s'en excusait. Et, dit-il, ça ne répondait pas à la maison. Il caressait ses longs bras nus. Elle ne connaissait pas une personne plus délicate et attentionnée que Marc. Elle ne répondit rien. Elle sourit et lui rendit un baiser avec la fougue du désir ravivé. Il la serra plus fort contre lui. Il ressentit aussitôt le désir d'elle, comme un choc électrique. Tu sens bon, souffla-t-il. Tu es magnifique, lui dit-il en s'écartant un peu pour la regarder. Elle rit. Magnifique, répéta-t-il en admirant les dents festonnées. Il aimait l'embrasser parce qu'elle avait cette rangée de perles derrière les lèvres. Tu m'as vue ce matin ! dit-elle. Il répondit : Mais tu n'avais pas cette robe ce matin. Elle regretta d'avoir dit cela. J'ai vu que tu t'étais changée en repassant tout à l'heure à la maison, dit-il. À nouveau elle ne répondit rien. Elle était sortie des bras de son mari et, pour être avec lui tendre comme il l'était avec elle, elle lui tenait le bout des doigts. Les voix résonnaient dans la salle de restaurant. Le rire de Tom était énorme. Et celui de Mélusine, parfaitement ivre, n'avait rien à lui envier. Ils ont trop bu ! dit Pauline. Marc acquiesça. Louise et Max bavardaient doucement. Toujours leur conversation sur le bouddhisme. Louise devenait de plus en plus calée en méditation. Max cherchait à s'expliquer le succès soudain de ces pratiques en France. Car après tout la religion chrétienne n'apportait pas moins de réconfort. Louise dit : Est-ce que ce n'est pas parce que le bouddhisme insiste sur le corps. La relaxation, la concentration... Les gens ont tout de suite l'impression d'aller mieux. Max n'y avait jamais songé. Tandis que le christianisme est plus abstrait, dit Max, d'un accès plus rébarbatif, plus difficile... Ève s'immisça dans le tête-à-tête. Ras le bol du dalaï-lama ! dit-elle. Elle coupait court à toutes les conversations de Max. Que Max fût, comme beaucoup le disaient, un esprit supérieur, elle n'arrivait pas à l'accepter. Max si intelligent, et si gentil, et modeste par-dessus le marché ! C'était à croire que les gens étaient aveugles. Pas si modeste que ça ! disait Ève. Elle était jalouse de l'attachement des amis de Max. Ah oui ! Max soignait son image à l'extérieur. Dommage qu'il ne s'occupât pas autant de sa famille ! Tu as vu l'heure qu'il est, dit Ève, j'aimerais rentrer. Quelle heure est-il ? fit Max en regardant sa montre. Ah mon Dieu ! et il faut ramener la baby-sitter. Louise, fit-il en l'embrassant, à bientôt. À bientôt, dit Ève. Ils partirent. Blanche, furtive, inscrutable, buvait une gorgée de vin. Pauline croisa son regard morose. Le secret la remplit d'une honte fraternelle et féminine. En une fraction de seconde Pauline se trouva à la place d'une Blanche qui connaissait la vérité. Une jeune femme avait passé une onctueuse soirée avec son mari, une jeune femme mentait et ses yeux flous disaient qu'elle mentait. Pauline aurait giflé la peste qui le méritait. Et voilà que la peste c'était elle ! Elle découvrit ce singulier et inattendu désagrément : elle était plus ennuyée vis-à-vis de la femme de son amant que vis-à-vis de son propre époux. Mais aussitôt, puisque les esprits sont vifs à se désengager lorsqu'ils le peuvent, Pauline pensa : Elle n'est plus sa femme.

Tout de même elle ne put se décider à saluer Blanche, et elle demeura aux côtés de Marc qui lui racontait le match de boxe. Pauline attendait que vînt la question fatidique : Et toi ton dîner c'était bien ? C'est pourquoi elle n'écoutait pas son mari. Elle était occupée à sa réponse. Pourtant le hasard fut clément, comme une bénédiction : à l'instant où Marc commençait le fameux Et toi ton..., Gilles apparut en haut de l'escalier, et tous les hommes se mirent à lui hurler qu'il avait manqué le match de sa vie. Cela fit une cacophonie de voix viriles et de rires féminins dans laquelle Pauline se réfugia avec son secret, son trouble, et ce plaisir de le regarder, lui qui avait été une voix et des yeux, et qui faisait mine maintenant de ne pas prendre garde à elle. Elle se sentit troublée comme une jeune fille. Et puisqu'elle luttait pour le cacher, elle sembla doublement troublée. Marc Arnoult pensa que son épouse était lasse. Dans son état rien n'était plus normal. Il dit : Il est tard pour toi. Ça va ? murmura-t-il en la prenant par la taille. N'es-tu pas fatiguée ? Je vais te ramener à la maison. Puis il lui souffla : Tu es très belle ce soir.

2

Gilles avait marché dans la douceur de l'air d'été exactement comme s'il avait marché sur la lune. Il volait. Ce moment l'avait emporté, il n'était plus sur la terre, le monde était devenu tendre et feutré. Le monde était l'émoi d'un visage lorsqu'il avait saisi une paire de mains blanches et que ces mains s'étaient sauvées. Quel étrange tempérament elle avait ! se disait-il. Mais il était totalement pris à cet instant. Pincé par une fée, pensa-t-il.

Pourtant, en arrivant devant la grille du club, l'enchantement s'était déjà dissipé. Le séducteur avait besoin de voir. Séparé de Pauline, il se dégageait du charme. Ce qu'elle faisait chanter en lui s'évanouissait avec elle. Il retrouvait ses esprits. Un dessillement lui rendait la réalité plus prosaïque que ce paysage d'une femme contemplée... Il allait rencontrer le mari et il risquait aussi de voir Blanche. L'idée de rencontrer Blanche le troublait bien davantage que le mari. Il se moquait parfaitement de celui-là. Il pourrait lui parler sans le moindre embarras. Après tout il n'avait encore rien fait qui pût être embarrassant. Mais il avait parlé à Blanche... Il se le rappelait seulement maintenant. Et si elle se mettait à lui demander, en présence de Pauline, comment s'était passé ce dîner prometteur... Il poussa la grille, marcha dans l'allée, les graviers chantaient sous ses pas rapides, l'odeur des roses le saisit, il ébaucha le geste d'en cueillir une et s'arrêta. À qui pouvait-il l'offrir ? À Blanche. Il aurait pu offrir cent roses à Blanche. Il l'aurait fait avec plus de ferveur qu'une offrande à Pauline, car le passé ne s'effaçait pas en lui. En montant l'escalier, sa main sur la même rampe qu'avaient tenue Blanche et Pauline, et cachant autant de secrets qu'elles en recélaient, et dans un semblable tourbillon de pensée et d'émoi, il recomposa son visage. Alors il entra à son tour dans le tumulte des autres.

Comme on parle ! On ne s'arrête pas de jeter des mots ! N'importe quoi pourvu qu'on cause ! Et ensuite on ne se souvenait de rien tellement ça n'en valait pas la peine. Mon vieux tu as manqué un match incroyable ! Qu'est-ce que tu foutais au lieu d'être avec nous ? Quel lâcheur ! Qui a gagné ? demanda Gilles pour couper court. Et là, comme il l'espérait, ils se mirent aussitôt à raconter le combat et lui à se taire dans le secret de son secret. Pendant ce temps Mélusine disait à Pauline : Alors tu dînes sans ton mari et tu abandonnes tes amies ! Exactement ! disait Pauline. Tu as bien raison ! dit Mélusine. Je ne l'ai pas fait assez quand j'étais jeune, dit-elle, et maintenant c'est trop tard. Je ne suis plus sortable ! dit-elle. Pauline souriait. Mélusine était si innocente. Jamais Mélusine ne pourrait accepter que l'on se laissât courtiser en secret ! Elle avait été une épouse inaccessible et pure. Est-ce que ça l'avait rendue heureuse ? pensa Pauline.

Gilles écoutait les hommes. Voilà qui le tenait écarté de deux femmes : Blanche et Pauline. Blanche était seule en retrait et ne cessait pas de le regarder. Que voulait-elle ? Il n'en avait pas idée. Son regard disait qu'elle attendait pour lui parler. Celui de Pauline l'évitait. Une fois il le croisa. Elle s'empourpra en une fraction de seconde. Il ne s'inquiéta pas, il s'en réjouit : c'était une déclaration d'amour et d'intention. Eût-elle rougi si elle n'avait rien eu sur la conscience ? Si elle n'avait pas parfaitement lu le jeu ? Il cessa de la regarder. C'était Ève maintenant qui observait Pauline. Elle fut saisie par l'expression du visage. Personne n'avait rien vu, le regard de Pauline, personne n'avait rien vu... Le cœur d'Ève se mit à battre à toute vitesse. Elle ne détachait plus ses yeux de Pauline et jetait des regards vers Marc. Marc disait : Jusqu'au bout il a risqué le K-O. Le gardien de nuit faisait sa ronde. Je suis désolé messieurs dames, dit-il, il va falloir fermer. Il était une heure du matin.

Ils marchaient tous ensemble vers la sortie. Blanche se trouva à côté de Marc. Vous avez retrouvé votre femme ! lui dit-elle avec le même aimable sourire qu'elle avait eu pour le guider vers Louise. Et je suis le plus heureux des hommes ! dit Marc Arnoult. Il attrapa sa femme par la taille et dit : Vous connaissez Pauline ?

Les deux femmes se reconnaissaient et se saluèrent. Merci de votre gentillesse, dit Marc. Gilles marchait derrière. Il regardait Pauline : les cheveux, la nuque, le grand trapèze du dos, la taille fine, les reins, les fesses, les mollets. Elle savait qu'il la regardait. Puis il rattrapa sa femme. Tu connais Marc Arnoult, dit Blanche. La lumière venait d'être éteinte. Les deux hommes se saluèrent dans la pénombre. Nous nous sommes déjà croisés au bar, dit Gilles. Et vous êtes le fameux qui a manqué le match ! dit Marc. Vos amis se sont demandé ce qui pouvait vous retenir ! dit Marc. Ils ne comprenaient pas du tout que l'on pût faire autre chose qu'être devant la télévision. Hélas on peut ! dit Gilles.

Les commensaux se séparèrent dans la rue. Salut, se disaient les hommes. Ou aussi : Quel match ! Il y avait sur eux une extraordinaire décontraction virile. Les femmes s'embrassaient en se penchant l'une vers l'autre, comme si chacune avait voulu faire de l'autre la plus petite des deux. Seule Mélusine prit Louise à pleins bras et la serra contre sa grosse poitrine sans avoir besoin de dire un mot. Chaque couple partit vers sa voiture. L'observateur aurait pu noter qu'ils ne marchaient pas tous pareillement. Jean donnait le bras à Marie. Henri tenait Mélusine par les épaules. Louise et Guillaume se donnaient la main. Sara et Tom marchaient côte à côte mais plus proches l'un de l'autre que Max et sa femme. Gilles et Blanche restaient sur le trottoir à parler. Pauline et Marc descendirent vers le parking l'un derrière l'autre. Elle ne se retourna pas vers Gilles. Ton dîner ? dit Marc. Elle se concentrait, elle groupait sa force pour faire une réponse, n'avoir l'air de rien, n'avoir pas l'air d'une menteuse. C'était bien ? dit-il encore comme elle ne répondait rien.

# 3

Mais tu crois qu'ils sont amants ? disait Ève à son mari. Ils étaient de nouveau assis dans la voiture. La dispute semblait oubliée. Mais elle ne l'était pas. Elle laissait une amertume chez Max, une angoisse chez Ève. Est-ce qu'elle n'était pas allée trop loin ? Elle se posait si souvent cette question depuis quelque temps qu'il lui fallait bien convenir qu'elle exagérait. Et que se passerait-il alors, que se passait-il dans un cas de mésentente secrète comme le leur, elle n'en avait pas idée. Gilles et Pauline ? dit Max en éclatant de rire. Tu penses que je délire ? dit Ève. Ah oui, dit-il, complètement ! Elle était tout émoustillée, parlant d'une chose qui lui faisait à la fois peur et envie. Je sais ce que j'ai vu, dit-elle, d'un air entendu. Gilles serait incapable d'une chose pareille, dit Max, il n'a jamais fait la cour à la femme d'un copain. Et d'ailleurs, dit-il, Pauline est enceinte. Comment le sais-tu ? dit-elle. Je n'ai rien remarqué. C'est Marc qui me l'a dit, dit-il. C'est pour cela que tu ne crois pas qu'elle soit la maîtresse de Gilles ? dit Ève. Tout de suite les grands mots ! dit Max. Quel mot veux-tu employer ? dit-elle. Il ne répondit pas mais, à la place, se contenta de remarquer : Elle est très amoureuse de Marc. Est-ce que cela empêche quelque chose ? dit Ève. C'est à toi de me le dire, dit-il en souriant, je ne connais pas si bien le cœur des femmes ! Je crois qu'on peut aimer deux personnes, dit Ève, avec un sérieux excessif. Max souriait. C'est un avertissement ?! dit-il. Pff ! fit-elle. Elle ne voulait pas rire. Max ajouta : Rassure-toi, je ne crois pas que Pauline soit assez folle pour tromper Marc pendant qu'elle est enceinte. C'est encore un moment sacré de la vie des femmes. Ève jalousait Pauline d'avoir un amant, ce qu'elle-même n'avait jamais connu, faute d'opportunité. Ce qui faisait le succès d'une autre, elle feignait toujours de s'en étonner. Mais, tout de même, la solidarité féminine à ce moment l'emporta et elle dit : Beaucoup de maris le font pendant que leur épouse est enceinte et c'est bien plus ignoble. Ils se pavanent tandis que leur femme a pris quinze kilos et ne risque pas de séduire quelqu'un. Cela me fait presque plaisir que Pauline ait séduit Gilles ! Tout de même ! Max s'exclama : Comment peux-tu être si affirmative ?! Mais je t'assure que cela crevait les yeux ! dit Ève. Pauline Arnoult crève beaucoup d'yeux, dit Max. Il ne disait cela que pour énerver sa femme. C'est vrai qu'elle est ravissante, dit-il. À tous les coups je gagne ! pensa-t-il entendant sa réponse. Je ne sais pas ce que vous avez tous à dire ça ! disait Ève. Je ne la trouve pas si jolie. Elle a des yeux de vache et de grands pieds. Max éclatait de rire.

Pendant ce temps Sara et Tom roulaient sur le boulevard périphérique et, puisque Sara n'avait pas pu s'empêcher de dire Tu devrais ralentir, Tom s'était renfrogné et ne disait plus rien. C'était bien cette soirée, non ? hasarda Sara, affirmant et interrogeant en même temps. Très réussi, dit Tom sans se départir de son humeur. La nuit était perdue. Sara pensa : Je ne ferai pas d'effort. Elle n'avait pas envie de reconquérir son sourire pour gagner ses baisers. Tu me déposeras chez moi, dit Sara. Très bien, dit Tom. Et Sara pensait à Jean et Marie, à leur maison pleine d'enfants, à cet impalpable sentiment entre eux. Ils avaient trouvé ce que tout le monde cherche : un amour vivant qui traverse la vie. Comment donc s'y prenaient-ils ?

Et Louise se posait la même question : en grimpant dans la voiture elle avait trouvé que Guillaume était trop gros, et il était encore ivre, et son rire était gras...

et elle était inquiète de ces impressions négatives qui s'accumulaient malgré elle. L'impression de laideur que vous donne un autre lui semblait le signe même du désamour. C'est pourquoi elle aussi se demandait ce qui permettait à Marie de rester violemment amoureuse de Jean. Elle pensa à Pauline. Pauline resplendissait de cette harmonie amoureuse. L'entente conjugale était décidément un mystère, pensa Louise.

J'ai trouvé Pauline vraiment en beauté, disait Henri au même moment. Salaud ! dit Mélusine. Tu serais prêt à ramper devant elle comme tous les autres ! Sa voix était altérée, méconnaissable. Toute sa personne s'était évaporée dans l'alcool. Sa gentillesse s'était envolée auprès de son souffre-douleur. Mais Henri ne s'emporta pas. Il traitait sa femme comme une grande malade. Ma chérie ! Je n'aime que toi ! dit-il en riant. Il s'était approché pour embrasser sa femme, elle le gifla. Tiens ! dit-elle. Voilà ! Il riait. Ma chérie ! Pourquoi te mets-tu en colère ?

## 4

Je comptais t'appeler en arrivant chez moi, disait Blanche. Debout dans la nuit, face à celui dont elle avait fait son mari puis son ex-mari, et sachant à quel point c'était elle qui avait tissé et défait. Elle était incertaine devant les mots, mais déterminée. Ils étaient restés devant les grilles du club. Mais il aurait été tard, ajouta-t-elle, je ne sais pas si j'aurais osé. Elle ne mentait pas. Elle aurait pourtant appelé et quelle que fût l'heure. Elle n'aurait jamais fermé l'œil sans parler. Parce qu'elle tremblait de vouloir le reprendre. Je ne veux plus divorcer. J'ai fait une terrible erreur. Je sais que je t'aime toujours. Pouvait-on attendre pour dire une chose pareille ? Suspendre un drame qui court, est-ce qu'on remettait cela à demain ? Il fallait que celui qu'on aime sût aussitôt qu'on l'aimait, que ça ne devait pas finir, qu'on s'était trompée. Elle voulait le lui dire. Et elle était debout et tremblante, essoufflée de rien. Il lui souriait. Il n'avait en somme rien à dire quant à lui. Le découvrir la déconcertait. Elle murmura : Tu es content de ton dîner ? Et si perdue, elle n'écouta pas la réponse. Pourquoi lui parler justement de ce qu'elle entendait effacer ? Elle n'avait qu'à se taire alors ! Pourquoi fallait-il constamment qu'elle trouvât quelque chose à dire ?! Elle se tut résolument. Il s'était contenté d'acquiescer d'un signe de tête. Mais le visage portait l'empreinte d'un bonheur très doux et secret. Blanche souffrit terriblement de le voir si contenté. Il allait falloir lui dire ce qu'elle avait fait de cette soirée. J'ai beaucoup réfléchi pendant cette soirée, dit Blanche. Ah ! fit-il. Il ne l'aiderait pas. Il lui semblait naïf comme un enfant. Elle venait d'enfermer sa fierté. Ce n'était vraiment rien. Voilà ce qu'elle pensait en regardant la nuit à côté de son mari en train de devenir en même temps ex et futur époux. Il la regarda. Elle semblait vraiment lasse. Sa peau était grise. Et son visage était gonflé sous les yeux. Tu as l'air fatiguée, dit-il. Il avait voulu dire Tu as l'air d'aller bien, mais n'y avait pas réussi. Il aurait eu l'impression de se moquer d'elle. Il y a des mensonges idiots que l'on n'impose pas à ceux qu'on aime. Elle devait bien savoir qu'elle n'était pas en forme. Je le suis, répondit-elle très simplement. Tu n'as pas de raison, murmura-t-il. Était-il sciemment mufle ou tout simplement inconscient ? Sans l'élan de réconciliation qui l'occupait, Blanche se serait emportée. Comment pouvait-il dire une chose pareille ? Mais ils n'allaient pas recommencer à se disputer, pensa-t-elle aussitôt. Je ne sais pas pourquoi, dit-elle, mais je ne dors plus. Et comme je travaille beaucoup... À nouveau elle se trouva au bord des larmes, comme à table tout à l'heure. Elle s'apitoyait sur elle-même. Tu n'es pas malade ? demanda-t-il. Il la connaissait si bien... il savait qu'elle se taisait parce qu'elle ne voulait pas pleurer. Alors tout à coup il s'approcha tout près, passa son bras autour du dos de sa femme et dit : Vas-y, pleure, laisse-toi aller. Elle se jeta sur la poitrine de son mari et sanglota. Pardon, bredouillait-elle, pardon, pardon. Puis, comme elle sentait la main monter et descendre le long de sa colonne vertébrale, elle se détendit. Je t'aime, dit-elle à son mari, avec une ferveur ressuscitée. Jamais elle ne l'avait su à ce point. Il avait fallu le croire perdu... Elle le lui livra : Jamais je ne t'ai aimé comme ce soir, dit-elle. La réponse vint aussitôt : Moi aussi je t'aime, disait Gilles, je n'ai jamais cessé de t'aimer. Le soulagement s'étendait en elle. Même lorsque tu as fait la folle ! dit-il. Elle souriait. Mais elle ignorait ce qui se passait en son mari. Il triomphait. Sa femme lui revenait. Il n'était plus celui qui est quitté, qui n'a pas su garder son épouse. Il n'était plus le sans-famille bon seulement à payer. Il devenait celui qui n'a pas perdu la foi dans cet amour. Il était celui qui avait su mieux qu'elle. Celui à qui seraient dus tous les bonheurs à venir.

Bras dessus bras dessous, ils marchaient. Elle disait ces choses qu'on dit en vrac en toute confiance : J'ai viré une maman de mon cabinet cet après-midi ! Sarah a eu des poux ! J'ai dû laver tous les oreillers de la maison ! Mélusine a encore beaucoup bu, je ne comprends pas qu'Henri la laisse dans cet état. Sais-tu que Pénélope va se marier ? Il s'étonnait. Elle racontait. Ils riaient. Elle en profita : Je voudrais un mariage à l'église, dit-elle. Gilles hocha la tête. Il réprouvait. Elle insistait : Pour moi ! S'il te plaît. Ils riaient. Il se sauva :

Laisse-moi le temps de me faire à l'idée. Elle l'embrassa. Il dit : Je suis à pied. Elle ne commenta pas. Ils se mirent à marcher. Comme autrefois ! dit-il. Et il était heureux à l'idée de voir sa fille le lendemain. Tu vas voir comme ta Sarah est belle avec ses cheveux courts, dit Blanche. C'était une étrange phrase : stratégique, guerrière. Le calcul dans un étui d'attention. Blanche avait un enfant dans son jeu. Pourquoi négliger cet atout ?


Ils marchèrent jusque chez Blanche. Des deux, c'était elle qui pensait le plus souvent au dîner qu'il avait attendu, et à la femme qu'elle ne connaissait pas. Pauline. Pauline... À quoi penses-tu ? finit-il par lui demander. Je pense que je suis heureuse, mentit Blanche. Moi aussi je le suis, dit Gilles.


5


Pauline Arnoult fit le mensonge. Très bien. Le danger supprimait l'émotion. La rougeur ne venait que devant celui qui la causait. Je suis content pour toi, dit Marc. La conversation était lancée. Il commenta : C'est une très bonne revue professionnelle. Elle allait vendre un dessin, ça n'était pas anodin. Il fallait aller dans cette conversation. Quel prix lui avait-on proposé ? Pas davantage ? Elle aurait pu demander un peu plus. Bon ça n'avait pas d'importance. Là elle fut gênée tout de même de parler dans un néant. Je suis crevée, dit-elle. Tu vas dormir, dit-il. Il était tendre avec son épouse. Tu es presque arrivée, dit-il, j'irai tout seul au garage. Elle aurait voulu proposer de l'accompagner, comme elle le faisait d'habitude, mais l'envie d'être seule était plus forte que la sollicitude. Un silence s'installa qu'il rompit. Où avez-vous dîné ? demanda-t-il à sa femme. Là elle se contenta de dire la vérité. C'était bien ? demanda-t-il. Elle faisait des réponses brèves. Quel âge avait ce type ? dit-il. Elle pensait que mentir, tronquer le réel, inventer, recréer, ça n'était pas si sorcier dans l'instant. La durée seule venait tout compliquer. Il ne fallait pas que la mémoire flanchât et qu'elle oubliât ce qui n'existait pas et avait été énoncé. C'est pourquoi elle en dit le moins possible. Et sur l'âge présumé pas davantage ne se risqua. Comment savoir ? répondit-elle. Entre trente-cinq et quarante-cinq ? Comme moi ? fit-il. Et là, elle retourna à la vérité secrète, disant : Plus vieux que toi. Elle avait l'impression singulière de vivre une scène de film, un moment qui aurait été à côté de sa vraie vie, à part. Un moment faux.


Voilà, dit Marc en arrêtant la voiture devant l'immeuble où ils logeaient, à tout de suite. Elle dit : À tout de suite. Il la contempla qui courait vers la porte cochère et entrait dans l'immeuble. Ses yeux et ses mains aimaient quelque chose en elle qui était plus que cette anatomie. Dès qu'elle eut disparu dans l'immeuble, la voiture démarra. De la suite, comme du début de cette soirée, il ne sut jamais rien : Elle se dépêcha comme une folle, enfilant sa chemise de nuit, se brossant les dents, défaisant le lit, se couchant, fermant les yeux, les poings serrés au bruit de la clef dans la serrure, et faussement endormie sous les yeux aimants de celui qui entrait dans sa chambre. Marc Arnoult se glissa sans bruit à côté de sa femme, prenant mille précautions afin de ne pas l'éveiller, et s'endormit bien avant elle. Comment aurait-elle pu dormir ? Les images tournicotaient.

# VI
# AU TÉLÉPHONE

# 1

Le matin du lendemain, Gilles André était à l'école avec Blanche. Ils accompagnaient ensemble leur fille. Sarah levait un visage rayonnant tour à tour vers sa mère puis vers son père. Ils lui donnaient chacun une main. Les époux passés au bord de la trappe étaient souriants, des vainqueurs, des exorcistes réunis dans la splendeur de l'amour renaissant. Pauline les aperçut au moment où ils se souriaient. Ce fut comme la foudre ! Leur complicité était d'ordre à lui laisser imaginer qu'il avait peut-être tout raconté. C'était une chose concevable. L'idée que Blanche sût ce dîner de la veille et l'affinité qui l'avait amené était insupportable. Des yeux de femme sur une trahison de femme ! Loin s'en fallait donc que Pauline fût à l'aise devant Blanche André. Elle devint aussi rouge que son manteau. Une brève panique accéléra ses gestes. Théodore était étonné et regardait sa mère, elle lui caressa la joue avec une expression renversée. Gilles s'avançait vers la classe. Mais il ne passa pas à côté de la jeune femme sans la saluer. Il fut d'un naturel à couper le souffle de celle qui était si confuse. Une telle maîtrise de soi : elle vit en lui un maître. Bonjour, dit-il, d'une voix neutre qui n'avait pas de parenté avec la voix d'alcôve. Il avait su trouver à chaud le ton exact qu'adoptent les pères ou mères qui se rencontrent à l'école. Blanche aussitôt renchérit, avec plus de chaleur puisque, depuis la veille, elles avaient fait connaissance. Votre mari vous cherchait anxieusement hier soir ! Il semblait très malheureux de ne pas vous trouver au club ! dit-elle en souriant. Je n'étais pas perdue, dit Pauline, et il m'a trouvée ! J'étais désolée de le voir si inquiet, dit Blanche, et en même temps cela me semblait attendrissant et remarquable. Elles se parlaient ! Gilles André en fut épouvanté. Il ne savait plus quels secrets de sa rencontre magnétique avec l'une il avait livrés à l'autre, mais il était certain d'avoir trop parlé. Quelle bêtise ! pensat-il. Comment avait-il pu déroger à sa règle ? Et quand c'était si important ! Il se mit à réfléchir, un détail le préoccupait. Avait-il dit qu'il avait eu ce fameux coup de foudre à l'école ? Oui, il lui semblait bien l'avoir dit ! Comment sa femme, à qui il avait confié ce prénom de Pauline, pouvait-elle ne pas faire maintenant le rapprochement ? Il pensa : C'est qu'elle *ne veut pas* le faire. À nouveau il observa les deux femmes. Blanche semblait vraiment à l'aise. Était-ce de se sentir victorieuse ? En revanche la jeune Pauline était toute chamboulée ! Il se rappela comment elle souriait à table en face de lui. Maintenant elle serrait les dents... Son visage bouleversé lui fit peine. Tout cela était de mauvais augure. Elle prenait les choses trop à cœur. Il ne s'y était pas attendu. C'était toujours le même résultat et il était, se disait-il, un imbécile malchanceux, il allait encore une fois rendre tout le monde malheureux. Mais tout cela se passait très vite, au bord de la classe des enfants, les mères y entrèrent ensemble, et il s'éclipsa faisant signe à Blanche qu'il était pressé en tapotant sur sa montre avec l'index. La rougeur de Pauline qui évitait de le regarder fut son dernier supplice.

Dans l'après-midi il lui téléphona. Elle était muette, tout étranglée dans sa ferveur désolée, et découvrant le premier travail de l'amour qui est peut-être de se taire et d'accepter, et de poursuivre, quand même il semblerait que cela ne se peut plus. Vous m'en voulez n'est-ce pas ? dit la voix d'alcôve. Pauline était remuée malgré elle. Cette voix était sa ruine et son effervescence. Elle ne voulait pas cesser de l'entendre. Aussi elle lui répondit. Non pourquoi ? dit-elle en essayant d'être simple. Je ne vais pas vous interdire d'être marié ! Mais elle voulait bel et bien le lui interdire, et il pouvait le deviner malgré ses mots, dans la tessiture altérée qui les portait. Il s'efforça d'en rire. Ma parole ! dit-il. Vous n'êtes pas jalouse tout de même ! Il ne pouvait pas croire qu'elle le fût. Il se moquait avec une gentillesse qui était de la délicatesse. Elle se taisait. Allô ? dit-il. Vous êtes toujours là ? Oui, fit-elle. Je ne vous entendais plus, dit-il, j'ai cru que nous étions coupés. Elle eut conscience de ce qu'elle était : vorace et envoûtée. Elle en perdait le langage. Il devina cet égarement et prit les rênes. Vous aimez votre mari ? demanda-t-il. C'était une fausse question, dont il savait la réponse, et qui allait servir de prémisse pour cette conversation. Pourquoi me demandez-vous cela ? dit-elle. Parce que vous ne divorceriez pas de lui si je vous suppliais de le faire, dit-il. Divorceriez-vous ? répéta-t-il dans le seul but de lui faire confirmer le non. Non, avoua-t-elle avec une voix misérable, amenuisée par le désir qu'elle avait de tout vivre et la crainte qu'il s'en allât. C'était ainsi que s'y prenaient les hommes, elle le pensait : ils vous capturaient, et ensuite ils s'occupaient de tout autre chose. Il dit : J'en suis heureux. Cela me prouve que vous êtes comme je le crois. Maintenant je vais vous expliquer une chose qui est arrivée.

Et il commença de lui raconter ce qui était advenu la veille avec Blanche : J'ignore comment, et pour quelles raisons, mais ma femme a souhaité suspendre la procédure de notre divorce. Elle désire me voir revenir auprès d'elle et de notre fille. Elle me l'a dit hier soir en sortant du club. Il s'interrompit sans entendre une seule réaction. Vous ne voulez pas me parler ? dit-il. Et là il attendit un assez long moment. Que pourrais-je vous dire ? murmura Pauline Arnoult. Je ne sais pas, dit-il. Ce que vous voulez. Vous pouvez tout me dire. Ouvrez-vous toujours à moi, rien ne me choquera, murmura-t-il avec une tendresse vivante. Mais elle se taisait encore, alors il poursuivit. La vie est étrange, n'est-ce pas, souffla la voix d'alcôve. J'attendais cette chance depuis des mois, au point même de n'y croire plus que par désespoir. Enfin la voilà... Il a fallu que ce fût justement le soir que nous avons passé ensemble, et après ce dîner où j'ai eu le sentiment de faire vraiment votre connaissance. Cette façon qu'il eut de dire les choses réveilla l'ironie de son interlocutrice. Il n'en sut rien car il n'avait pas cessé de parler : Mais croyez-vous que je veuille refuser à ma femme ce dont elle me supplie, parce qu'elle ignore que c'est aussi mon vœu ? Il se tut, puis reprit. Je ne vous l'ai pas dit, parce que ça ne servait à rien, mais je n'ai jamais cru à ce divorce. La femme que j'ai choisie était forte, amoureuse et lucide, je ne pouvais comprendre qu'elle voulût briser notre famille. On m'a pris pour un fou que son malheur aveuglait. On m'a fait sentir que je l'avais mérité. On m'a répété qu'il fallait m'y résoudre. Faire mon deuil ! C'est le grand leitmotiv aujourd'hui ! Il eut un éclat de rire amer et laissa tomber le silence. Pauline Arnoult était à ressasser l'expression contournée qu'il avait eue : ce dîner où j'ai eu le sentiment de faire votre connaissance ! Elle aurait presque éclaté de rire à l'entendre. Pourquoi ne pas dire tout bonnement les choses ? Ce dîner où il l'avait séduite ! Car c'était bien de cela qu'il s'agissait ! Il est vrai que c'était trop tard pour le dire... Quelle malchance de récupérer sa femme le jour où l'on vient d'en séduire une autre ! pensait-elle.

Ils étaient l'un et l'autre silencieux, le combiné téléphonique contre l'oreille. Pauline avait la gorge serrée par tout ce qu'elle entendait. Elle était remuée par la sincérité avec laquelle il lui parlait. La voix d'alcôve avait sur elle un imparable effet. Aussi l'essor du sentiment amoureux se poursuivait-il malgré tout ce que pouvait dire cet homme sur son mariage. Il dit : Les autres qui vous donnent des conseils... ne les écoutez pas. Il arrive qu'ils aient raison. Mais il y a bien des choses que l'on est seul à savoir. L'amour qu'on a, et celui qu'on a suscité parfois. Enfin, je ne sais pas. Mais... Je suis heureux. Voilà, dit-il, vous savez tout, je ne vous ai rien caché. Je comprends votre surprise, ce fut aussi la mienne. Une surprise que pour rien au monde je ne veux gâcher. Vous ne pouvez pas m'en vouloir de cela au moins ? Non, dit-elle.

Enfin elle avait dit un mot ! Il entendait qu'un regret injustifiable lui volait la parole. Alors il lui parla de sorte qu'elle se trouvât rassurée. La tendresse qu'il éprouvait devant ce désarroi de jeune femme adoucissait encore le timbre suave de sa voix. Croyez-vous que cela changera quelque chose pour nous ? dit-il avec une merveilleuse rectitude. Il comprenait bien que c'était la question soulevée par le retour de Blanche. Pauline Arnoult n'avait pas osé la poser. Il faisait preuve au contraire de franchise et de simplicité. Comme si rien ne lui semblât laid, inavouable ou incongru, qui ne pût être dit. Elle lui fut reconnaissante de cela. Je ne sais pas, dit-elle, soulagée. Moi je crois que c'est ce que vous vous imaginez, dit-il. Et pour la sortir de l'ornière du tourment, sa voix s'enjoua et il dit : Folle que vous êtes ! Il espérait la faire sourire ou rire, mais rien n'y faisait. Il redevint donc sérieux. Avez-vous parlé de moi à votre mari ? dit-il. Non, dit-elle. Vous voyez, dit la voix d'alcôve, ne soyez pas tourmentée. Vous ne vouliez pas un mari ?! poursuivit-il, pédagogue. Non, dit-elle. Le vôtre fait très bien l'affaire ?! souffla-t-il. Il riait à nouveau. Arrêtez de rire, dit-elle. Mais elle était souriante : la galanterie était entre eux de retour.

Hélas cela finit. Il avait terminé de parler et elle ne trouvait rien à lui dire. À bientôt ? dit-il. Oui, murmura-t-elle. Je vous appellerai, dit-il. Je vous le promets, murmura sa voix d'alcôve. Merci, dit-elle encore plus imperceptiblement. À bientôt, souffla-t-il, et il raccrocha le combiné. Alors ce fut le silence de la vie ordinaire et elle éclata en sanglots.

## 2

Elle ne pensait qu'à lui dès qu'elle était libre de rêver. Toute sa vie silencieuse revenait sur lui. C'était la plus formidable rêverie amoureuse qu'elle eût jamais traversée. Elle éprouvait jusqu'au besoin d'être seule et recueillie pour librement se remémorer ses émois, leur rencontre, le dîner, la promenade, et tout ce qui avait été dit ce soir-là. Elle se lovait dans ce panier de souvenirs, en négligeant un peu tout ce qui ne se rapportait pas à cet amant imaginaire. Parfois elle réalisait la folie d'une telle songerie. D'autres vivaient-ils ainsi dans les chimères ? Est-ce qu'elle ne pouvait pas s'arrêter un moment de penser à lui ? Elle essayait de vivre comme autrefois. Mais très vite quelque chose d'inattendu ramenait Gilles André dans ses pensées. Elle passait en voiture dans le quartier où ils avaient dîné... Elle lisait qu'un livre sur les anges venait d'être publié... Elle remettait sa robe jaune. Elle rencontrait Blanche à l'école. Comme tout autre, son monde privé était peuplé de visages accrochés à des mots. Qu'un de ces mots surgisse, et hop ! voilà le visage qui revenait, et la mémoire entière, élaborée dans l'entrelacement des lieux, des noms et des êtres. Impossible d'oublier ce qu'on voulait comme on voulait, et il y avait une liste de mots qui faisait advenir un amant dans sa vie.

Ses propres questions étaient venues harceler son secret. Était-elle une femme comme les autres ? Était-ce déchoir que de rêver en secret d'un homme qui (évidemment) n'était pas son mari ? Bien sûr elle n'avait pas de réponses. Et ce n'était jamais que penser à lui d'une autre façon. Elle l'entendait presque qui murmurait. Elle pouvait lui faire répéter les propos qu'ils avaient susurrés. Tous les mots qu'il avait dits s'étaient suspendus quelque part en elle. Ils scintillaient chaque fois qu'elle se les rappelait, ils bruissaient dans la texture sensuelle et feutrée de la voix. Tout simplement : Cet homme l'habitait. Ce qu'elle vivait avec lui, ce qui s'était déjà passé, et ce qu'elle espérait qu'il se passerait. À quoi justement elle rêvait, prévoyant, imaginant, se jouant des scènes où il lui faisait des répliques qu'elle inventait aussi. Il mangeait sa vie. Mieux, sa présence était si obsédante qu'elle devenait réelle, et cela descendait en haut des cuisses, toujours cette chose ronde et chatouillante qui faisait frémir l'eau en elle.

Gilles André était retourné vivre avec sa femme. Était-il pareillement captivé ? Pauline Arnoult rêvait qu'il le fût. Mais c'était sans y croire. Ça ne se pouvait pas... Les hommes ne mettaient rien en suspens à cause d'un amour. Ils aimaient à côté de ce qu'ils faisaient, en marge de ce qui les occupait, les rendait importants et indispensables. Ils n'étaient insistants et persévérants que pour lancer les histoires. Ensuite les cœurs féminins faisaient de grands voyages abreuvés de larmes, d'espoirs, et des mots qu'ils disaient pour justifier leur désertion. Gilles André lui donnait raison : il avait disparu complètement de l'école, il ne cherchait pas à la revoir. Cependant il téléphonait chaque jour pendant de très longs moments. Est-il besoin de dire qu'elle attendait chaque appel ? Elle était suspendue à une voix, sans rien y comprendre, et lui... il laissait filer les choses et le temps.

Son désir était devenu indécis. Par un mélange de géographie et de raison, voilà un homme qui s'était extirpé de l'ensorcellement. On peut mesurer la magie d'une présence à ce qui disparaît avec elle. Il était sorti du champ de l'attraction. Il pouvait même se représenter cette femme qui avait été une vision, comme elle était : une perche, auraient dit certains, une tringle à rideaux ! et pas de seins, pas de fesses ! Bref, elle n'était pas si époustouflante. Quelque chose pourtant le liait à cette jeune femme, mais ce n'était pas seulement le désir. Et puis le retour de Blanche... il ne se sentait pas disponible comme il aurait fallu l'être. Il s'était mis à imaginer autre chose qu'une liaison : une amitié trouble et totale. Il essayait de la faire naître. Ça n'était pas si facile : la passion déteste tout ce qui n'est pas la passion. Avec un peu de patience, elle le suivrait, pensait Gilles André. Alors il téléphonait. Il ne se départait plus de sa voix feutrée. Pauline était prise dans ce réseau de murmures et de rires, qu'il avait tissé sur elle comme on coud un vêtement à même un corps.

Si elle avait osé le questionner : Je suis dans un rêve, l'êtes-vous aussi ? Cela vous arrive-t-il de penser à moi ? Il aurait pu répondre : Oui, je pense à vous très souvent. Ils pensaient donc l'un à l'autre. Lui : Très souvent. Elle : Sans arrêt. C'était toute la différence. Avec beaucoup de sincérité, voici la réponse qu'il aurait pu lui faire : il y avait eu un songe, mais la vie l'avait repris, et il restait une trace de ce songe. Il parvenait très bien à vivre éloigné d'elle, mais il avait besoin qu'elle existât. Il avait besoin de vérifier qu'elle était là, aimante et douce.

Une partie de sa vie intérieure était bel et bien consacrée à cette femme. Il prenait le temps de lui parler. Au téléphone il l'écoutait longuement. Il sentait son frémissement, il la faisait rire. Il éprouvait une complicité singulière. Il concevait aussi du désir pour elle. Il se demandait si ce désir durerait. Il n'avait plus le besoin de faire d'elle une maîtresse. Mais comment se résoudre à tout éteindre ? Il n'avait pas ce courage. Avait-il même une vraie raison pour le faire ? La peine qu'il lui faisait ? Il ne croyait pas qu'elle souffrît. Il ne le voulait pas. Il lui téléphonait pour qu'elle ne souffrît pas, pour qu'elle ne doutât pas qu'ils fussent indissolublement liés. Mais elle voulait davantage. Elle qui avait tergiversé désirait maintenant l'homme entier. Tandis que lui, refoulé dans son premier désir, avait désormais tout son temps.

3

Et donc ils se parlaient tous les jours. L'affinité survivait à la séparation. Mais en chacun sous une forme différente. Il était heureux qu'elle existât, elle était exaspérée. L'inclination en elle s'était muée en mots et en attente, en pensées, en pleurs, et en désir. Et tout cela au bout d'un fil ! Quand vous verrai-je ? suppliait-elle. Et il répondait sans varier : Bientôt. Et ils ne se voyaient pas davantage. Si étrange que cela semblât, ils ne s'étaient pas revus depuis le dîner clandestin. Je voudrais tellement que nous dînions ensemble à nouveau, disait-elle. Bientôt, disait-il. Et des jours tissaient l'étoffe de cette attente fiévreuse. Il n'entendait ni les regrets ni les suppliques. Il voulait la laisser, ne pas se hâter. J'ai beaucoup de travail, disait-il. Je n'ai pas le temps. Vous me dites toujours la même chose ! disait la jeune femme. Je vous dis la vérité, répondait-il. Il était le plus sage des deux. Il pensait à l'enfant qu'elle attendait, au mari auprès de qui elle dormait, à sa fille retrouvée, il pensait trop pour aller dans cette passion. Elle ne comprenait plus rien. Personne ne saura rien, disait-elle. Je sais bien que personne ne saura rien ! disait-il.

Il était heureux. L'amertume avait quitté sa vie. Pas un jour ne passait sans qu'il embrassât sa fille et il lui semblait parfois que sa femme était très amoureuse. Dans son métier, il connaissait une réussite sans ombre : il était fêté pour son inventivité, sa courtoisie et son intelligence. Sagace pour nouer les amitiés utiles, il gagnait beaucoup d'argent en faisant ce qu'il aimait. Vers la fin de l'après-midi, il appelait Pauline Arnoult, il écoutait les rires mélancoliques et l'envie de cette femme qu'il avait envoûtée. Pourquoi ne voulez-vous jamais me voir ? disait-elle. Vous avez peur de moi ? demandait-elle. Elle croyait l'avoir effrayé à force de laisser voir les turbulences de son désir. Par quoi voudriez-vous que je sois effrayé ! répondait-il. Et là elle ne comprenait plus. Y avait-il seulement quelque chose à comprendre ? Un amant prenait son temps, faisait durer sa cour galante, auscultait son désir... Mais alors pourquoi avoir tant changé ? demandait-elle enfin. Je n'ai pas changé, disait-il. Vous savez bien que si, disait-elle. Mais il n'avoua jamais quoi que ce fût. Nous allons nous voir, disait-il simplement, avec une assurance calme, et comme s'il ne l'avait pas cent fois promis déjà. Vous me dites toujours cela et je ne vous vois pas, disait-elle. Et elle était désormais prise dans cette obsession : un rendez-vous avec lui. L'obsession papillonnait autour d'elle. Elle revoyait le sourire qu'il avait eu pour dîner avec elle. C'était comme un film qu'elle se passait.

Et le mari dans tout ça ! Ne s'apercevait-il de rien ? Les yeux de sa femme... Par moments les yeux de sa femme ne regardaient rien. Il la contemplait sans qu'elle le vît. Ses yeux bleus devenaient pour lui la mer et le ciel, une joaillerie d'azur lavée par le vent et le rêve. Sa femme était une grande rêveuse ! Voilà ce qu'il pensait le mari. Et Pauline était absente. Elle pouvait presque entendre la voix d'alcôve, l'exténuation singulière dans laquelle Gilles lui parlait. Elle se mettait au lit pour la tranquillité de penser à lui. Elle allait se vautrer dans cette songerie. Tu te couches ? demandait le mari. Oui, disait-elle en se glissant entre les draps. Elle était ardente par ses seules pensées. N'importe quel homme convenait alors. Viens, disait-elle à son mari. Il s'approchait au bord du lit et tendrement se penchait au-dessus d'elle, la caressant avec douceur. Elle recevait cet époux dans le secret désir d'un autre, dans l'étrange emmêlement d'un plaisir réel et d'un fantôme d'amour. La chair est si opaque. Je me demande quel sera son visage, disait-il, parlant de l'enfant à naître. Il caressait le dôme arrondi du ventre. Tu es belle, disait-il. Un peu grosse ! répondait-elle. Il faisait signe que non, elle ne l'était pas. Et ils continuaient ainsi, sur ce chemin de l'intimité qui est habitude de la proximité, effleurements permis, petits mots secrets, gestes tendres, toute cette grâce de se toucher dont la magie risque à chaque instant de s'user, et qui cache l'irréductible étrangeté, et tous les secrets dont nous sommes capables. Tu es douce, disait le mari à sa femme. Et elle songeait que l'autre le lui dirait pareillement, que c'était peut-être ce qu'ils disaient tous.

4

Quand on est pris par l'amour, on se réserve, on rêve, on se consacre : Pauline Arnoult délaissa ses amis. Sara lui avait téléphoné deux ou trois fois, Pauline n'avait pas rappelé. Elle savait que Sara voulait épouser Tom qui ne le demandait pas. Cette peine d'amour les rapprochait, mais Pauline préférait être seule. D'ailleurs elle espérait constamment un appel de Gilles. Sara racontait son triste sort d'amante : Je passe la nuit chez lui, on s'endort à l'aube, aucun geste ne manque je t'assure !, je suis crevée, je pars au bureau sans repasser chez moi. Je les entends toutes qui chuchotent Elle a découché..., parce que je suis habillée comme la veille. L'autre jour, une des rédactrices me propose de déjeuner avec elle. Devine ce qu'elle fait. Elle me déballe toutes les aventures de Tom. J'ai chié dans mon pantalon, dit Sara, je te jure, je me suis vidée complètement. Pauline ne savait pas quoi répondre. Mais Sara n'avait pas besoin qu'on lui répondît. Il paraît que Blanche et Gilles ne divorcent plus, dit-elle. J'ai été rudement contente quand j'ai appris ça. Tu connais Blanche André ? dit Pauline. Je connais surtout son mari ! dit Sara. Ah oui ? je ne savais pas, dit

Pauline. Il connaît tout ce qui réussit dans cette ville !
dit Sara. Pauline s'était tue. Elle ne voulait surtout rien
entendre. Personne ne pouvait lui parler de cet
homme-là. On ne parlait pas de lui comme d'un autre.
Et d'ailleurs, elle ne voulait rien savoir. En revanche,
dit Sara, je crois que les choses vont très mal entre
Max et Ève ! Je m'en doutais depuis un moment, dit
Pauline. Ils se disputaient de plus en plus souvent et
même en public.


Quand Sara téléphonait, elle donnait des nouvelles
de tout le monde : Mélusine était en cure de désintoxi-
cation dans une maison. Henri dînait tous les soirs au
club. Tu peux aller le voir ! Il boit sa carafe de rouge !
Tu verras qu'il ne s'en passera pas quand Mélu revien-
dra ! C'est un truc qui me fout hors de moi, dit Sara.
Pauline n'avait pas d'avis, elle connaissait à peine
Mélusine. Sara continuait : Louise avait fait une cin-
quième FIV qui était encore un échec. Elle est l'ombre
d'elle-même et Guillaume ne se rend compte de rien...
dit Sara. Tu n'en sais rien, dit Pauline, tu ne vis pas
chez eux, peut-être est-il très attentionné avec elle.
Marc n'est pas rentré ? demandait Sara au bout d'une
heure de conversation. Quelle heure était-il ? Pauline
regardait sa montre. Il ne devrait plus tarder, disait-
elle. Et elles raccrochaient. Il était vingt et une heures.
Pauline restait si longtemps à bavarder parce qu'elle
savait que Gilles ne pouvait pas téléphoner à ce
moment. Il était avec sa femme. À quoi ressemblait
leur soirée ? se demandait Pauline. Elle se faisait des
images puis les chassait. Marc Arnoult rentrait,
embrassait son épouse. Théodore est couché ? Il véri-
fiait. Il racontait sa journée. Pauline répétait les
conversations de l'atelier...

D'autres se faisaient des scènes. Pourquoi dis-tu que tu rentres à huit heures si c'est pour rentrer (elle regarda sa montre) à neuf heures vingt ? disait Ève au même instant. Parce que je ne peux pas imaginer que l'on va venir me voir et que cela va prendre du temps, dit Max. Et, dit-il, qu'il y aura du monde pour rentrer. Elle soupira. J'en ai ras le bol, dit-elle. C'est moi qui fais tout, tu n'es jamais là, tu as toujours des réunions, des déjeuners. Moi, dit-elle, je n'ai pas le temps de déjeuner figure-toi. Il attendit qu'elle eût fini cette liste qu'il connaissait par cœur. Elle plissait ses yeux d'une façon qu'il connaissait aussi. Mais ça tombe bien, lui dit-il, parce que moi aussi j'en ai marre. Il était plein d'une fermeté qui lui faisait parfois défaut et qui ne manquait pas, quand elle lui venait, d'effrayer sa femme. Il vit la surprise craintive se peindre sur son visage. On change si tu veux, dit-il. Toi tu te débrouilles pour aller gagner cinq cent mille francs et moi je reste à la maison et je m'occupe des enfants. Pff ! fit-elle. Tu n'en serais pas capable. J'apprendrai, dit-il.

Je devrais prendre un amant, dit Ève, voilà ce que je devrais faire ! Si ça peut te rendre le sourire, fais-le, dit-il. Elle ne réagit pas. Je ne serais pas la seule ! Tu as vu Gilles et Pauline au club le soir du match ? dit-elle. Tu n'as vraiment rien remarqué ? dit-elle. Rien du tout, dit-il, tu ne vas pas recommencer avec cette blague ! Tu n'as pas remarqué comme Pauline était troublée, dit-elle. Elle plissa de nouveau ses yeux. Tu crois qu'ils sont amants ? dit-elle. Non, dit-il, je n'imagine pas ce genre de choses. Tout est possible, je ne vais pas t'assurer que non, mais ce ne sont pas mes affaires, j'ai horreur des confidences et des ragots, et s'ils sont amants tant mieux pour eux, ça ne me regarde pas. Tu dis tant mieux pour eux ! dit-elle. Et tant mieux pour Marc pendant qu'on y est ! dit-elle. J'ai trouvé Pauline belle comme un ange l'autre soir au club, dit-il (et songeant avec toujours le même plaisir que sa femme s'agacerait de ce compliment). Elle resta muette. Oui, fit-il, elle avait une lumière particulière, mais qu'elle a souvent, ce sourire de tout l'être qui est l'âme de son charme. Je ne sais pas pourquoi vous êtes béats devant elle, dit Ève, elle n'est pas si jolie que cela et elle a des yeux de vache. Vous êtes toutes jalouses, dit Max. Comment pouvez-vous vivre de cette manière, en vous enviant et en vous détestant les unes les autres même entre amies ?! On ne se déteste pas ! dit Ève. On se regarde. Elle pensait : On en apprend des choses en observant ! Et alors elle voyait le sourire de romance sur le visage de Pauline Arnoult le soir de la fête au club. Celle-là cachait bien son jeu avec sa beauté glaciale ! Et l'autre gros blondinet, il devait être en pleine félicité d'avoir apprivoisé cette oiselle...

## 5

Était-ce la félicité de la confiance en soi ?! Il avait une manière faraude d'affirmer des choses au téléphone. Comme il s'amusait à cela, elle ne savait jamais s'il croyait réellement ce qu'il soutenait, ou bien s'il jouait à la provoquer. Je ne crois pas que vous aimiez votre mari, dit Gilles un après-midi. Elle était maintenant chez elle, en congé de maternité. Comment pourriez-vous le savoir ! dit-elle. L'étonnement la faisait rire. Parce que vous me l'avez dit, dit-il. Je n'ai jamais dit une chose pareille ! dit-elle. Comment l'aurais-je fait puisque je pense le contraire ? Ce que vous m'avez confié il y a deux minutes me l'a fait penser, dit-il. Il poursuivit : Vous n'aimez pas votre mari, vous lui êtes attachée, vous éprouvez de la tendresse pour lui, ce qui lui arrive vous touche et vous préoccupe, dit-il, mais ce n'est pas de l'amour. Si l'amour n'est pas cela, dit-elle, qu'est-ce que c'est ? Ah ! fit-il. Ce serait trop long, l'amour peut n'être pas cela mais contenir tout cela, et dans ce cas il vous manquerait une chose, ou du moins (il se reprit) il m'a semblé que cette chose vous manquait. Quelle chose ? dit-elle, rieuse, insistante, mais (pensa-t-il) aucunement vexée, comme si elle avait accepté et su qu'il énonçait une vérité. Il faudrait que je dise les choses en n'oubliant pas que c'est à vous que je les dis, dit-il. Allez-y, dit-elle, je vous écouterai passionnément. Il lui fit un sourire de séduction, qu'elle entendit au fond de sa voix et d'aussi loin qu'elle vînt. Elle tira le combiné et s'allongea sur son lit pour aller confortablement dans l'impertinence de cette conversation. La voix d'alcôve l'entraînait dans la langueur. Il dit : Je crois que ça a à voir avec le sacrifice. Comme elle ne disait plus rien il continua. Il dit : Vous ne sacrifiez rien à votre mari. Vous faites votre vie, votre mari participe à son confort, et vous faites vos dessins, vous poursuivez avec obstination vos images. Vous ne vous occupez pas plus de lui que d'une chaussette ! dit-il. Il riait. Elle adorait entendre ce rire. Mais si je m'occupe de lui ! protesta-t-elle. C'était presque une formalité. Tout à coup elle voyait qu'il en était comme il le disait. Vous êtes bien affirmatif ! dit-elle. Je vous connais, dit-il, vous êtes nue devant moi. Elle ne releva pas. Un long silence s'installa. Elle aimait même le silence avec lui.

Elle dit : Avez-vous déjà été sûr d'aimer quelqu'un ? Est-on jamais certain de cela ? J'ai toujours un doute, parce que je vois bien que dans cet amour conjugal je m'occupe autant de me faire plaisir que du bonheur de mon mari. Il y a tant d'intérêt et d'égoïsme cachés derrière les sentiments, je me demande s'il s'agit bien encore d'amour. Le vrai problème n'est pas là, dit-il. Comme vous êtes sûr de vous, dit-elle. C'est pour vous faire enrager, dit-il. Mais je comprends très bien ce que vous dites, vous avez besoin de votre mari et cela trouble votre idée d'un amour désintéressé et altruiste. Vous avez raison d'être troublée, dit la voix d'alcôve – elle avait resurgi avec le sourire de séduction –, car, non, vous n'aimez pas votre mari. Elle riait carrément. Mais, dit-il, vous n'y pouvez rien, vous avez été éduquée pour cela : pour former une association. C'est bien ce qu'est votre couple, une entreprise, qui a des dépenses et des recettes, qui a produit des enfants grâce à deux individus complémentaires. Beaucoup de ménages fonctionnent de cette manière et c'est fou alors comme ce terme de ménage cesse d'être impropre. Car ce n'est pas de l'amour, répéta-t-il. Et vous, dit-elle, aimez-vous votre femme ? Non, dit-il, je suis avec elle à peu près comme vous avec votre mari. Avez-vous déjà éprouvé de l'amour pour une femme ? demanda-t-elle. Non, répondit-il. Il n'était pas tricheur avec elle, ni poseur, il imposait un être naturel. Non ! répéta-t-elle en riant. Et moi ? dit-elle. Oui, dit-il, vous êtes la femme la plus amoureuse que je connaisse. Ils éclatèrent de rire parce qu'il lui disait bien Vous m'aimez. Oui, il le lui disait comme si elle ne l'avait pas su ! Et il savait ! Mais elle ne voulut pas le laisser dire si facilement. Ne croyez pas cela, dit-elle, il m'arrive d'être troublée, mais ce n'est rien qu'une attirance ! Vous vous trompez, dit-il, et je vous l'ai déjà dit : Vous et moi, c'est unique, et ce n'est pas sexuel. Faisait-il exprès de répéter cela ? Elle eut encore envie de protester : Bien sûr que si ça l'est ! Mais elle resta muette, heureuse sans compter rien, ni le temps, ni ce qui progresse ou recule, ni ce qu'elle voudrait qu'elle n'a pas, heureuse des paroles dites, de la confiance, de la complicité. Je n'ai avec personne une relation comme j'ai avec vous, dit la voix d'alcôve. Je ne parle avec personne des choses dont je parle avec vous, dit-elle. Je l'espère bien, dit-il avec malice. Et il prit congé d'elle, par cette formule rapide (Salut) qu'il avait souvent, et qu'elle sentait comme une brutalité, sans doute parce qu'elle eût voulu ne jamais raccrocher le combiné et perdre ainsi la brûlure de la voix. Téléphonez-moi ! implorait-elle parfois à voix basse. La voix peut être aussi préhensile qu'un corps. Elle entre alors en vous plus loin que ne le fait un sexe. Que peut une voix ? se disait l'amoureuse. Une voix peut vous habiter, se loger au creux du ventre, en plein dans la poitrine, au bord de l'oreille, et harceler ce qui en vous est le besoin d'amour, l'attiser, le soulever comme le vent la mer. Est-ce que j'aime une voix ? souffrait-elle.

6

Les mots qu'il disait se jetaient tout au fond d'elle, comme des arbres dans un lac, invisibles mais gisant bien là, agités par les turbulences de l'eau, et s'accumulant, l'amoncellement de bois s'élevant, et de plus en plus près de crever la surface. Les mots étaient en elle comme des troncs, lourds, empilés, qui dessinaient une architecture secrète de ses pensées, leur charpente engloutie : Vous êtes la femme la plus amoureuse que je connaisse. Ce que vous avez de mieux ce n'est pas votre beauté, c'est votre tempérament. Je n'ai avec personne une relation comme j'ai avec vous. Vous n'aimez pas votre mari, vous croyez l'aimer mais vous ne l'aimez pas. Vous formez une association. Ce n'est pas votre faute, vous avez été éduquée pour cela. Les mots entraient en sarabande. Qu'est-ce qu'elle avait de mieux ? Oui ils avaient une relation unique, on ne pouvait pas dire le contraire. N'aimait-elle pas son mari ?

Il était capable certains soirs de l'agacer par sa seule présence, est-ce que ce n'était pas un signe ? L'avait-elle aimé ou bien s'était-elle trompée ? Une association ? Non elle ne quitterait jamais l'association, elle ne divorcerait pour rien au monde. Vous avez été élevée pour cela. Comment pouvait-il savoir tout cela ? alors qu'elle n'en savait rien ?

Ne parlez de moi à personne, dit-il. Je veux que personne ne sache que nous nous parlons. Pourquoi ? dit-elle. Je vous l'ai dit, j'aime les secrets. C'est ainsi, dans le secret le plus absolu, que j'ai découvert l'amour. Vous croyez aux secrets ? dit-elle. Je crois à mes secrets, dit-il. J'ai l'impression que tous sont trahis un jour ou un autre, dit Pauline Arnoult. Comme s'ils rencontraient immanquablement celui qui les attendait, le confident prédestiné. Ne dit-on pas d'un secret que c'est une chose qu'on ne dit qu'à une seule personne à la fois ? dit-elle. Pourriez-vous confier, à une personne à la fois, ce que vous éprouvez avec moi ? dit-il. Il était grave, tellement grave qu'elle trouva cela exagéré, et parce que, en somme, cette gravité consistait à amplifier ce qu'elle ressentait pour lui, à le présumer même, puisque ce n'était pas elle mais lui qui en parlait. Mais, au lieu de dénigrer et de rire, elle s'abandonna encore à l'outrancière caresse de la voix. Elle dit : Non, je ne pourrais le dire à personne. Vous voyez, dit-il, avec une malice qui venait de ce qu'il était heureux. Un jour, dit-elle, un homme qui avait beaucoup trompé sa femme et à qui je faisais le reproche de ne pas s'en être caché m'a dit : Si c'est secret, ce n'est pas de l'amour. Sans quoi, c'est impossible. Je suppose qu'il voulait dire que si c'est de l'amour c'est trop fort, prenant et dévastateur pour rester caché ? dit-elle. Sans doute oui il voulait dire cela, dit-il. Je ne peux pas vraiment savoir puisque je ne l'ai pas entendu, dit-il. Et alors ?

dit-elle. Qu'en pensez-vous ? Il avait peut-être raison, dit-il sans chercher à réfléchir. Comme elle fut blessée de l'entendre ! Pareille réponse, c'était lui dire : Je ne vous aime pas. Vous et moi ce n'est pas de l'amour. Et c'était bien ce qu'il pensait. Il disait : Vous et moi, je ne sais pas ce que c'est. Il le lui avait dit dès la toute première fois. Il n'avait jamais cessé de le penser. Ils étaient liés. Pourtant il ne savait dire par quoi. Il ressentait du désir, oui, il en avait ressenti beaucoup le premier soir. Mais autre chose contrecarrait ce désir. Une grande tendresse. Le sentiment d'une gémellité secrète. Cette femme était une sœur, une semblable. Jamais il n'avait rencontré un être qui lui ressemblât à ce point. Aussi se refusait-il à en faire une maîtresse.

C'était pourtant ce qu'elle voulait désormais. Et peut-être tout simplement de deviner sa tiédeur. Puisqu'elle ignorait ce qu'il pensait, puisqu'il y avait aussi en lui cette force virile pour le pousser vers elle, le désir l'avait ensevelie et elle voulait être touchée et aimée. À quel point le voulait-elle ? À quel point se le défendait-il ? Il ne se le défendait pas, il tergiversait, il savourait un lien qui ne ressemblait à rien, il avait tout son temps. Est-ce que cela durerait cette attirance ? songeait-il. Il laissait à Blanche le soin d'accompagner leur fille à l'école. Il ne faisait rien pour revoir Pauline. Elle voulait le voir ! Il entendait sa ferveur de femme enamourée. Ses requêtes étaient lettre morte devant lui. Il était capable de rester distant, très occupé à rallumer les feux conjugaux et à quitter une jeune maîtresse dont il était lassé. Mais il ne la laissait pas l'oublier. Comme il était faible aussi ! Les femmes... il ne s'était pas fatigué de les aimer. J'ai besoin de cela, lui dirait-il beaucoup plus tard. Il téléphonait. Je ne vous dérange pas ? Que faisiez-vous ? Avez-vous bien travaillé ? Vous êtes triste ? Je ne le crois pas. Avez-vous dessiné aujourd'hui ? Je suis content. Vous ne devez pas vous laisser aller à ne rien faire. Ce ne sera jamais votre style. Il se prélassait avec elle au téléphone. Il ne lui parlait pas des autres : toujours d'elle, de lui lorsqu'elle l'interrogeait, et surtout d'eux ensemble, face à face, il y a deux mois et aujourd'hui, d'eux demain, de leur relation unique et totale... *et cætera*. L'amour attend qu'on lui parle de lui-même. Il s'extasiait. Il riait avec elle. Il faisait rire la vie, en somme. Vous faites des choses intéressantes ! Oh moi ! oui je vais bien. Comment êtes-vous habillée ? Et elle, toujours exquise, ardente lorsqu'elle parlait, et morose à l'instant de raccrocher, telle une eau sur un feu, grimpait lentement jusqu'à l'ébullition.

# VII
## AU LIT

# 1

Alors cela finit par se faire. Ils se rencontrèrent à nouveau. Deux ou trois fois. Dans des bistrots. Ces moments galants exaltèrent la jeune femme. Elle se plaisait à ces badinages qui finissaient en voisinage langoureux. Ce qu'elle disait... n'avait pas grande importance alors. Ses grands yeux bleus souriaient continuellement. Et lorsqu'elle riait, la rangée de perles apparaissait entre ses lèvres. Quelle gracieuse jeunesse elle donnait à contempler ! Et il avait bel et bien fait la conquête de cette image ! Il ne pouvait plus faire mine de l'ignorer. Elle était en pleine romance. Le cœur était une machine à rêver. Comment avait-il pu l'oublier ? Alors il pensait à elle. C'était étrange cette façon qu'ils avaient de progresser en sens inverse : elle marchait vers le feu tandis que lui s'était éloigné de son brasier. Car il s'était bel et bien repris. Elle ne lui faisait plus le même effet. Le second regard s'étonne moins de la pureté d'un visage, et la moindre imperfection passagère peut décevoir les retrouvailles. Il la trouva plus pâle. C'était sa grossesse bien sûr qui la fatiguait. Mais cette lassitude la rendait sensuelle. Elle voulait absolument coucher avec lui, bon, se disait-il, pourquoi lui refuser ce qu'il dérobait à tant d'autres ? Pourtant il hésitait. Elle semblait prendre tout très à cœur. Il n'avait plus tant envie de la toucher. Peut-être espérait-il la garder plus longtemps. Ou même toujours. Qui peut savoir ? Loin s'en faut que ces sentiments soient simples. C'était autre chose avec elle, et il ne voulait pas qu'elle souffrît à cause de lui. Il s'était mis à l'aimer mieux qu'il ne la désirait. Mais elle avait le printemps dans le sang. N'avait-il pas espéré qu'elle eût vers lui cette ardeur ? Il l'avait courtisée. Il se sentait responsable. Et donc il céda. C'était le mois de septembre, il pleuvait sans arrêt, il faisait froid. Il la fit venir chez lui. Dans l'idée, c'était pour elle et non pour lui. Il voulait lui faire plaisir et que cessât cet affront à une femme qui s'offrait. Il la reçut pour l'aimer. Dans les faits, ce fut une autre affaire. À l'instant où il posa sa main sur elle, il sut que c'était une bêtise, qu'il enfermait, comme en un tabernacle, le ferment des tourments.

Elle portait, arrivant chez lui, figée dans l'encadrement de la porte, l'ample manteau de drap rouge qui avait formé pour lui l'image fascinante. Mais ne restaient que le manteau et le souvenir du ravissement, l'image était morte, jamais il ne pourrait la revoir telle qu'en ce premier regard. Par chance elle n'avait pas idée qu'existât pareille inconstance des impressions. Un bonnet noir couvrait jusqu'au front la racine de ses cheveux dont la blondeur, jaillissant un peu plus bas de sous la laine, caressait ses joues. Ne restez pas là, entrez, dit-il. Elle avait le visage blanc et tendu de qui se devine circonvenu par un destin. Son cœur battait très vite, il n'y avait pas de moyen pour endiguer l'affolement de cette pulsation. Elle était glacée là où s'épanche l'émotion, dans le serpentement du dos, au creux des reins. L'accélération du rythme crucial la trempait où se mouille le corps, quand tremble en lui cette corde qui attend les désastres et les éblouissements, cette chose au cœur de la chair qui pressent ce qui est plus grand qu'elle. Ce qui la relie, par un chemin d'extase et de souffrance, au don, à l'abnégation de soi, et à la mort qui est notre communauté. Voilà qu'une femme subissait les forces obscures de l'attraction et de la crainte, croyant saisir un bonheur, quand ce n'était peut-être que se laisser prendre par les chimères. Elle avait tellement voulu cet instant qu'il était presque trop tard. Cela semblait si injuste ou absurde : que l'apothéose advînt à l'instant où l'on cessait de la rêver, qu'elle vînt troubler la paix restaurée. C'était bien ce qui arrivait à Pauline Arnoult. Son désir avait été au bord de se décourager. Cet homme la faisait marcher. Elle commençait à le penser sans en souffrir. Elle s'habituait à ne pas le voir. Elle n'en mourrait pas. La vie était belle. Elle le redécouvrait depuis que l'ombre de cet amour amer cessait de couvrir les choses. Et alors, justement à ce moment de la résignation, il téléphonait : en amant il donnait un rendez-vous. Avait-il deviné qu'elle était en train d'accepter son échec ? Ou bien cédait-il à des suppliques féminines ? Elle se donnait. Tout de même, passer à côté était impossible. Quand on est jolie femme, on compte sur les doigts d'une main les hommes qui se refusent. Mais Pauline Arnoult était loin de s'imaginer cela. Elle avait conquis un amant. Voilà ce qu'elle croyait.

L'amant la contemplait. Allez-vous bien ? demanda-t-il, inquiété par sa pâleur, et ne pouvant plus oublier devant sa silhouette arrondie qu'elle était enceinte. Elle ne disait rien, comme hébétée. Avait-elle jamais pensé venir coucher chez un homme pendant que sa femme était absente ? Et se montrer enceinte et nue, pour satisfaire un désir ? Elle découvrait à quel point on peut se surprendre soi-même. Donnez-moi votre manteau et venez vous asseoir, dit-il. Elle voulait garder le manteau. J'attendrai d'être réchauffée, dit la jeune femme. Le chauffage de l'immeuble n'avait pas encore été allumé. Il s'en excusa. Il fait si froid pour un mois de septembre, dit-elle. Vous n'êtes pas bien ! répéta-t-il, désolé. C'est juste que je suis intimidée, murmura-t-elle avec un beau sourire. Il voulut être gentil, sa main serra le frêle avant-bras dans le manteau et il crut qu'elle allait pleurer tant étaient bouleversés le sourire et le visage. Elle était toute chamboulée. Elle aurait pu lui dire : J'arrive du désespoir, je n'ai fait que vous attendre et imaginer cet instant, j'ai peur que la réalité soit laide, jurez que c'est aussi grave pour vous que ça l'est pour moi. Mais comment dire cela ? Elle passerait pour une tarte, ou une tragédienne qui se fait des mondes. Elle s'en rendait bien compte. C'était malgré tout ce qu'elle éprouvait. Et elle ne pouvait pas l'exprimer ! Il y a des phrases qui ne se laissent pas mettre au-dehors, qui demeurent tapies au tréfonds du cœur des femmes, les assujettissent et les empoisonnent. Aussi bien, enamourée comme elle l'était, elle resta debout devant lui sans avouer ni l'espoir, ni l'attente. Elle ne confia que l'étrange crainte. Un tremblement secret l'habitait. Quand je me prépare pour vous rencontrer, j'ai peur, dit-elle. J'ai le ventre serré comme avant une épreuve. De quoi ai-je peur ? dit-elle. Un véritable étonnement lui faisait se poser la question à voix haute. Je ne sais pas, répondit la voix d'alcôve. Tout à coup il devenait presque insignifiant, et banal parce qu'il s'approchait d'un désir banal. Elle refusait de s'en apercevoir, c'était une chose inacceptable, et elle poursuivit ses réflexions. J'ai peur de vous déplaire, dit-elle, j'ai peur de votre inconstance, j'ai peur que ce qui a été ne soit plus et ne puisse pourtant pas ne pas avoir été. C'est ainsi qu'un bonheur intense est proche d'une crainte profonde, dit-elle. Elle se demanda s'il l'avait écoutée parce que, ensuite, quand elle eut fini, il chuchota : Un de mes amis doit passer, je lui ai dit que je dînerais peut-être dehors, mais je ne veux pas, s'il vient, qu'il voie de la lumière. Chose qui n'avait aucun rapport avec ce qu'elle avait dit, et qui le préoccupait bien davantage. Venez, dit-il, et il l'emmena dans son bureau. Pas une lampe n'éclairait l'ombre, il avait tout éteint, l'appartement était plongé dans la nuit. Elle se taisait, immobile et debout, un peu cambrée, arrivée du désespoir et de l'attente. Vous êtes jolie, dit-il. Ce disant il s'approcha tout près d'elle, et sa bouche commença de l'effleurer à la tempe. Elle ressentait qu'il était ému par elle, mais cela sur le fond de sa légèreté, comme dans une habitude de cette sorte de situation. S'il en avait été autrement, la fièvre paralysante du plaisir imaginé par avance aurait fait de ce rendez-vous un fiasco. Il fallait à ce moment que Gilles André fût plus frivole que bouleversé. Mais n'étant pas un homme, elle ne savait pas ces choses, et elle s'arrangeait pour ne pas penser qu'il était léger.

Debout devant elle et le grand manteau rouge, il embrassa ses yeux, son cou, les ailes de son nez, lui enleva tendrement son bonnet, respira ses cheveux. Il était lent et doux. Elle lui rendit ses baisers. Il se fit un silence d'étreinte. Il prit la tête entre ses mains et imprégna ses yeux du visage immaculé. Il y a longtemps... souffla la voix d'alcôve. Elle était liquide en face de lui, livrée non pas à lui mais aux affinités, aux prières et aux serments, aux mouvements tendres, à tout ce qui nous plie et nous déploie, nous délasse et nous élabore. J'ai peur, souffla-t-elle. De quoi ? dit-il. De vous, dit-elle. Elle réfléchit. J'ai peur de croire ensuite que je vous aime, dit-elle. Vous le croyez déjà ! dit-il en riant. Elle était trop perdue pour s'indigner. D'ailleurs il n'était pas simple de connaître la raison de ce rire. Il était peut-être joyeux d'être là. Ou content de se croire aimé. Avait-il jamais été si certain de l'amour d'une femme ?... Et cependant, comme il était cruel de rire ! Il n'ignorait pas ce qu'elle ressentait, il goûtait qu'elle fût à ce point de l'amour où il savait qu'il n'était pas, il s'en amusait. Voilà ce que signifiait sa gaieté. Ne croyez-vous pas m'aimer ? dit-elle du tac au tac ce qui stoppa le rire. Mais puisqu'il était assez préoccupé de cet ami susceptible de les surprendre, il écoutait ailleurs et ne saisit pas la question : Qu'est-ce que je dois croire ? demanda-t-il après un silence. Et elle souffla, misérable et piteuse : Que vous m'aimez. Vous ne le croyez pas ? répéta-t-elle. Non, expira-t-il dans son oreille en même temps qu'il l'embrassait. Il ne voulait pas lui dire qu'il l'aimait. À quoi cela servirait-il ? Et d'ailleurs pouvait-il le penser, si vite, et pris dans le chambardement du désir ? Il se remit à l'embrasser. Il avait une bouche extraordinairement onctueuse. Il défaisait un à un les boutons dorés. Quand le manteau s'ouvrit, ses mains se faufilèrent jusqu'à elle. Une fringale en elle s'apaisa d'un coup. Voilà c'était fait ! Tout ce qui l'avait obsédée. Enfin, pensait-elle, il l'attrapait, elle était à lui. Elle se laissait envahir comme une terre ouverte à la mer. Il avait éveillé la femme, elle voulait être aimée.

Il ne pensait rien de précis. Il venait de faire les gestes qui l'avaient tracassé la première fois qu'il l'avait vue à l'école. C'était en route. Il devinait l'émotion dans laquelle était la jeune femme. Il voulait lui donner le plaisir, il voulait le lui montrer : Voilà de quoi vous êtes capable, je l'avais senti, vous le savez grâce à moi. Il savait s'y prendre, un geste après un autre, une caresse, un baiser, et ses mains sur elle, une femme si douce c'était un bonheur, et même si aucun acte n'est anodin, même s'il risquait de la casser un peu. Il l'embrassa. Ses mains s'installaient dans le creux des reins et la tenaient. Du plus muet d'elle-même, elle sentit venir l'extrême détente féminine du plaisir. Elle se désunissait sous les baisers. Cet homme qui l'avait séduite venait de refuser de lui dire qu'il l'aimait. Mais, pour ce qui n'était qu'un instant, son désir valait son amour. Il l'embrassait d'une façon qui lui était propre. Il effleura l'arrondi de ses flancs. Cette grossesse était pour lui le seul point singulier de la situation. Il avait toujours aimé les femmes des autres mais pas à ce moment un peu sacré de la maternité. Vous n'êtes pas très grosse, dit-il. Il tint les seins dans ses mains. Même enceinte, trois fois rien, une petite fille. Il dit : Des cerises ! Elle riait. Un nœud crucial se défaisait et elle se laissa aller contre lui.

Elle était venue seulement pour cela. Mais comment l'admettre ?! Elle avait fait mine de venir pour bavarder. Quelle idée pourtant ! Bavarder ! L'affinité des mots ne pouvait rassasier celle qui s'était éveillée. Depuis le fameux dîner, elle tressait ce rêve d'être touchée. Elle s'endormait et s'éveillait dans ce grand bijou de son désir. Comment imaginer que le reste du monde, tout ce qui se trouve à dire, à faire, à goûter, tous les autres avec qui cela peut être fait, dit, ou goûté, avait disparu dans l'irradiance persistante d'un désir contrarié ? Pourquoi ne se passait-il rien de ce qui avait été une destinée évidente ? Pauline Arnoult s'était mise à ne plus rien y comprendre. La patience des choses l'avait enflammée. Mais elle ne s'avouait pas cette obsession profonde de l'étreinte. Il fallait pourtant que cela fût ! Et maintenant elle avait le visage radieux et renversé de celle qui court vers ce qui a manqué. Est-ce qu'on échappait aux gestes ?

Enceinte jusqu'aux dents et nue ! murmura la voix d'alcôve. Vous êtes choqué ? dit-elle en s'écartant. Pas du tout, dit-il, et il la saisit vivement pour l'asseoir sur lui. Le désir avait repris ses droits. Il souriait en la contemplant. Vous êtes jolie ! répéta-t-il. Vous avez toujours l'air de vous en étonner, dit-elle. Je m'en étonne parce que ce n'est pas ce que j'aime en vous, dit-il. Ainsi elle se sentit jolie et davantage. Cet homme allégeait le poids des actes. Comme s'il avait su d'instinct, et avec une certitude païenne, ce que seraient la conscience et la pureté, une fois dépouillées des ornements qu'adjoignaient ceux qui commandent. C'était du moins ce qu'elle croyait, n'ayant jamais songé à voir en lui un libertin. La liberté venait grâce à lui.

Il n'y avait rien d'autre pour eux que les gestes. Il n'y avait pas eu d'autre issue que celle-là. Ils n'allaient pas se mettre encore à parler, ils allaient se toucher. Elle éprouvait un désir qui est l'incision spontanée de la chair mouillée, une déchirure noyée à quoi il est regrettable de résister. J'ai peur de vous faire mal, dit-il. Et pourtant il ne pouvait plus maintenant renoncer à entrer dans le contact chaud de cette femme transfigurée. Dans ses paumes une sensation de soie attisait la capacité en lui de sentir, et l'entraînait à entrer dans le corps de l'autre. L'instinct envahissait ses mains. Je ne vous fais pas mal ? répéta-t-il, déjà dérobé à sa propre volonté. Vous ne me faites pas mal du tout, dit-elle, avec une voix qui était devenue un murmure.

Ils se turent tous deux, pour la première fois si proches l'un de l'autre. Elle sentait sur elle des chemins de doigts. Son corps trouvait sous des mains sa frontière. Il la dessinait, elle pouvait avoir la perception de sa forme. Vous êtes brûlante, dit-il. Elle ne disait plus un mot. Un tremblement intérieur l'émouvait, des larmes silencieuses coulaient par les coins de ses yeux. Il cherchait pour elle la pulsation la plus douce, le rythme lancinant d'une tendresse qui à la fin peut exaspérer, faire exiger l'ultime balafre de la violence pour le plaisir.

Il trouva naturellement l'alliance dansée des corps qui s'unissent. Elle le suivait. Au point qu'il fut étonné de cette affinité immédiate. C'est à ce moment que lui vint l'idée qu'ils avaient été amants dans une autre vie. Ils se connaissaient ! Ils n'avaient pas cessé de se reconnaître ! Tout était simple, immédiat, donné. Il était branché sur elle : capable de percevoir ses sensations, imbriqué dans la constellation intérieure qui s'animait. Elle se donnait à lui. Il fut troublé. Comment ignorer encore qu'elle était amoureuse ? Il aurait voulu être un ange : puissant et tendre. Il allait et venait, lâchement heureux, murmurant ce prénom Pauline. Pauline... Elle était enivrée par l'égrènement fluide des gestes minuscules et des émois. Elle s'éloignait de lui. Il entendit se faire un silence qui venait après un soupir. Alors elle disparut. La personne qu'elle était disparut. Son esprit se glissa jusqu'au point obsédant de son être, jusqu'au martèlement doux, continu, lent. Et peu à peu, au plein de cette éclipse, elle sut qu'elle n'était qu'un feu chaud et tendre, et qui chantait. Elle le sut sans mots. Elle était la fluidité de ses flammes. Son sang avait une vie. Sa peau était douce. Ses joues blanches, son front avaient rougi. L'altière beauté s'était fondue en divinité souple.

Son visage ne fut plus qu'un naufrage, la bouleversante tombée d'un masque. Elle était ébouriffée. Vous êtes une amante très douce, soufflèrent à son oreille les lèvres onctueuses qui l'embrassaient. Elle ne répondait plus. À son tour il fut pris. Elle était lascive et murmurante, inscrutable dans sa nudité blanche et gonflée qu'il entrevoyait par morceaux lorsqu'il ouvrait les yeux. Il essayait de la regarder. Mais ses paupières se fermaient. L'intelligence des corps l'emportait. Il se faufilait dans une pulpe brûlante, délivrant soupirs et

269

baisers, laissant vivre ses mains, abouté par chaque
extrémité de lui-même.

Le corps de Marc Arnoult n'avait rien de commun
avec celui de Gilles André. Assurément Pauline Arnoult
remarqua comme ses sensations étaient différentes.
Elle aurait pu en concevoir un remords. Mais l'amour
excusait tout. Elle aimait dans l'émerveillement qui
écrase faute et repentir. Elle embrassait l'amant inso-
lent. Ils se baignaient dans les sensations primordiales,
celles qui nous apprennent sans mot ce qu'il en est de
se trouver au-dedans d'un être puis au-dehors, d'être
intérieur puis expulsé, d'être habitée puis vacante. Elle
était mère et amante et liquide splendeur. Il glissait
comme un nageur. La vie en lui percevait le tremblement intérieur qu'il touchait. La chaleur de la femme
était entrée dans tout son corps d'homme. Il l'embrassait follement. Ses baisers avaient l'ardeur loyale de la
gratitude. Et plus tard, souriante, vaguement assoupie,
les deux bras repliés sur ses seins, contemplant son
ventre arrondi, et rieuse enfin, elle lui démontrait
encore ce qu'étaient pour lui les femmes : faites pour
l'amour.
Mais elle sentait qu'il aurait pu être pareil auprès
d'une autre. Elle dit : Ce sont les femmes que vous
aimez. La féminité. Pas moi spécialement. Il sourit.
Vous vous trompez, dit-il. Je ne vis rien de semblable
avec personne, dit-il. Mais vous vivez d'autres choses !
dit-elle avec regret. Oui, expira-t-il. Il ne voulait pas lui
mentir. Il dit : C'est exact, la féminité est capable, sous
toutes ses formes, de me captiver. Un moment ! dit-il.
Comme il semblait heureux ! Son visage était hardi
dans le sourire. Cette jovialité la fit frémir. Elle était
déjà accablée à l'idée qu'il faudrait le quitter, et il trouvait la force de rire ! Il vit bien qu'elle était malheureuse. Il la serra contre lui sans rien dire. Elle pleura

sans expliquer pourquoi, se retint, resta contre lui, et il faisait descendre et monter sa main sur les bras arrondis par la grossesse. Il ne pouvait rien pour elle. L'étreinte révélait la différence entre eux. Et quand il fut de nouveau happé par le corps chaud et ouvert, ce fut dans une tristesse qu'il ne pouvait pas lui confier. Parce qu'il savait maintenant, à seulement voir ses yeux enamourés et brillants : elle ne se lèverait pas intacte, comme lui le serait par exemple, inexplicablement. Les femmes payaient-elles un tribut à la splendeur d'Éros ? La violence, l'extrême douceur, l'indécence et les murmures, ouvraient-ils des plaies ? Était-ce une malédiction de la peau, ou la sombre invention des hommes, que les gestes de l'amour sur cette femme fissent croître l'attachement et l'élan, et la douleur d'être séparés ? Comme si la traversée du corps, en ce lieu du creuset de la vie, plantait l'amour. Comme si les enfants naissant, aussi bien que le sexe d'un homme allant et venant, ouvraient dans une amante des champs d'espérance. Des trésors d'attachement. Était-ce leur nature, ou bien de mère en fille s'étaient-elles modelées pour attendre ? Tout cela à l'encontre de la légèreté de leurs amants. Elle ne se lèverait ni intacte, ni légère. Et alors, au moment de la quitter, il verrait qu'elle n'était plus la même. Comme elle aurait besoin de lui ! Il sentirait comme elle appelait sur elle sa ferveur, non plus l'éphémère ardeur qui l'avait comblée, mais la longue patience de l'amour. Il sut tout cela à l'instant de fondre sur elle à nouveau, tel un pillard initié à la beauté. Il lui faudrait répondre de ce qu'il avait fait, et il ne le pourrait pas, et il verrait la désolation s'étendre sur un visage. Mais quand elle fut prise et mouvante, il ne pensa plus rien et se mit à passionnément l'embrasser.

La sonnerie de la porte d'entrée la fit sursauter. Il avait quant à lui guetté et entendu le bruit de l'ascenseur qui monte et s'arrête à l'étage. Il mit son index sur ses propres lèvres qui souriaient. Chut, fit-il très tendrement. La jeune femme était sensible à chaque nuance. Pourtant cette douceur l'emplissait d'amertume. Ce n'était rien d'être tendre, qu'une manière de se tenir en pareil moment auprès d'une maîtresse. Ils attendaient. Il y eut deux autres coups de sonnette, puis de nouveau la porte de l'ascenseur. Ils étaient couchés, nus, côte à côte dans le battement épouvanté de leurs cœurs. Le silence et la pénombre les couvraient. Il est parti, souffla-t-il très bas. Elle sentit son souffle au bord de sa joue. Elle n'était pas rassasiée de sa présence. Elle pouvait prolonger ce moment. Elle avait perdu le bon sens et la raison. Vous avez eu peur ? demanda-t-il. Très peur, dit Pauline Arnoult. J'ai adoré cela, dit-il. Et elle : Moi pas.


Il la regarda comme s'il cherchait à découvrir ce qui, dans son propre regard, pouvait avoir été transformé par l'intimité. Quelle idée, juste ou erronée, s'était-il faite d'elle ? S'en faisait-il désormais une autre ? Il dit : La première fois que je vous ai vue, je ne pouvais plus détacher mes yeux de votre visage. J'ai bien compris comme vous me regardiez, dit-elle. Et ça vous a fait quelque chose ? demanda-t-il, intéressé. Pas sur le moment, dit-elle, sur le moment je crois que cela m'a simplement flattée. Cela m'a fait plaisir, dit-elle, c'était une journée qui commençait bien. Ce n'est qu'après, quand j'y ai repensé et que vous avez continué... Que quoi ? insista-t-il. Elle souriait comme si elle avait décidé de ne plus rien lui dire. Et il dit : J'ai envie de savoir exactement ce que ressentent les femmes quand elles sont *vraiment* regardées. Je n'en ai pas idée, dit-il. Mais vous savez que ça marche ! dit-elle. Il fut soulagé de la voir rire. Alors, dit-il, répondez-moi. Et il répéta sa question : Qu'avez-vous ressenti quand je vous convoitais à l'école ? Je ne sais pas si je suis capable de l'exprimer ! dit-elle. Essayez, dit-il. Je ne me le rappelle plus, dit-elle. Je sais que vous mentez ! dit-il. Non je vous jure ! dit-elle. Alors faites un effort ! dit-il. Elle fit encore cela pour lui. Et elle dit : D'abord j'ai été troublée. Troublée comment ? dit-il. Perturbée, dit-elle, je n'étais pas à l'aise. Et puis ? dit-il. Et puis j'ai été heureuse, j'ai trouvé cela agréable et je m'y suis habituée. Habituée à être admirée ? dit-il. Oui c'est cela, dit-elle. Vous étiez sûre que c'était de l'admiration ? dit-il. Je me disais que je vous plaisais, dit-elle en rosissant. Vous aviez raison de le penser, dit-il. Elle resta songeuse, avec cette question au bord des lèvres : Et maintenant, est-ce que je vous plais ? Et puisqu'elle avait envie de la poser, c'était qu'elle en connaissait la réponse : l'éblouissement s'était dissipé. Il dit : Et alors que s'est-il passé quand vous avez pensé cela ? Elle reprit : C'était comme si la vie se mettait à pétiller de nouveau. Comme si quelque chose dont je savais que c'était agréable allait se passer. J'ai eu besoin de votre regard. L'avez-vous dit à votre mari ? demanda-t-il. Bien sûr que non ! dit-elle. Aurait-il pu deviner ? demanda-t-il. Je ne crois pas, dit-elle. Donc ça ne changeait pas votre façon d'être avec lui, dit-il. Non, dit-elle, quand même pas ! Pourquoi avez-vous dit que la vie pétillait *de nouveau* ? dit-il. Elle sembla penser que c'était évident. Eh bien parce que, dit-elle, comment dire ? Parce que... aimer un homme depuis longtemps et tomber amoureuse, ce n'est pas la même émotion. Vous aviez l'impression de tomber amoureuse ? dit-il, vaguement étonné. J'avais l'impression que c'était possible, dit-elle (vexée). Parce que je vous plaisais moi aussi ? dit-il. Ce doit être cela, dit-elle, en tout cas vous ne me déplaisiez pas et, je vous l'ai dit, j'aimais être regardée comme vous me regardiez ! Elle dit : Les rencontres, c'est ce qu'il y a de plus fort. On ne fait pas tant de rencontres ! Et vous aviez l'impression de faire une rencontre ? dit-il. Cela vous étonne ? demanda-t-elle, déçue de ce qu'il posât cette question. Non, concéda-t-il, moi aussi j'ai eu le sentiment qu'il se passait quelque chose. Elle dit : Quelque chose de magnétique. On peut le dire comme cela, dit-il. Et alors ? dit-il, avec une jubilante gaieté. Après ? Quoi après ? dit-elle. Que s'est-il passé dans votre jolie tête ? dit-il en riant. Rien ! dit-elle. J'espérais que vous seriez là quand j'allais à l'école. Ah ! la coquine ! dit-il. Et vous, dit-elle, que se passait-il dans votre petite tête ? Il rit franchement. Puis il accepta qu'elle eût retourné le jeu et répondit. D'abord j'ai essayé de ne pas penser à vous. Mais je vous voyais trop souvent. Alors ? dit-elle. Alors je me suis laissé aller ! dit-il. Je cherchais comment m'y prendre pour vous aborder, dit-il. Elle sourit comme si elle se souvenait bien de cela en effet. J'avais d'abord imaginé d'inviter votre fils à jouer ! dit-il. Ils rirent. Mais ma fille ne me fit pas l'heur d'apprécier votre Théodore ! Il a fallu que je trouve autre chose ! dit-il. Pour m'approcher de vous, murmura la voix d'alcôve. Elle n'était jamais plus aux anges que lorsqu'il parlait d'eux ! Je pensais que vous n'oseriez pas, dit-elle. Moi ! ne pas oser ! dit-il. Vous ne me connaissiez pas ! Hélas non ! dit-elle. Pour moi, dit-elle, je pensais qu'il n'y avait pas de moyen. Il rit, et plus sincèrement qu'elle, parce que se profilait la certitude que c'était bel et bien une embuscade et qu'il était un maître en cette matière. Et alors vous vous êtes lancé ! dit-elle en se moquant de lui. Oui, concéda-t-il, j'étais bien pris ! Je ne pouvais pas faire autrement que tenter ma chance. J'ai été admirative et respectueuse de cela, dit-elle. Ah oui ? fit-il, intéressé. Et pourquoi donc ? dit-il. Parce que je n'ai jamais fait le premier pas vers un homme, dit-elle. Non ? vraiment ? dit-il. J'en serais incapable, dit-elle. Parce que vous le croyez, dit-il, et parce que vous n'avez jamais eu besoin de le faire. C'est vrai, dit-elle, mais je suis timide quand même. Pas tellement, dit-il, moi je ne vous trouve pas timide. Avec vous je ne le suis pas, dit-elle. Savez-vous pourquoi ? demanda-t-il. C'était une vraie question. Non je ne sais pas, dit-elle. Je me suis sentie bien avec vous, dit-elle. Moi aussi je me suis senti bien. Tout de suite, dit-il. Il eut le sentiment qu'elle savourait cette phrase. Mais il ne l'avait pas dite dans ce but, il avait été sincère, et il était heureux chaque fois qu'il lui faisait plaisir sans mentir.

Avez-vous déjà eu cette sorte de conversation avec une femme ? dit-elle. Ne me demandez pas toujours cela ! s'exclama-t-il. Il fut à ce moment l'homme mûr qui parlait à une gamine. Puisqu'il venait de la corriger, elle l'admira et s'obligea à l'écouter. Rien ne ressemble à rien, dit-il, j'ai déjà eu des relations avec des tas de femmes, chacune était singulière. Et avec votre femme ? dit-elle. Quoi avec ma femme ? dit-il. Que voulez-vous que je vous dise encore ?! Il lui souriait comme à une enfant. Elle ne sut quoi répondre et le silence se fit. Se délivrait-on vraiment des choses en les disant ? Cette conversation avait transformé sa vision. Il lui fallait admettre qu'elle n'était pas l'idole unique et inégalable qu'elle s'était imaginée, mais bel et bien allongée dans le lit d'un polythéiste. Vous m'avez tout de même poursuivie ! dit-elle. Elle voulait que ce point fût acquis. Mais il ne l'était pas. Je ne trouve pas, dit-il, après cette invitation à dîner je vous ai laissée tranquille. Mais le mal était fait ! dit-elle. C'est que vous êtes trop rapide ! dit-il. C'est vous qui m'avez supplié de venir ce soir, dit-il. Elle le trouva goujat. Mais elle dit seulement : N'aviez-vous pas envie que je vienne ? Sa voix s'était amenuisée. Il fut malheureux de la sentir si fragile. Si, dit-il, et j'ai trouvé cela infiniment délicieux, et vous êtes d'une sensualité... La voix d'alcôve qui était venue dire cela s'interrompit. Il se mit à rire, sans doute un fond de nervosité qui avait besoin de percer. Et elle était si blessée qu'elle ne ressentait rien.


Le direz-vous à votre mari ? dit-il. Jamais de la vie ! Cela ne ferait que du malheur, dit-elle. Oui, dit-il. Je crois que je vous ressemble, dit-elle, j'aime que nul ne sache que nous nous connaissons. Depuis que je vous ai rencontré, je me mets à goûter les secrets ! Il était heureux. Et cela tombait si bien ! Elle était sa sœur, sa jumelle. Vous êtes mon amant clandestin, dit-elle, faisant mine de plaisanter parce qu'elle ne plaisantait vraiment pas. Mais il répondit à cela avec promptitude et gravité : N'allez pas croire cela. Je ne suis pas votre amant, dit-il. Et là elle fut cruellement touchée, parce qu'elle entendait fort bien ce qu'il disait. Il disait qu'elle ne devait pas se faire des idées. Il ne fallait pas qu'elle s'enflammât. Et pour être certain qu'elle garderait sa raison il disait qu'amants ça n'était pas ce qu'ils avaient fait, mais bien davantage que cet entortillement, ou bien que c'était un entortillement répété et qu'ils ne répéteraient rien. Une fête en elle était ruinée. Pouvez-vous me dire où est la salle de bains ? demanda-t-elle.


Puis ils furent dans la rue. Ils marchèrent en silence jusqu'à la station de taxis. Elle se sentait broyée dans un étau. Vous êtes très douce, dit-il. Elle ne pouvait rien trouver à dire. Elle l'embrassa et monta dans le taxi. Merci, dit-il en l'enveloppant dans un regard qui concluait. Oui ! il finissait ! Et sans chagrin ! Il avait un sourire heureux ! Quel supplice mental pouvait valoir celui de quitter un homme qui vous emmène dans la dévotion et le plaisir, et finalement vous destitue ? Quelle sorte de reniement était-ce ? Elle frémissait comme une onde. Il se pencha jusqu'à elle, passa la main derrière sa nuque et l'embrassa avec tendresse. À bientôt, souffla-t-il. Elle était certaine qu'il mentait, tandis que lui n'en savait rien. Elle avait commencé de tout ruminer et lui de simplement goûter les instants.

## 2

Elle mentit elle aussi. Elle fit un mensonge comme une huître sa perle, silencieuse et recueillie autour de son secret qui la faisait souffrir. Je ne dors pas, dit son mari quand elle entra sans faire de bruit et s'approcha de leur chambre. Il était déjà couché mais veillait dans l'ombre. Je t'attendais, dit-il. Tu as passé une bonne soirée ? lui demanda-t-il avec prévenance. Oui, dit-elle, très bonne. Où étais-tu ? demanda-t-il, sans suspicion ni autorité, par intérêt simplement. Elle fit le mensonge, pas déconfite mais sereine, dans son visage incorruptible. Puis elle s'en alla s'apprêter pour la nuit.

Quand elle revint dans la chambre, il ne dormait pas. Elle avait espéré qu'il aurait déjà sombré. Elle entra dans le lit et vint se lover contre lui. Es-tu couché depuis longtemps ? dit-elle. Un pullulement de pensées tenait son esprit dans un grand éveil. Comme c'était étrange, elle se sentait heureuse et malheureuse à la fois, elle avait trouvé et perdu la ration pour sa voracité. Assez longtemps, répondit Marc Arnoult. Il souriait dans un demi-sommeil. Se doutait-il de ce qu'a trouvé une femme avec cette figure radieuse ? Elle prit le visage entre ses mains et embrassa goulûment la chair déjà endormie de sa bouche. Ce n'était pas la même bouche et pas davantage les mêmes baisers. Mais le désir, par un principe physiologique de rémanence, était encore vivace. Le désir ne voulait plus mourir. Qu'est-ce qui se passe ici ? dit Marc, heureux. Il s'ébroua. Elle chantait au-dedans : Il se passe qu'un homme m'a réveillée. Il l'attrapa par la taille. Il déboutonnait patiemment des boutons. Il ouvrit et retira la chemise de nuit. Tu n'es pas fatiguée ? demanda-t-il en caressant le ventre arrondi. Je t'aime, dit-il. Moi aussi je t'aime, dit-elle. Et elle pensait : Un homme m'a réveillée et il ne t'a rien pris, je suis là. Le secret est l'écrin du bonheur.

Tard dans la nuit, ils parlaient encore, allongés l'un contre l'autre à demi vêtus, et lui caressant machinalement la chair de sa femme. Tu n'as pas de regrets de ne coucher qu'avec moi ? disait-il. Pas tellement, disait-elle. Il n'y a pas beaucoup d'hommes qui m'attirent, dit-elle. C'était la vérité. Certains me dégoûtent même, poursuivit-elle. Elle donna des exemples pris parmi leurs amis. Tiens, dit-elle, Philippe par exemple ne m'attire pas du tout. Elle disait cela parce que ce Philippe était un don Juan. Ou Olivier, Albert... Albert, je ne pourrais même pas ! Ils rirent. Max me plairait, dit-elle. Mais tu vois que je ne me sacrifie pas beaucoup, finit-elle. D'ailleurs, dit-elle, coucher, ce n'est pas ce qui m'intéresserait je crois. Elle était allongée sur le dos dans la pénombre. Son ventre était parfaitement rond. Il passa sa main sur la peau tendue. Ce tabernacle l'emplissait d'allégresse. Tu es belle, répéta-t-il. Et il le croyait. Il voyait en sa femme une déesse. Ce qui me plairait, osa-t-elle, c'est l'amitié amoureuse. Un deuxième amour dans ma vie quoi, souffla-t-elle. Ils riaient de ce rêve. Oui, fit-il, moi aussi c'est cela qui me paraît désirable. Le reste ne m'intéresse pas non plus. Il n'avait guère eu avec les femmes que des relations durables et profondes, jamais d'engouement strictement sexuel, et ce qu'il confiait à son épouse était l'exacte vérité. Elle le savait. Elle le connaissait à ce point qu'est la connaissance du désir d'un être. Oui, tout de même elle n'avait pas oublié de quelle manière, timorée, délicate, lente, il l'avait courtisée, et comment il l'avait amenée elle à se déclarer, et comment ensuite elle s'était représenté qu'il n'était pas capable d'être entreprenant et rapide avec une femme. Il voulait non pas prendre, mais que l'on se donnât, qu'il n'eût pas même à demander. Elle l'embrassa. Cher Marc qui était si compliqué ! si plein de scrupules et d'attentions ! Jamais elle n'avait rencontré un homme qui le valût. Il avait été dans sa vie l'être le plus précieux, un tremplin pour s'ouvrir comme une fleur et déployer ses couleurs. Et elle n'avait jamais douté qu'il l'aimât vraiment, comme on imagine que doit être l'amour : il l'aimait telle qu'elle était et pour ce qu'elle était, et son bonheur à elle suffisait à l'enchanter. Est-ce que Marc serait capable en secret de se tourner vers une autre femme ? Pour la première fois Pauline Arnoult jugea cela possible. Qui résistait à la force amoureuse ? Ne savait-elle pas désormais à quoi s'en tenir et comment il ne faut en effet jurer de rien ? Son infidélité la portait au soupçon.

Marc et Pauline Arnoult étaient rarement en complète mésintelligence. Leur affinité était véritable, et quand l'un agaçait l'autre, c'était souvent parce qu'il lui ressemblait : chacun cherchant les mêmes choses que l'autre, celui qui les obtenait mieux que l'autre provoquait une jalousie. Ainsi Marc avait-il lui aussi un secret amour. Mais, chose singulière, alors que cette maîtresse potentielle était judicieusement divorcée, alors qu'il la connaissait et la désirait depuis longtemps, il n'avait jamais été infidèle. Pour dire les choses par leur nom : bien qu'il en eût une immense envie, jamais encore il ne s'était permis de coucher avec elle. Non qu'il jugeât cela condamnable, mais il prévoyait des complications, et il craignait de faire souffrir cette femme. Comme s'il avait su ce que Gilles André avait voulu oublier : la trace des gestes secrets. Ainsi était-il fidèle à son épouse par amour pour celle qui eût pu être sa maîtresse. Cette femme s'était emmenottée à lui. Elle demandait souvent à le voir. Elle confiait sa difficulté d'être. Il écoutait. On peut être si seul qu'un autre vous devient tout. Il était le tout pour cette femme. Et peut-être celle-là attendait qu'il s'abandonnât à ses bras. Mais il était un pur. Croyez-vous que votre mari vous trompe ? demandait Gilles André à Pauline. Non, disait-elle, je suis sûre que non. Le pauvre ! disait-il. Laissez-le vivre sa vie ! Mais je le laisse ! protestait Pauline. Mmm... faisait Gilles André.

## 3

Le lendemain matin, la voix était au téléphone. D'abord Pauline trouva cela galant, ensuite elle n'y tint plus. Cette voix l'emportait dans la romance. Elle s'abandonnait à la volupté de leurs conversations tendancieuses. Je ne vous réveille pas ? Comment êtes-vous ? disait-il. Il parlait ; elle entendait qu'il ne s'intéressait qu'à elle. En chemise de nuit, dit-elle. Quelle couleur ? dit-il. Blanche ! Elle riait, heureuse de ses questions idiotes comme un amoureux. Toujours cette fraîcheur ! s'extasia-t-il. Vous êtes merveilleusement fraîche, lui dit-il. C'était un compliment qui lui plut, un compliment que lui valait son âge et qu'elle cesserait de mériter sans qu'elle pût rien, mais l'iniquité même n'aurait pas lassé son envie de phrases agréables. Elle connut, au seul effet de ces mots si anodins, la passion physique qui régnait sur elle sans répit, ni limite. Elle voulut le voir sur-le-champ. Je suis seule, dit-elle. Venez ! Je dois travailler, gémissait-il au loin.

Venez ! répétait-elle. Vous allez accoucher ! disait-il en se moquant d'elle. Elle ne trouva pas cela drôle du tout.

Il vint. Elle avait supplié et pleuré. Il avait brisé une digue. Il entendit dans ces suppliques l'ébranlement qu'il avait causé. Elle était lasse et seule, après ce qui s'était passé la veille elle s'était fait toutes sortes d'imaginations. Je mourrai peut-être pendant l'accouchement, dit-elle. Elle pouvait dire n'importe quoi pour qu'il restât près d'elle. Il eut un sourire triste, mais ne sut quoi répondre. Elle se sentait idiote, poursuivait malgré tout, déclamant : Tu t'es livré à la fornication : mais c'était dans un autre pays et, de plus, la fille est morte. Puis elle reprit son sérieux : Que feriez-vous si j'étais morte ? Il dit simplement : Je vous regretterais. Pour une femme, c'était une réponse qui ne suffisait pas. Il essaya de la ramener vers la raison. Vous n'avez pas réellement peur de mourir en accouchant ? dit la voix d'alcôve. Elle tressaillit dans cette douceur qui l'avait désormais si souvent ensorcelée. Non, dit-elle. Mais peut-être suis-je inconsciente, dit-elle, il y a tant d'histoires terribles. La mise au monde, ce n'est pas anodin. Elle rit avec une sorte de désespoir méchant. Et elle était tout à coup dans le clan des femmes, avec une voix qui n'était plus la sienne, ou du moins qui était celle qu'il lui connaissait mais déformée par une rage. Toutes les caresses, et même la pauvre pénétration d'un sexe mâle dans celui d'une femme, n'étaient rien en regard de cette éventration. Elle lui disait cela avec un visage désuni par le désespoir. J'aurais dû savoir... pensait-il. Il tenta de le murmurer. Mais elle n'écoutait pas. Elle répétait : rien rien rien. C'était amoindrir ce qu'il lui avait fait, comme si, sur le chemin féminin de la vie, il y avait toujours cette lutte amère entre l'amour du mâle et celui des enfants. Que pouvait-il répondre à cette leçon qu'elle était en droit de donner ? Il resta muet et désolé.

Elle vint le prendre par la main et l'attira vers son lit. C'était le lit conjugal, ils ne firent pas de commentaires. Elle devina qu'elle faisait pour la première fois une chose dont il n'aurait pas eu l'audace, ou l'indécence. Elle le perçut, peut-être à un regard qu'il eut vers le lit, ou à un invisible geste de recul, ou parce qu'elle se rappela comme il l'avait menée dans son bureau. À quoi pensait-il alors ? Impossible de le savoir. Elle le regarda par en dessous. Il se dévêtait comme si de rien n'était, à l'aise, avec un sourire mi-figue mi-raisin. Et puis il s'approcha d'elle. Elle eut la nette impression qu'il s'efforçait de faire ce qu'on attend d'un homme dans cette situation, mais qu'il n'en avait pas l'envie. Il souleva la chemise de nuit blanche. Le ventre semblait près d'éclater, la peau en était si tendue qu'une transparence lui venait. Le réseau bleu des veines tressait la vision du peu qui nous tient. Juste au-dessus de la toison du sexe des serpents rouges couraient dans cette transparence. J'ai vraiment peur de vous faire mal, dit-il.

Savez-vous qu'Ève de Mortreux m'a demandé si je vous connaissais ? dit-il au moment de la quitter. J'avais oublié de vous en parler. Elle semblait sous-entendre quelque chose. Vous ne lui avez rien raconté ? demanda-t-il. Rien du tout ! dit Pauline. Je ne lui parle quasiment que pour lui dire bonjour et au revoir. Que lui avez-vous répondu ? dit-elle. Devinez ! dit-il. J'ai appliqué la recette Oscar Wilde ! J'ai dit : Bien sûr que je la connais. J'ai toujours aimé les femmes des autres ! Je vous adore ! dit Pauline Arnoult. Vous êtes si culotté ! Et qu'a-t-elle répondu à cela ? demanda-t-elle.

femme frondeuse, sensuelle et secrète, qui n'était pas ennuyée de l'être, mais de le dévoiler à l'un et de le cacher à l'autre.

Je suis la personne qui vous connaît le mieux au monde... Il le savait si bien qu'il la protégea d'elle-même. À sa manière il l'aimait. Du moins le pensa-t-il, ce qui peut revenir au même. Une bouffée de tendresse lui venait à la pensée de cette jeunesse douce. C'était un lien singulier qui lui semblait indissoluble. Il ne pouvait pas faire d'elle une maîtresse ! découvrait-il au moment où elle entrait pleinement dans le désir. Toutes les femmes qui avaient été ses maîtresses avaient été malheureuses. Pas elle, pensait-il. Il ne fallait pas qu'elle souffrît à cause de lui. Il téléphonait tous les après-midi. Mais ils ne se voyaient plus. Avez-vous accouché ? disait-il. Je vous ai appelée, ça ne répondait pas, je me suis dit Elle est à la maternité. Est-ce que vous ne me voulez plus ? disait-elle sans rien écouter. Il entendait qu'elle était au bord des larmes. Elle semblait née pour l'attendre.

C'est alors que l'enfant naquit. Ce fut un garçon. Tout le temps que prit cette naissance Marc Arnoult resta auprès de sa femme. C'était à l'autre qu'elle pensa.

Marc était fier. Avec deux fils, une femme qui resplendissait d'une grâce presque irréelle comme si le temps la bonifiait, une alliance vivante entre eux, il se sentait un roi. Les gens mariés sont des aventuriers. Quelle victoire de sentir aux côtés d'un époux une trace des frémissements originels ! Ainsi Marc avait-il l'orgueil de sa famille plus que de tout ce qu'au-dehors il avait accompli. Il était plus fier de l'harmonie, de sa femme en fleur, de ses fils droits comme des ifs, que de l'argent qu'il avait gagné, des postes qu'il avait occupés, des décisions qu'il avait prises, des choses qu'il avait changées, des femmes qu'il avait éconduites. Il avait sacrifié un peu d'argent, un peu de réussite, un peu de pouvoir, un peu de plaisir, contre l'amour et le sang. Et les autres qui avaient emprunté d'autres chemins étaient éblouis par la clarté du sien. Tu as tout, lui disait Tom. J'ai tout ! répétait Marc à sa femme, lorsqu'il s'asseyait le soir à la clinique au bord du lit. Il a même une femme qui lui ment, pensait Pauline. Il lui massait tendrement la main et se penchait avec elle sur le nourrisson. J'aime un homme qui n'est pas mon mari, se disait Pauline, mais je n'en aime pas moins le mari. Comment savoir si elle se trompait ou pas ? Souvent un amour en éteint un autre, mais n'y avait-il pas des cœurs d'exception ?

Dès le retour à la maison, elle attendit la voix.

# 5

Allez-vous bien ? demanda-t-il. Elle murmura : Oui. Elle savourait la volupté de cet appel. Tout s'est bien passé pour vous et pour l'enfant ? dit-il, mais c'était à peine une question. Elle confirma : Tout allait bien. L'enfant était adorable. Il s'appelait Arthur. Elle était fatiguée mais heureuse. Je suis content pour vous, dit Gilles André. J'ai essayé de vous appeler avant, mais ça ne répondait pas. À quoi cela tenait-il ?, elle entendait qu'il n'avait pas envie de s'éterniser au téléphone. Je suis ravie de vous entendre, dit-elle. Mais elle ne savait comment lancer la conversation. Elle n'avait rien à raconter. Elle nourrissait et langeait un enfant, elle se reposait quand il dormait, allait chercher l'aîné à l'école et retrouvait le soir son mari. Comment raconter cela à un homme que l'on tenait pour un amant ? Elle voulut parler de ce qui lui semblait estimable : Je n'ai pas le temps de dessiner, dit-elle. Elle entendait suggérer des exhortations, soulever un intérêt, bref être révérée et choyée comme elle avait cru l'être. Au lieu de cela, il dit tout simplement : Vous le retrouverez. Puis il ajouta : Pauline, je n'ai pas le temps de parler maintenant. Je voulais simplement être sûr que vous alliez bien. Je vous embrasse. Elle souffla : Moi aussi je vous embrasse. Et elle était au désespoir. Tout semblait fini. Il s'échappait. Elle ne lui plaisait plus. Quelle était donc la durée du philtre ?

Ce fut le tous les jours de la vie ordinaire. Les matins et les soirs, en perles les uns derrière les autres. Les deux enfants réclamaient des soins, des attentions. Elle se donna. Elle attendait constamment après le téléphone. Mais le chimérique amant n'appelait pas. Pauline Arnoult regimbait à oublier cette toquade. Le passé était son présent. Elle s'en crevait le cœur. D'anciennes conversations lui revinrent à l'esprit. Il lui sembla qu'ils avaient joué, comme des chatons avec une pelote. Et la laine était entièrement dévidée... Elle était extrêmement malheureuse. Ayant imaginé être le point de mire et l'obsession momentanée d'un homme, elle souffrait de ne plus trouver qu'une sympathie normale. Marc Arnoult pensa que c'était le baby blues. Il fut plus présent chez lui, essaya de distraire sa femme. Il sentit qu'il lui pesait. Alors il travailla plus tard au bureau. Et le soir, furtif et tendre, silencieux et prévenant, il essayait d'être plus amant que mari. Et puisque ça ne se pouvait pas, il fut certain que les nourrissons accaparent leur mère au point d'en déposséder les pères.

Alors, pour la première fois, ce fut elle qui téléphona. Elle en tremblait. Dans sa crainte d'un geste si simple, se lisait toute la vérité trouble de ses motifs. Que ferait-elle si Blanche répondait ? Laisserait-elle un message s'il était absent ? Était-il le seul à lire les messages ? Que lui dirait-elle ? Enfin, après ces hésitations, elle fit le numéro. C'était un répondeur. Au moment voulu, elle bafouilla : C'est moi, Pauline Arnoult, je voulais avoir de vos... Aussitôt un déclic se fit et elle entendit : Comment allez-vous ? Le soulagement et le plaisir se la partagèrent. Je vais bien, dit-elle, et vous ? Très bien, dit-il. Pourquoi ne m'appelez-vous pas ? demanda-t-elle, dépitée qu'il pût sans elle se porter comme un charme. Je n'ai pas le temps, avoua-t-il. Pas de voix d'alcôve pour livrer cette constatation ! Et il n'y avait à cela rien à répondre. Alors elle se dévoila entièrement : Vous me manquez, dit-elle. Je suis désolé, dit-il. Puis : C'est que vous vous ennuyez. Mais vous allez retourner travailler et tout ira bien. Il n'y était pas du tout ! Il parlait comme si elle était capable de vivre sans ses attentions ! Quand nous verrons-nous ? dit-elle, effondrée. Bientôt, répondit Gilles André.

Pourquoi avez-vous changé avec moi ? dit-elle tout à coup. Je n'ai pas changé, dit-il. Si, dit-elle. Non, franchement je ne vois pas, dit-il. Il était honnête. Elle n'avait plus qu'à dire les choses précisément, avouer sans détour ce qu'elle avait sur le cœur : les révérences qui lui manquaient. Elle le fit : Auparavant vous m'appeliez tous les jours, dit-elle. Il eut un petit éclat de rire, comme s'il comprenait bien que l'on pût fort goûter d'être adorée, et volontiers se l'imaginer. Je ne vous ai jamais appelée tous les jours, dit-il, c'est vous qui vous faites des idées. Comment pouvez-vous dire cela ?! dit Pauline. Parce que c'est la vérité ! dit-il. Il riait. Elle était ulcérée. Vous avez changé, dit-elle, et vous le savez très bien. Peut-être suis-je un peu moins attentif... J'ai beaucoup de travail, dit-il, c'est la seule raison. Voulez-vous dire que quand je vous ai rencontré vous étiez plus disponible ? dit-elle. Je ne me souviens plus, avoua-t-il, mais ce doit être cela, si ce que vous me dites est vrai. Il dit : Je vous appelais réellement tous les jours ? C'était extraordinaire tout de même cette question ! pensa-t-elle. Et elle répondit avec une petite voix : Presque tous les jours. Ah ! fit-il. Vous voyez ! Comment voulez-vous que je vous croie, vous dites autre chose maintenant ! Il s'amusait, se dit-elle avec effroi. Il n'était pas gêné le moins du monde de ce qu'elle était en train de lui dire. Elle le lui dit. Pourquoi serais-je gêné ? demanda-t-il. Je pense à vous très souvent, je n'ai pas toujours le temps de vous téléphoner, voilà tout. Elle ne disait plus rien.

Pauline ! supplia-t-il. Vous devez être fatiguée, reposez-vous. Nous nous verrons bientôt, je vous le promets. Elle souffla : Je m'en veux. Pourquoi vous en voudriez-vous ? s'étonna-t-il. J'ai fait la coquette, dit-elle, j'ai été flattée de votre attention, je n'ai plus cherché que cela et j'ai dû vous déplaire. Vous avez dû vous demander dans quel engrenage vous aviez mis la main... Et vous vous êtes sauvé. Mais pas du tout ! dit-il. Vous vous faites des romans ! Si, dit-elle, comme j'ai été vaniteuse avec vous ! C'est assez naturel, je suppose, dit-il. Nous avons tous cette faiblesse, mais je ne trouve pas que vous l'ayez tellement. Si, dit-elle. Et comme ce sujet finissait, elle parla encore de leur histoire en changeant le propos. Quand je pense à nos conversations, dit-elle, j'ai l'impression que nous jouons. Peut-être, dit-il, et alors ? Elle ne sut quoi répondre. Puis elle trouva sa pensée : Mais alors, dit-elle, c'est insincère, absurde, bas et méprisable. Elle entendit le silence. La voix d'alcôve surgit dans une douceur qui l'enveloppa. Je ne vis avec personne d'autre ce que je connais avec vous, disait-il.

Et tout repartit comme avant. Elle retrouvait la patience de l'attendre tant qu'elle avait la certitude d'être unique. Je vous appelle bientôt, dit-il. Les mensonges sont des petits voyages dans l'au-delà de l'amour. Il arrivait à Pauline Arnoult de détester Gilles André. Mais cela ne durait pas très longtemps.

# VIII
## DES ANNÉES PLUS TARD

# 1

C'était une destinée idiote : ils étaient assis face à face à une petite table de bistrot.

Elle était arrivée la première. À dessein en retard, elle se trouvait maintenant agacée qu'il le fût davantage. Il l'avait été à chacun de leurs rendez-vous. Ce n'était qu'un petit signe. Elle était sans remède possible celle qui attend. En ce lieu où elle était regardée par des gens accompagnés, sa solitude l'embarrassait. Peut-être ne viendrait-il pas ? Au dernier moment, il devrait rester avec Blanche ou Sarah. Voilà une femme qui se ronge pour un homme qui ne viendra pas. Est-ce que ça n'était pas écrit sur sa figure ? Elle se mit à lire avec une fausse attention un programme de spectacles musicaux. Rien n'était laissé au hasard ou à l'imper-fection lorsqu'il s'agissait de cet homme : il fallait tou-jours une contenance à Pauline Arnoult, et de l'allure si possible. Elle était ce soir-là très en beauté, illuminée par la couleur qu'elle portait. Sa tenue vestimentaire n'était pas plus raffinée qu'à l'ordinaire, mais néan-moins choisie pour cette rencontre. Il se présenta quant à lui en pantalon et chandail décontractés. Elle l'admirait pour cela. Songeant que c'était le vrai natu-rel : laisser celui qu'on est plaire comme il est, et n'en rien changer, n'y rien cacher. Ou bien même s'être résolu à ne pas plaire si cela doit advenir, être soi-même, envers et contre le besoin d'amour. Vous êtes resplendissante, dit-il à peine assis à la regarder. Vous l'êtes ! répéta-t-il comme elle avait fait une moue dubitative. Et elle se mit à rire de plaisir. Comment n'aurait-elle pas cru qu'elle était jolie, elle qui avait fait ce qu'il fallait pour l'être, afin qu'il prît sa beauté dans la figure en somme ? J'aime quand vous riez ! dit-il. C'est ainsi que je vous préfère, parce que alors vous ne vous regardez pas. Elle protesta : Elle ne se regardait pas ! Si, dit-il, par moments vous vous surveillez. Je le sais, dit-il, je vous vois faire depuis longtemps ! Et il dit dans un sourire : Je suis la personne qui vous connaît le mieux au monde ! C'est vrai, concéda-t-elle. Je n'ai jamais compris comment, mais c'est vrai. Ils rirent encore. La complicité était immédiate. Elle n'avait pas cessé de l'être, en dépit des tourments du premier élan, de leurs vies disjointes, et du temps qui avait dévalé comme une source. Il y avait un réel plaisir à se trouver ensemble. Deux ou trois fois par an, il lui donnait ce plaisir et puisqu'il était partagé elle ne comprenait pas qu'il n'en eût pas davantage envie. Comment faites-vous pour vous passer de moi ? disait-elle. Je pense à vous, disait-il, vous allez bien, je suis content, ça me suffit. Elle hochait la tête. J'ai longtemps pensé à vous, répétait-il souvent.

Ils s'amusèrent, de la même manière qu'ils l'avaient fait des années auparavant, à la terrasse d'un bistrot semblable à celui-ci, et se parlant pour la première fois, dans ce quartier estudiantin de grande capitale. Il y a des moments qui se répètent, avec une cruauté qui vient précisément de ce qu'ils ne se répètent pas, et, surtout, de ce qu'ils dissimulent : les destructions, les délitements, la flétrissure de tout ce qui vit, le froid vers quoi tendent les choses et les êtres, une sorte d'horreur incompréhensible et incontournable que pourrait être la vie, si nous ne tâchions pas d'oublier que nous mourrons. Dans la clairvoyance totale, y aurait-il plus ou moins de rire ? Elle n'aurait pas autrefois grimpé dans la gaieté complice, si elle avait su alors les tourments que lui vaudrait de suivre l'admiration d'un regard. Si elle avait pu prévoir à quel point il est possible à une femme d'être enfermée dans le charme d'une voix et le souvenir d'un instant d'idylle. Comme si elle avait méjugé de cette fidélité féminine qui veut que la mémoire du corps et la présence intermittente d'un son suffisent à insérer l'immémoriale envie d'un homme très identifié, cela que peut-être on appelle l'amour. Il n'avait jamais fait que la regarder, et parler avec cette voix qui était pour elle le chant des sirènes. Pas un acte. Seulement une texture feutrée qui murmurait comme on le fait sur l'oreiller, auprès de son aimé, le soir avant de s'endormir. Une voix d'alcôve qui n'avait pas cessé, malgré le temps, la séparation, et les refus, de l'inviter à l'amour. Elle s'était approchée de lui à pas de femme : à petits pas d'abord et répondant à son appel, à pas de géant ensuite. Alors elle était arrivée tout contre lui. Et il s'était éclipsé. Avait-il fui ? Non, se disait-il, il n'avait voulu garder que l'extraordinaire : la connivence, le sentiment de la gémellité, le goût le plus chaste qui n'a pas de cabrioles pour se dire et se dilapider. Mais quel nom portaient ces manières ?

Il n'avait jamais coupé le lien de ferveur. Jamais il ne s'était abstenu trop longtemps de lui téléphoner. Mais, si étrange que cela pût paraître, rien de plus, rien de moins. Il n'était plus tourmenté par un désir d'amant. Il lui avait fallu seulement s'assurer qu'elle était là. Et à chaque fois elle était bien présente, elle parlait, elle riait, tout à l'autre bout d'un fil invisible, elle était émue de l'entendre, et il l'était aussi, à sa manière, et sans cesser de la juger la plus vivante femme qu'il eût connue. Elle fredonnait le chant de la féminité, celui de la beauté qui veut être regardée, et la grande plainte des femmes aimantes. Reste ! Ne pars pas ! Je t'en supplie ne me laisse pas ! J'ai besoin de toi ! Que ferai-je sans toi ? Fais ce que tu veux, mais ne pars pas ! Elle lui aurait dit ces mots-là s'il avait été un époux volage. Mais puisqu'il n'était qu'un amant sans désir, elle demandait : Quand nous verrons-nous ? J'ai envie de vous voir. Vous me dites toujours bientôt et je ne vous vois jamais.

Pourquoi ne pouvons-nous jamais nous voir ? Pourquoi ne puis-je simplement dîner avec vous ? disait-elle. Il n'y avait pas pour eux de simplicité, pas de dîners qui ne sont que des dîners. Mais comment aurait-il pu dire pareilles évidences ? Elle savait bien de quoi il retournait. Il ne désirait pas jouer avec le feu. Cette femme avait été capable de lui tourner l'esprit, il l'avait tenue à distance. Tant de demandes inexaucées, tant de larmes secrètes qu'il avait devinées (le cœur désolé), tant de choses qu'il n'avait pas données et qu'elle attendait parce qu'il s'était tenu devant elle comme une promesse avant de disparaître tel un voleur... elle avait traversé tout cela et elle était là. Année après année, aujourd'hui comme naguère, ils se retrouvaient. Prenons un verre, disait-il, comme s'ils s'étaient vus la veille. Elle acceptait, un peu mortifiée, un peu gaie, cette étrange relation. Elle venait, il était en retard, elle attendait, il la contemplait, ils riaient.

Elle se tenait cette fois encore très droite sur sa chaise, ouverte au regard qui était sur elle, fort belle bien que son visage se fût velouté en traversant la vie. Tout de même, pensa-t-elle, sa voix avait changé. Il n'en jouait plus comme autrefois, la parole ne causait plus en elle de ravages. Ou du moins elle ne l'entendait plus de la même façon. Oh non ! ils n'étaient plus ceux qu'ils avaient été ! Pouvaient-ils l'être ? Des années ne s'arrêtaient pas de passer. Vous avez toujours eu moins besoin de moi que moi de vous, dit-elle. Elle était détendue, sa détresse avait fini par se taire. C'est cela qui m'a rendue si malheureuse. Je n'ai jamais voulu que vous le soyez, dit-il, au contraire j'ai essayé d'éviter cela. Mais, dit-elle, vous n'êtes pas allé au bout de ce qu'il eût fallu pour l'éviter. Elle voulait dire : Vous n'avez pas pu vous empêcher de vous approcher et de me toucher. Mais elle ne dit rien, parce qu'elle ne regrettait pas cela. Au contraire elle aurait déploré que cela n'eût pas eu lieu. Seul le premier regard, qui a la contingence dont la suite est dépourvue, pourrait mériter de n'avoir pas été. J'avais besoin de vous, dit-il, j'ai besoin de vous. On ne le dirait pas, dit-elle. Il précisa sa pensée : J'ai besoin que vous existiez. Elle comprenait mal et bien à la fois. Puisqu'elle avait besoin qu'il existât (et même sans amour) mais aussi qu'il l'aimât. En réalité c'était la modération de ce besoin qui l'avait toujours déconcertée. Car elle était féminine : l'intempérance même de l'amour. Que j'existe, mais au loin... murmura-t-elle. Elle le regarda et lui sourit. Elle sentait un tel calme en elle ! Combien cela lui sembla étrange ! Ils avaient vieilli ! Et il souriait aussi. La force magnétique qui le poussait vers elle, qu'était devenue cette force ? L'avait-il domptée ? Était-elle morte ? Plus rien n'émanait de lui qui ressemblât à cette force. Je ne vous fais plus aucun effet, dit-elle. Je ne sais pas, dit-il. Pour rien au monde il n'aurait voulu la blesser. Elle songea qu'en elle aussi le mouvement de désir s'était atténué, sa persistance l'avait évanoui. Il ne restait qu'un sentiment, ardent mais abstrait. Que faisait le corps ? Nous ne commandions décidément rien au désir ! Il venait en nous malgré nous. Nous n'étions que ses invités, ou ses hôtes redevables ce qui revient au même. Il nous conviait à la fête du sang qu'il réchauffe, mais nous ne maîtrisions pas le feu. La force qui le poussait vers elle était morte, bel et bien ! Ainsi cette force pouvait mourir ? Et cependant personne n'aurait su s'asseoir en face d'elle et lui causer le même émoi de plaisir. Quelque chose subsistait donc. Elle pensa à tout cela dans le temps si bref que prend la pensée : ils avaient tous les deux cessé d'être invités au désir, mais ils avaient été visités et cela était ineffaçable. Alors elle dit : Aujourd'hui je peux vraiment savoir que je vous aime. Parce que je vous aime comme on doit aimer : dans le renoncement. Je vous aime sans vous avoir. Vous ne me donnez rien et je vous aime. Comment cela je ne vous donne rien ! s'écria-t-il.

Je vous donne beaucoup, dit-il. Il était sérieux pour l'affirmer. Elle admira à quel degré il se gargarisait. Il se leurrait de telle sorte évidemment qu'il fût content de lui, et elle n'en doutait pas, quand pourtant il n'avait pas plus tort qu'elle. Car elle trouvait son compte avec lui : la grâce d'une exaltation, fût-ce par le tourment, le sentiment de vivre à plein la pulsation que peut être la vie. S'il était là maintenant devant elle, c'était bien qu'il lui donnait quelque chose, si absent et distant fût-il. Puisque rien ne persiste en nous qui ne nous vaille quelque chose, et nous tenons à ce qui nous fait tenir droit, serait-ce même un désespoir. Mais elle ne voulait pas débattre, elle voulait dire. Aussi elle poursuivit : Je vous aime mieux que mon mari, parce que de lui j'attends toutes sortes de choses, je suis intéressée à lui. Vous êtes intéressée avec lui ? fit-il. Il est ma vie, tandis que vous ne m'êtes rien, dit-elle, étonnée de ce qu'il avait semblé ne pas la comprendre. Merci ! dit-il en riant. Elle rectifia pour lui ce qu'en une seconde elle ne jugea pas si faux – que lui était-il concrètement ? Même pas une présence. Je veux dire que de vous je n'attends rien. Et cependant, dit-elle, je vous veux du bien. J'ai du bonheur à savoir que vous êtes heureux. Votre mort me serait insupportable. Quand vous me dites cela, remarqua-t-il, j'entends que vous souhaitez ma mort ! Comme si vous me disiez : Mais mourez donc, c'est insupportable, alors mourez ! Elle dit : Non, ce n'est pas cela, je ne peux imaginer l'épouvante d'un deuil absolument secret. Songez : je ne pourrais me confier à personne ! Mais elle abandonna cette idée et reprit ce qu'elle disait : Si tout cela n'est pas de l'amour, alors je ne sais pas ce qu'est l'amour, dit-elle, je n'en sais rien. À ce mot qu'elle répétait, il avait baissé les yeux. Je n'ai avec personne une relation comme j'ai avec vous, dit-il. Il le lui répétait à l'envi. Il ne savait rien lui dire d'autre. Car en somme quelle sorte de lumière pouvait-il être qui rayonnât en face de la féminité amoureuse ! Il n'était pas capable de s'exhausser à ce niveau de l'abandon où elle était. Il ne savait pas penser à elle comme elle était capable de penser à lui : très souvent, et sans rien attendre, et sans rien en dire, et dans la bienveillance. Il se tenait sur la terre comme un homme vorace : il s'occupait de réussir, son métier le prenait beaucoup, il était une personnalité, il avait toutes sortes de maîtresses, il avait retrouvé sa femme et sa fille (qui était devenue une femme). Et il gardait jalousement ce secret, cette grâce, ce recours : une flamme ardente et discrète à quoi faire fondre ses fardeaux. Il joignait cette force dès qu'il le voulait. Il appelait une femme amoureuse, de temps à autre, en plus de tout le reste, parce que oui il avait besoin de savoir qu'elle était là, dans la dévotion. Vous êtes la femme la plus amoureuse que je connaisse ! murmurait-il. Un être de ferveur et d'attente. Elle était tout cela pour lui. Elle le lui disait par surcroît. Et elle n'était pas si aveuglée qu'elle ne sût quel baume ce pouvait être pour un cœur, la compagnie ardente d'un autre. Parfois je vous envie, dit-elle. Comment cela ? dit-il. Eh bien j'aimerais être à votre place, qu'il me soit donné d'entendre, par votre bouche par exemple, les mêmes déclarations que je vous fais. Vous me faites des déclarations ? ! dit-il. Je crois que je vous en fais beaucoup, dit-elle. C'est vrai, concéda-t-il. Elle eut un éclat de rire, mais c'était dans le désespoir inconscient d'avoir tout livré et que rien ne fût changé. Il la contempla, non pas dans le fantasme et la convoitise comme il l'avait fait autrefois, mais avec une admiration épatée. Un être de ferveur et d'attente, et qui avouait qu'il l'était, avec la transparence qui n'existe que dans le renoncement. Lorsque celui qui parle et se livre a fini de vouloir, et de penser à ce qu'il est, à ce qu'il dévoile, à ce qu'il sera pensé et dit de lui. Oui, dit-il, j'ai de la chance. Mais vous êtes un peu mon œuvre ! dit-il. Bien qu'elle fût blessée d'entendre cela, comme s'il avait joué à la modeler et que la peine ne fût rien, il ne se trompait pas. Elle n'avait pas répondu. Je vous ai éveillée, dit-il, c'est moi qui ai fait de vous une femme digne de ce nom, une source d'amour. Ah ! fit-il. Voilà votre visage songeur ! Je n'aime pas quand vous êtes absente !

C'était bien à lui qu'elle devait d'être cela : une femme qui a du cœur. Il avait avivé le plus enfoui de la tendresse en elle, ce que les enfants éveillent aussi, une force d'amour irrécusable, qui supporte la défaillance et la faute, la séparation, la déception, et qui couve les vivants, les absents, et les morts. Elle le regarda dans les yeux en souriant. Il eut un rire heureux. Vous avez confiance en vous désormais, dit-il. Je ne sais pas, dit-elle. Si, dit-il, vous avez confiance en vous. Quel âge avez-vous maintenant ? dit-il d'une manière brusque, comme s'il s'apercevait qu'il l'ignorait et que c'était assez incroyable. Je ne le dis plus, dit-elle. Même à moi ? dit-il. Même à vous, dit-elle. Je suis la personne qui vous connaît le mieux au monde, dit-il. Laissez-moi un secret, dit-elle. Elle devait s'approcher de la quarantaine. Vous êtes jeune ! dit-il. Et bientôt je serai un vieux monsieur ! Vous ne vous tenez pas dans la vie comme un vieux monsieur ! dit-elle. Mais les chiffres le disent quand même, dit-il. Il dit : J'ai l'impression que je vous connais depuis si longtemps ! J'ai l'impression que vous avez toujours été là ! Mais je n'ai pas toujours été là, dit-elle. Je n'ai pas la mémoire des dates, dit-il. Moi si, dit-elle. Elle n'avait rien oublié. Comment se pouvait-il même que l'on n'oubliât rien à ce point ? Révéler pareille mémoire, c'était révéler un puits d'amour. Elle y songea en silence. Son visage s'installa dans le sourire. Elle avait l'impression de sourire à un enfant. Oui, il était aussi ignorant de la douleur qu'un enfant, et elle se sentait extrêmement vieille et sage. Il n'était rien pour elle. Il était tout pour elle. Car il était ce qui dans sa vie ressemblait à l'extrémité de l'amour. L'amour désespéré. L'amour abandonné. Celui qu'on ne cesse pas de poursuivre et que l'on tient avec des mains de savon. Elle n'avait pas pu aimer son mari de cette manière, tout bonnement parce qu'elle l'avait tenu auprès d'elle ! Chaque jour de tant d'années, elle avait été dans ses bras. C'était un amour qui mûrissait sans perdre son objet. Mais, aimer dans l'absence et le dépouillement, aimer un être qui s'en va, se sauve, se déploie, c'était un autre comble de l'amour. Le même que l'on devait aux enfants. Tout au bout de sa perfection chaque amour était-il maternel ? Elle dit : J'ai l'impression d'être votre mère, je ne pourrais plus vous caresser comme un amant. Il se moqua. Comment est-ce possible ? ! dit-il. Je ne sais pas, dit-elle, mais c'est ce que je ressens en ce moment. Je ressens que je vous aime. Profondément, dit-elle. Mais que je ne vous toucherai plus jamais. Ta, ta, ta, fit-il. Que savons-nous de ce que nous ferons ? dit-il. Mais elle croyait que c'était bien ainsi, pour toute la vie. Vous êtes nue devant moi, dit-il, c'est pour cela que vous êtes heureuse avec moi. Oui je le suis, dit-elle, mais c'est parce que je le veux. C'est grâce à moi que nous sommes ici ensemble, dit-elle, parce que je vous ai tout pardonné, je n'ai jamais compté, jamais abandonné. J'ai été si malheureuse à cause de vous ! Je vous l'ai dit, je voulais pourtant l'éviter à tout prix, répéta-t-il. Elle pensa qu'il était faible comme un homme. Et vous, dit-elle, pourquoi ne l'êtes-vous pas, nu devant moi ? Parce que notre relation ne s'est pas faite comme cela, dit-il, parce que vous ne me le demandez pas. Il était sûr de lui, il avait réponse à tout. Tout ce que vous voulez savoir je vous le dis, dit-il. Il regarda autour de lui. Quelle heure est-il ? dit-il en regardant sa montre. Voulez-vous que nous allions dîner quelque part ?

Ils dînèrent de mets italiens simples et goûteux. C'est exactement ce que j'avais envie de manger, dit-il. Êtes-vous bien ? demanda-t-il ensuite avec une sollicitude tendre. Elle pouvait à peine supporter qu'il fût si attentionné. Elle aurait pu en pleurer, si elle avait laissé aller son esprit dans le passé lointain et dans l'avenir proche qui n'étaient que séparation et tyrannie du réel. Qu'il était singulier tout de même, et difficile, d'aimer deux personnes et de n'avoir qu'une seule vie ! On se refusait trop à croire que les amours ne font pas que se succéder. Elles ne se tuaient pas toujours les unes les autres en advenant. Le cœur était un réseau dédaléen. Croyez-vous que Vronski aimait Anna Karénine ? dit-elle. Non, dit-il sans hésitation, il ne l'aimait pas. Elle dit : Vous pensez comme mon mari. Mais moi je n'en suis pas certaine. Vous n'avez pas envie de le penser, dit-il. Ce serait si horrible, dit-elle. Lisez-vous autant qu'autrefois ? s'enquit-il. Je crois que l'on fait ses rencontres avec des œuvres, dit-elle, vous le savez bien que je pense cela ! Je le sais, dit-il en lui souriant. C'est normal puisque vous êtes une créatrice. Il la complimentait sincèrement et avec la discrétion qui autorise à entendre la louange. Elle souriait en l'écoutant, comme si elle savait tout ce qu'il allait dire. Et elle s'étonnait d'être si paisible alors qu'elle était si proche de lui physiquement. Un temps était bien révolu, quelque chose était définitivement passé. Et puisqu'il n'est pas certain que cette nature des hommes soit configurée et parfaite, elle déplora la fin du tourment. Elle regretta la souffrance et la force. Savez-vous quoi ? lui dit-elle. Je crois que vous ne me ferez plus souffrir. À la bonne heure ! dit-il. Car cela veut dire que j'ai la plus merveilleuse des amies. Ces mots la transperçaient : elle n'avait jamais voulu être son amie ! Mais elle n'en dit rien. Et cependant, au visage qu'elle eut à ce moment, il sut qu'elle avait senti ce dépit. Vous êtes très connue désormais, dit-il afin de chasser cette ombre. Elle opina. J'ai toujours pensé que vous le seriez, dit-il. Vous aviez un style, jusque sur vous, c'est si rare les personnes qui ont un style, dit-il. C'est étrange que vous me disiez cela, dit-elle, car c'est une chose à quoi je suis très sensible chez les autres. Vous aussi vous avez un style, dit-elle, c'est peut-être ce qui m'a fait chuter ! Peut-être, dit-il. Ils rirent. Mais elle redevint vite grave. J'ai été sauvée de vous par mon travail, dit-elle. Et je parie que je vous ai aidée ! dit-il. Comment le savez-vous ? Parce que je le sais ! dit-il. Devant moi vous êtes nue, répéta-t-il. J'ai souvent dessiné sous vos yeux, dit-elle, je vous imaginais regardant ce dessin. Et lorsqu'il n'était pas ce qu'il pouvait être, alors j'entendais votre regret et votre encouragement, et je prenais ma gomme et je recommençais. J'ai beaucoup travaillé en fin de compte, dit-elle. Vous voyez tout ce que je vous ai apporté ! dit-il. Il avait pour dire cela un air de coquinerie maligne, il était drôle. Elle éclata de rire et dit : Je vous adore ! C'est vrai ? demanda-t-il. Vous le savez bien, dit-elle, apitoyée et presque misérable. Elle l'adorait mais elle était lassée de le montrer en vain, ce qui fit qu'il ne s'en aperçut pas.

Ils continuèrent longtemps à parler, jusqu'à ce qu'autour d'eux les tables fussent vides. Ils eurent les douceurs de la ressouvenance et de la connivence, le frisson presque déchirant des traces que laisse entre deux êtres la fugacité d'un désir puissant et écarté. Parce que tous les mots, tous les gestes, et même les plus indécents, les avaient traversés. Parce que de cette manière toutes les images (celles que l'on veut immanquablement construire de soi-même) étaient tombées. Vais-je être malheureuse de vous quitter ? dit-elle. J'espère que non, dit-il. Autrefois, dit-elle, une soirée comme celle-ci, que vous me refusiez d'ailleurs, m'aurait valu des semaines de ténèbres et de larmes, parce que j'aurais su qu'il faudrait des mois et des mois pour vous en arracher une autre ! Il sourit. Pourquoi ne vouliez-vous jamais me voir ? répéta-t-elle. Je n'ai jamais compris cela. Elle ajouta : Après l'engouement du début. Il dit : J'ai essayé parfois de vous l'expliquer, mais vous ne vouliez pas l'entendre. Il y avait ma femme, elle venait de revenir... Et puis il y avait une autre femme que je n'arrivais pas vraiment à quitter. Et je ne voulais pas vous faire souffrir comme elles souffraient toutes les deux. Je savais que vous étiez toujours empêtré dans les femmes, dit-elle en souriant. Et vous vouliez m'empêtrer un peu plus ! dit-il. Exactement, dit-elle. Je me moquais de partager, dit-elle. Qu'auriez-vous eu ? dit-il. Des miettes. Je ne voulais pas cela, dit-il. Elle ne répondit rien. Puis elle dit : Ça n'a plus d'importance maintenant, j'ai renoncé. Cela semblait vrai, mais il ne savait pas entendre si ce l'était vraiment. Il n'était pas certain non plus de s'en moquer et de l'avoir perdue comme maîtresse potentielle. Au fond de lui, il était certain qu'elle lui appartenait.

Je vais vous accompagner jusqu'à la station de taxis, dit-il en même temps qu'ils enfilaient leurs manteaux. Ils marchèrent dans la rue, côte à côte. Et ils n'étaient pas si éloignés l'un de l'autre, de sorte que parfois le haut de leurs bras se touchait. Ce contact déposait sur elle un fardeau de souvenir et de désir ancien. Ils marchèrent dans un crépuscule de capitale et de modernité, fracassé par les bruits, transpercé de lumières et de néons, et l'on eût dit des amants. Des amants qu'ils n'avaient jamais été, qu'ils n'avaient jamais cessé d'être. Moins que cela et plus que cela. Parce qu'un mot rate le secret d'une chose.

Ils arrivaient au début de la file des voitures. Je ne me souviens jamais que vous êtes si grande ! dit-il en la regardant. Eh si ! dit-elle. Je le suis. Il la contempla en souriant. Vous êtes jolie, dit-il. Et j'ai toujours aimé votre façon de vous habiller. Elle ne disait rien. Il l'avait trop regardée, un tremblement intérieur renaissait en lui. Car, c'est peut-être dommage, mais seul ce que voyaient ses yeux formait son désir. Elle approcha sa joue pour l'embrasser et prendre congé. Il se recula. Allons dans mon bureau, dit-il brusquement. Ne rentrez pas ! Elle savait bien ce qu'il entendait par aller dans son bureau. Je n'ai pas envie d'aller dans votre bureau, dit-elle. Elle l'embrassa. À bientôt, murmura-t-il sans penser un instant qu'il mentait une fois de plus, et comme si les privautés qu'il demandait l'instant d'avant ne méritaient pas qu'on y pensât davantage. Alors, à le voir souriant, démonté par rien, elle pensa qu'elle avait eu raison de les lui refuser. Elle le pensa parce qu'elle avait bel et bien songé à les lui accorder.

Les autres n'avaient jamais rien su. Ève n'avait pas trouvé la confirmation de ses soupçons. Elle avait oublié cette soirée. Ils ne regardaient plus les matchs de boxe. Ils étaient devenus des anciens pleins d'expérience, et leurs enfants de jeunes adultes. Le temps les avait serrés dans ses pièges. Les histoires et les liens avaient suivi des voies dont ils se demandaient s'ils auraient pu les prévoir. Car ils n'avaient rien deviné. Et cependant tout advenait avec une implacable évidence, comme si tout était écrit, s'enchaînait pour les délivrer ou les ruiner. Étaient-ce les signes qui avaient manqué ou bien l'audace de les décrypter ? Ève et Max avaient divorcé. Ève s'était remise à travailler. Elle avait d'abord essayé de mourir mais n'y avait pas réussi. Max n'avait pas cédé, il était allé la voir à l'hôpital, jamais à la maison. Une fois rétablie elle avait déménagé. Leurs enfants étaient indépendants. Ils portaient sans le dire la conviction que le divorce vaut mieux que la discorde. Probablement ils se marieraient puis divorceraient. L'aînée des deux filles avait déjà choisi un homme qui ne s'entendrait pas avec elle, un homme pour rompre. Ève et Max pouvaient cette fois le prédire mais non pas l'empêcher. Ils se retrouvaient parfois à dîner chez Mélusine et Henri. Ève et Mélusine n'avaient jamais été des amies, mais le désespoir d'Ève avait touché Mélusine. Henri n'avait-il pas contribué, avec la bande, à convaincre Max de refaire sa vie ? Les cures, les mots, le danger n'avaient pas dégrisé Mélusine. Plus que jamais les liqueurs tenaient sa vie. Elle s'emportait ou pleurait pour un rien. En les quittant Ève pensait que l'amour ne suffisait à personne. Il fallait faire quelque chose avec sa vie. Une jolie femme ne pouvait vivre comme une fleur, adorée de son jardinier, bien arrosée et taillée, mais plantée, immobile et soumise aux vents. Ève aimait à parler de son travail à Max. C'était une chose nouvelle. Tu n'as jamais eu envie que je travaille au fond, lui disait-elle. Ah non, pas du tout ! disait-il. Mais j'étais certain que tu n'en avais pas envie. Je croyais que tu aimais rester à la maison, dit-il. Moi aussi je le croyais, disait-elle. J'aurais dû écouter Louise, dit-elle. Que disait Louise ? dit Max. Elle disait que tout le monde est fait pour travailler, dit Ève. Elle n'était pas marxiste Louise pourtant ?! dit Max. Je ne sais pas, dit Ève qui ne connaissait rien au marxisme. Que devient-elle ? dit Max. Je ne la vois plus, dit Ève. Tu sais, dit-elle, depuis que je ne suis plus membre du club, je ne vois personne de cette troupe à part Mélu. Je me demande si elle a fini par avoir un enfant, dit Max, elle me faisait pitié avec ça. Ils en ont peut-être adopté un, dit Ève.


Ils arrivaient devant la porte de son immeuble. Arrête-toi là, dit-elle en indiquant un endroit pratique qu'il connaissait aussi bien qu'elle. Elle descendit. Au revoir, dit-elle. Elle eut un sourire triste. C'est moche le mariage, dit-elle. Elle pensait que cela avait été la mort de leur sentiment. Pourquoi me dis-tu cela maintenant ? dit-il. Parce que je pense à nous, dit-elle. Ne te fais pas de mal, dit-il. Elle détestait qu'il dît cela. Ce n'est pas le mariage qui est moche, dit-il, c'était peut-être le mariage entre toi et moi. Je crois que le mariage gâche tout ce qu'il enchaîne, les sentiments et les personnes, dit-elle. Regarde Mélusine et Henri, ils se détruisent l'un l'autre. Elle s'arrêta puis reprit comme après une réflexion féconde. C'est le mariage qui m'a fait devenir ce que tu me reproches d'avoir été. Ne m'as-tu pas aimée avant ? dit-elle. Je ne sais plus, dit-il. Il était sans concession. Elle se mit à pleurer. Il essaya de se rattraper. Ne pleure pas, dit-il. Je ne sais plus te répondre, ça n'est pas je ne t'ai pas aimée, c'est que je suis perdu de ne plus t'aimer. Bah ! fit-il. Il paraît que c'est la vie maintenant : plusieurs vies. Elle n'aimait pas qu'il parlât ainsi mais ne dit rien et sourit. Elle n'avait pas perdu tout espoir de le faire revenir. À bientôt, dit-il. Essaie de parler à Catherine, dit-elle (c'était l'aînée de leurs filles). Ça n'est pas facile tu le sais, dit-il. Essaie quand même, dit-elle, moi je l'énerve. C'est promis, dit-il, j'essaierai.

Louise s'était séparée de Guillaume. Il vivait avec une très jeune femme, une très ravissante comme disait Tom, si jeune qu'elle devrait le quitter, et pour cette raison Guillaume n'était pas heureux. Louise s'était mariée avec un homme de son âge qui était veuf et n'avait pas d'enfant de son premier mariage. Ils avaient adopté deux petites filles chinoises. Ils n'avaient rien à désirer de la vie qu'ils ne croyaient déjà posséder. Parce qu'elle était si heureuse qu'on pouvait le lire sur elle à livre ouvert, Louise n'osait pas revoir Guillaume. Elle avait des nouvelles de lui par Marie. Je ne comprends pas qu'il ne puisse pas se fixer, disait Louise. Il est trop sensible à la beauté, disait Marie en guise d'explication définitive. Louise souriait. Avait-elle donc été si jolie elle-même et sans le savoir ? Je ne crois pas que ce soit cela, disait-elle. Il ne s'est jamais remis d'avoir raté son premier mariage, ce fut le début d'une errance qui n'a plus de fin. Tu es trop romantique, dit Marie. Et c'est toi qui me dis cela ! dit Louise. Elles riaient. Et toi comment te portes-tu ? demandait Louise. Comme une fleur, disait Marie. Elle était la seule à être encore entourée d'enfance, ayant eu sept enfants dont les derniers n'avaient pas fini de grandir. Tu devrais appeler Pénélope, disait Marie. Elle est tellement seule ! Depuis que Paul est mort, c'est un désert autour d'elle. Ils s'étaient mis à ne voir que les amis de Paul, et les amis meurent les uns après les autres, c'est arithmétique. Tes filles vont bien ? demandait Marie. Elle prononçait ces mots *tes filles* avec bonheur. Il arrive que l'on soit certain du plaisir qu'on fait puisqu'il est celui qu'on éprouve.


Sara attendait que Tom se décidât à l'épouser. Qu'est-ce que tu aimes en moi ? Est-ce que tu l'aimeras toujours ? Alors de quoi as-tu peur ? lui disait-elle. Mais il répondait : Que changera un bout de papier ? Quel égoïste tu fais ! J'ai gâché ma vie à t'attendre. Tu as tes enfants et des maîtresses et moi, comme une idiote, j'espère que tu m'épouseras. Est-ce qu'on peut imaginer plus imbécile que moi ? Depuis le temps ! Comment n'ai-je pas encore compris ?! Oui je recommence ! Ne fais pas cette tête-là. Je recommence et recommencerai tant que tu resteras un gros porc égoïste ! C'est ça, vas-y, casse-toi, je m'en fous. Je m'en fous !! Et lorsqu'elle parlait à Pauline elle lui disait : Marc va bien ? Chouchoute-le va ! Des comme lui, on les compte sur les doigts d'une main...

# Épilogue
## S'IL N'Y A PAS DE FIN

— Vous êtes resplendissante. Vous l'êtes !

— Vous me dites toujours cela !

— Parce que je le pense.

— C'est pourtant de moins en moins vrai !

— Mon regard ne change pas, je vous vois aussi belle que la première fois à l'école dans ce grand manteau rouge.

— Et vous vous souvenez du manteau rouge !

— Comme si c'était hier.

— Depuis quand avez-vous une mémoire ?

— Depuis que je suis un vieux monsieur.

— Arrêtez ! Vous ne vous ressemblez pas quand vous parlez ainsi.

— Ah bon ! je ne me ressemble pas !

— Mais je sais que c'est vous !

— Dans ce cas je puis vous faire des propositions !

— Vous ne m'en avez jamais fait.

— Je me demande ce qui m'a pris !

— Et moi je sais ce qu'il m'en a coûté.

— Vous n'allez pas être triste ?

— Non, je vais essayer de ne pas me plaindre !

— Alors ne parlons pas des choses que vous me reprochez. Je voudrais que vous changiez d'idée. Je vous ai donné bien plus que vous ne le pensez.

— Que m'avez-vous donné d'autre qu'un amour impossible et tout le malheur qui s'ensuit ?

— Était-ce ma faute si vous étiez mariée ?!

— J'étais assez libre pour vous aimer.

— Mais vous l'avez fait !

— Ah ça oui ! et vous vous êtes laissé aimer...

— Avec délectation !


— Si nous allions dans un hôtel ?

— Vous n'avez jamais voulu m'y emmener, et même quand j'ai supplié.

— Je pensais que ce n'était pas votre style ?!

— Vous auriez dû moins penser !

— J'ai envie de vous caresser.

— Tout à coup comme ça ?

— Mais j'ai toujours eu envie de vous caresser !

— Alors pourquoi ne pas l'avoir fait ?!

— Parce que pour vous c'était grave.

— Et pas pour vous ?

— Moins que pour vous je crois.

— Nous avons surtout manqué d'un lieu.

— Je ne sais pas ce qui a manqué, mais il a manqué quelque chose.

— C'était la tristesse des choses secrètes.

— J'ai souvenir d'une peau douce comme le miel avant qu'il ne colle ! Allons à l'hôtel. Le voudriez-vous ?

— N'avons-nous pas dépassé l'âge pour cela ?

— Vous plaisantez ! Personne ne vous connaît comme moi je vous connais : vous êtes ferme et droite comme un arbre !

— Nous sommes des dinosaures !

— Oui ma chère, j'ai l'impression que je vous connais depuis l'aube du temps.

— Pourtant je n'ai pas toujours été là.

— Approchez-vous de moi au lieu de discuter ! Vous parliez moins que cela quand je vous ai rencontrée !

— Le silence...

— Le silence vous embarrasse.

— J'ai toujours eu peur de vous ennuyer.

— Quelle erreur !

— Je ne vous ai jamais ennuyé ?

— Vous êtes jolie comme un cœur !

— Répondez, vous êtes-vous ennuyé avec moi ?

— Jamais.

— Par quelle grâce ?

— J'aimais vous regarder. Vous étiez belle dans mes yeux.

— Cela ne suffit pas !

— Il arrive que cela suffise.

— Et maintenant ?

— Allons nous caresser.

— Vous êtes sérieux ?

— Vous ne le voulez pas ?

— Si je le veux, je n'ai jamais cessé de le vouloir.

— Et qu'est-ce qui vous tourmente cette fois ?

— L'amour de vous.


Il n'y a pas de fin.


— Quand je vous touche, tout est transformé. Vous êtes une fée !

— Une fée patiente !

Elle se mit à rire elle aussi. Et elle avait toujours ces dents intactes qu'il avait admirées le premier jour. Simplement les festons avaient fondu. J'adore vraiment quand vous riez, dit-il. Puis, se rappelant l'escapade qui venait de les unir. Vous êtes d'une douceur... dit-il. D'une douceur un peu molle ! dit-elle. Elle riait. Oui c'est cela ! dit-il. Elle prit une mine outragée. Il dit : Je vais dans votre sens, vous dites molle, je répète ! Il s'amusa un moment, puis son visage sembla partir dans une rêverie, et il devint très grave pour dire : Cesserez-vous désormais de douter que nous soyons liés pour toujours ? Et comme elle ne disait rien, il continua : Nous le sommes Pauline. Et je ne sais pas par quoi. Je ne l'ai jamais su. J'ai beaucoup pensé à vous, dit-il. Oui. Bien plus que vous ne le croyez. Rien ne pourrait couper ce qui nous lie. J'ai trouvé votre amour. Je l'ai en moi pour toujours. Et moi, qu'ai-je trouvé ? souffla-t-elle comme un reproche. Le mien, dit-il. Elle baissa la tête. Son cœur battait à toute vitesse. Il venait de dire ce qu'elle avait voulu entendre depuis le début. Une joie bondissante l'envahit, celle du triomphe : souffrir n'avait pas été vain, et ils avaient suivi un vrai chemin, et ils étaient des amants. Mais son visage restait impénétrable. Je voudrais tellement que vous soyez heureuse en pensant à moi ! dit-il. Qu'au moins je serve à cela ! dit-il. Mais je ne le suis pas, dit-elle. Jamais ? demanda-t-il. Presque jamais, dit-elle.

Ils marchaient dans une rue déserte et dans la nuit illuminée de la ville. Combien de kilomètres aurons-nous parcourus ! dit-il. C'est votre idée, dit-elle, nous n'avons fait que nous asseoir dans les bistrots ! N'aimez-vous pas marcher ? demanda-t-elle. Pas tellement, dit-il, j'ai besoin d'aller quelque part, il me faut une destination. Mon mari dit la même chose, remarqua-t-elle. Laissez votre mari ! dit-il. Est-il chez vous ce soir ? demanda-t-il. Brusquement il pensait à cet homme qui pour lui était inexistant. Je crois, dit-elle. Il doit vous attendre, dit-il, quelle heure est-il ? Tard, dit-elle. Dans ce cas rentrez vite, dit-il. Elle fit oui de la tête. Il y a une station de taxis là-bas, dit-il. Ils traversèrent hors des passages cloutés et il la prit par le bras comme pour l'élever dans les airs. Quelque chose se craquelait et s'allumait en elle à l'idée de le quitter. Comment pouvait-on se ruiner le cœur pour un geste ?! La tendresse était-elle un venin, une drogue dont on ne se passait plus ? Elle protestait contre elle-même.

Comme elle s'en voulait d'être si faible ! Mais elle avait souvent éprouvé à quel point est irrésistible un homme rude que l'amour adoucit. Serait-elle forcément malheureuse à cause de celui-là dont il fallait se séparer ? Un amour adultère et un amour conjugal étaient comme deux jumeaux que la vie n'a pas pareillement comblés. Il la prit dans ses bras et l'embrassa. À bientôt, souffla-t-il. Ne dites plus cela, lui dit-elle. Pourquoi ? demanda-t-il étonné. Je ne peux plus l'entendre, dit-elle. L'idée de rentrer seule, d'en être bouleversée et de le voir qui ne l'était pas, la rendait amère. Elle dit : C'est le passé et tous vos mensonges qui reviennent. Tous mes mensonges ! s'exclama-t-il. Toutes vos promesses jamais tenues, dit-elle. Vous ai-je jamais fait une seule promesse ? dit-il gravement. Non, souffla-t-elle, et les larmes étaient dans ses yeux. Elle avait tout construit seule. N'avait-elle pas tout simplement été une qui aime un fantôme ? Ne l'avait-elle pas poursuivi justement parce qu'il lui échappait ? Ne tenait-elle pas au sentiment qu'elle avait conçu pour lui bien plus qu'à lui-même ? Était-il vraiment aimable ? Ces questions n'avaient pas de réponse. Elle croyait l'aimer. Et peu importait si cela n'avait été qu'une façon de ne pas trahir la félicité du commencement. On sait bien comme on se sent parfois prisonnier de ce qu'on a pensé. C'était une question de nature : on avait ou non le goût de la cohérence et de la longévité, qui sont une manière de fidélité. On refusait ou on acceptait que les choses eussent une fin. Elle avait été résolument du côté de ceux qui refusent. Ce qui doit finir n'a nul besoin de commencer. Et ce qui est apparu doit demeurer. Une vie pouvait prolonger une soirée. Une femme pouvait n'être pas inconstante. Et lui ? Que dire de cette manière d'attiser et d'entretenir un feu ? Devait-elle lui en vouloir de cela ? Elle n'avait jamais eu de rancœur malgré le préjudice. Pas une seule fois elle n'avait eu l'idée de couper les ponts. Il fallait croire que cette idylle asymétrique lui était moins funeste que salutaire. C'est que somme toute il n'avait pas été insincère avec elle. Jamais il ne l'avait conduite à penser qu'elle l'avait circonvenu et capturé. Des regards et cette voix... mais pas une seule promesse, il fallait en convenir. Je ne vous en ai fait qu'une seule, lui dit-il parce qu'il voyait les larmes, et celle-là je l'ai tenue. J'ai besoin que vous existiez et vous êtes pour toujours dans ma vie, dit-il. Je le sais, dit-elle. Et maintenant retournez chez votre mari, dit-il. Et souriez ! cria-t-il dans la nuit. Hop là ! Nous vivons !

# TABLE

6880

*Achevé d'imprimer en Espagne*
*par* BLACK PRINT CPI
*le 20 août 2013.*
1er dépôt légal dans la collection : février 2004.
EAN 9782290323113
OTP L21EPLNJ01821A006

ÉDITIONS J'AI LU
87, quai Panhard-et-Levassor, 75013 Paris

*Diffusion France et étranger : Flammarion*